rowohlt

Leseexemplar

288 Seiten, gebunden
€ 19,90 (D)
Erstverkaufstag: 22. März 2002

Janice Deaner

Die Schatten der Vergangenheit

Roman

Deutsch von Adelheid Zöfel

Rowohlt

Die Originalausgabe erschien 2001 unter dem Titel
«Notes on Extinction» bei Dutton, The Penguin Group, New York

Redaktion Nikolaus Stingl
Umschlaggestaltung any.way, Barbara Hanke / Cordula Schmidt
Foto: New Eyes

Erste Auflage März 2002

Satz aus der Perpetua PostScript PageMaker bei
Pinkuin Satz und Datentechnik, Berlin
Druck und Bindung Clausen & Bosse, Leck
Printed in Germany
ISBN 3 498 00925 7

Die Schreibweise entspricht den Regeln
der neuen Rechtschreibung.

Für Nik Malvania

Dank

Ich möchte Familie Jalan aus Indien danken, weil sie mir die Tür zu ihren Häusern in Kalkutta und Delhi geöffnet und mir gestattet hat, ihre Teegärten in Assam zu besuchen. Mein ganz besonderer Dank gilt Madhu Jalan, ohne dessen Hilfe meine Reise nach Indien gar nicht möglich gewesen wäre. Dank auch an Manoj und Vineeta Jalan, die mir während meines Aufenthalts in ihren Teegärten so großzügig ihre Zeit gewidmet haben. Und an meinen Mann, Nik Malvania, der mir Indien nahe gebracht hat und unbeirrbar an mich als Schriftstellerin glaubt.

Außerdem möchte ich Deborah Anderson danken, die mir bei all meinen Büchern unschätzbare Hilfe geleistet hat, mich auf meiner Indienreise begleitet, mir bei meinen Recherchen geholfen und danach entscheidend zur Entstehung dieses Manuskripts beigetragen hat. Ich möchte mich auch bei ihrem Mann Gene und bei ihren Kindern bedanken, weil sie mir erlaubt haben, ihnen Deborah oft stunden- und tagelang zu entführen.

Von ganzem Herzen danke ich Shelly Mars, die mit ihrer seelischen und geistigen Unterstützung mehr zu diesem Buch beigetragen hat, als ich in Worte fassen kann.

Ich möchte auch meiner Agentin Suzanne Gluck für ihre Geduld und Unterstützung danken. Ebenso meiner Lektorin Rosemary Ahern für ihre Treue und ihren klugen und einfühlsamen redaktionellen Beistand, für den ich ihr unendlich dankbar bin.

Dank auch an die Schriftstellerkolonie Yaddo für meinen Aufenthalt im Sommer 1999, in dessen Verlauf dieses Buch endgültig Gestalt angenommen hat.

Mein besonderer Dank gilt Jonathan Santlofer für seine wunderbaren redaktionellen Beiträge und für die moralische Unterstützung, die er mir während der Entstehung dieses Buches unermüdlich geschenkt hat.

An Paul Calabro ein ganz, ganz herzlicher Dank, weil er so beharrlich an mich glaubt.

Und an Jack Burlison tausend Dank für tausenderlei.

«Der eigentliche Sinn des Lebens ist die Empfindung – zu spüren, dass wir sind – und sei es auch unter Schmerzen.»

Lord Byron

Der Dodo lebte nur auf der Insel Mauritius. Dort war er früher sehr verbreitet; er hatte so gut wie keine natürlichen Feinde, es gab kaum Raubtiere, vor allem keine Säugetiere, nur Reptilien, und der Dodo hatte einen ausgesprochen kräftigen Hakenschnabel. Während sich sein Rumpf immer weiter entwickelte, bildete sich sein Flugapparat langsam zurück, und irgendwann hörte der Dodo auf zu fliegen.

Er lebte also auf dem Boden und ernährte sich hauptsächlich von Fallobst; seine Kehle entwickelte sich zu solcher Größe, dass er ganze Früchte verschlingen konnte. Da er ziemlich voluminös war, kam er nicht besonders schnell vorwärts, aber weil er keine Feinde hatte, spielte das keine Rolle. Die Körperfülle half ihm sogar zu überleben – seine Fettreserven halfen ihm über lange Phasen der Futterknappheit hinweg.

Aber dann kamen um 1598 die Holländer, die große Mengen von Drontevögeln aßen. Die Dodos waren leicht zu fangen, weil sie groß und unbeholfen waren; außerdem waren sie entwicklungsgeschichtlich naiv und hatten keine Angst vor Menschen. Wahrscheinlich wären sie nach und nach alle aufgegessen worden und auf diese Weise ausgestorben, doch dann kamen die Portugiesen und brachten Schweine mit, und die Schweine fraßen für ihr Leben gern Dodo-Eier. Innerhalb kurzer Zeit verwilderten diese Schweine und vermehrten sich stark. 1709 gab es schon so viele, dass ein Trupp von achtzig Männern an einem einzigen Tag angeblich mehr als tausend Schweine tötete. Danach kamen auf unbekanntem Wege Affen auf die Insel. Es handelte sich um Krabben fressende Makaken, die gleich den Schweinen gerne Dodo-Eier fraßen. Derselbe Berichterstatter, der uns das Schweinemassaker von 1709 überlieferte, erwähnt, er habe in einem nahe gelegenen Garten eine Herde von viertausend Affen gesehen.

Niemand weiß genau, wann der Dodo ausgestorben ist. Höchstwahrscheinlich war es ein unspektakulärer, noch nie da gewesener Moment. Jeden-

falls ein Moment, der unerwartet eintrat. Vielleicht gab es einen wenn auch ahnungslosen Zeugen. Dieser Moment lässt sich folgendermaßen denken: Ein einziges geschlechtsreifes Paar hat auf der Insel überlebt. Bleiben beide am Leben, besteht die Möglichkeit, dass ihre Art überlebt. Doch während das Weibchen nach herabgefallenen Früchten sucht, wird es von einem holländischen Seemann erspäht. Er schlendert auf das Weibchen zu und holt, ohne zu überlegen, mit seinem Knüppel aus. Er weiß so wenig wie sonst irgendwer, welche Folgen diese alltägliche Tat hat. Er besorgt sich einfach sein Abendessen. Doch mit seinem Keulenschlag hat er den Dodo zum Aussterben verurteilt. Er hat dem Männchen das Weibchen genommen. Das ist ein unwiderruflicher Akt, ein weiter reichender Tod – der Tod seiner Art.

Anmerkungen zum Artensterben von Will Mendelsohn

1 Zuerst verliert er sein Buch, ein umfangreiches Werk über das Aussterben der Arten, dann verliert er seine Frau. Es war nicht ungewöhnlich, dass sie abends Kerzen anzündete und sie in der Wohnung verteilte. Manchmal stellte sie sie auf das Regal über seinem Schreibtisch, meistens aber auf den Couchtisch im Wohnzimmer. An dem Abend, als sie eine brennende Kerze auf seinem Schreibtisch stehen ließ, ging sie Zigaretten holen. Unterwegs traf sie eine Bekannte, und als sie gut zwei Stunden später wieder um die Ecke bog, sah sie vor dem Gebäude in der Sixth Avenue die Feuerwehr stehen.

Als er nach Hause kommt, kauert sie vor der Wohnung auf der Treppe, stumm und mit roten Augen, weil sie schon eine ganze Stunde so dasitzt und weint. Sie sagt nur: «Deine Arbeit ist hin.» Sie sieht um Jahre gealtert aus, wie sechsundvierzig statt sechsunddreißig, die Mundwinkel hängen herab, die Haut unter ihrem Kinn ist schlaff, sie wirkt nicht mehr schlank, sondern mager.

Von der Tür aus starrt er ins Wohnzimmer. Er hat noch nie ein ausgebranntes Zimmer gesehen. Anfangs staunt er nur darüber, wie schwarz alles ist, dann erst registriert er den beißenden Rauchgestank. Das weiße Sofa ist völlig verkohlt und zerfressen, die Vorhänge, zarte italienische Seide, sind zu mickrigen Fetzen zusammengeschnurrt, die ganz oben an den Gardinenstangen hängen, wo die Haken baumeln. Seine Bibliothek, die das Feuer erst richtig genährt haben muss, besteht nur noch aus Aschehaufen, die Regale selbst sind ein kahles Gerüst von rußigen Kreuzen. Dann fällt sein Blick auf den Schreibtisch, und schlagartig wird ihm bewusst, dass wirklich nichts mehr zu machen ist. Der Schreibtisch ist ein ausgebranntes Gerippe, der Computer ein geschmolzener Klumpen. Von zehn

Jahren Arbeit ist nichts geblieben als ein paar schwarze Papierschnipsel, die auf dem aschgrauen Wasser schwimmen.

Er sitzt mit Geena in dem mexikanischen Restaurant auf der anderen Straßenseite, während sie darauf warten, dass die Feuerwehrleute wieder abziehen. Das Restaurant ist überfüllt; schwer, sich zu konzentrieren, und die an den Balken hängenden Sombreros wirken schlicht absurd.

Mit düsterer Miene hört er zu, als Geena jedes Detail dieses Abends schildert: Um sieben hat sie die Kerze angezündet. Dann klingelte das Telefon, und sie nahm den Anruf am Apparat auf seinem Schreibtisch entgegen. Inzwischen stellte sie die Kerze auf seinen Stapel *Oxford Dictionaries*. Als sie aufhörte zu telefonieren, war es acht; die Zigaretten waren ihr ausgegangen. Eine Sekunde lang erwog sie, die Kerze umzustellen, fand aber, das habe Zeit bis nach ihrer Rückkehr.

«Dann kam Rose», sagt sie. «Sie hat mich auf der Straße angehalten, und du weißt ja, wie das mit Rose ist. Ich bin einfach nicht mehr losgekommen, ich stand da und nickte und nickte und habe mir dauernd überlegt, wie ich sie abschütteln könnte, aber sie findet ja kein Ende, sie kommt vom Hundertsten ins Tausendste. Dann sah ich die Feuerwehr, Will, und ich wusste sofort, es war die Kerze. Und dann – unsere Wohnung! O Gott, Will, es tut mir so Leid! Es klingt so lapidar – aber es tut mir wirklich so Leid, so schrecklich Leid. In meinem ganzen Leben hat mir noch nie etwas so Leid getan. Du kannst dir gar nicht vorstellen, wie Leid es mir tut.»

Ihre schwarzen Locken sind wild zerzaust, ihre Lippen aufgeplatzt, weil sie draufgebissen hat. Die Rücken ihrer schönen Hände sind rot und geschwollen, so hat sie sie geknetet. Zweimal sagt er zu ihr: «Es ist nicht deine Schuld, es war ein Versehen», und es scheint auch zu stimmen oder zumindest der Situation angemessen, aber als er es zum dritten Mal sagt, glaubt er es schon nicht mehr.

Er spürt sein Herz schlagen, aber sein Hirn ist wie eingefroren, wo er doch sonst ein solcher Schnelldenker ist. Seine Schuhe sind durchnässt, weil er durch das überschwemmte Wohnzimmer gewatet ist, desgleichen seine Hosenbeine, und die Feuchtigkeit kriecht den Stoff hinauf bis zum Knie.

Immer wieder schaut er über Geenas Schulter hinaus zu den Löschwagen, zu den gedrängt stehenden Gaffern auf der Straße. So ganz kann er es immer noch nicht fassen. Er sieht sein Spiegelbild in der Fensterscheibe: ein verhärmter Mann mit einer tiefen Falte zwischen den Augen. Eine richtige Furche, denkt er. Er ist vierzig Jahre alt.

Nach einer Stunde beginnt ihn ihre Entschuldigungsarie zu nerven.

«Hör endlich auf damit, Geena», fährt er sie an.

Sie verstummt und schaut mit zusammengepressten Lippen auf ihre Hände.

Nichts an ihr ist sonderlich auffällig, weder im positiven noch im negativen Sinn – bis auf ihre Hände. Sie wirken auf eine Weise elegant und feingliedrig, die nichts, aber auch gar nichts mit dem Rest ihres Körpers zu tun hat – als wären sie nachträglich hinzugefügt worden.

Sie hat zwar auch ein fein geschnittenes Gesicht, aber die hübschen Details – gerade schmale Nase, große braune Augen, volle Lippen, kleine weiße Zähne – fügen sich irgendwie nicht zu einem schönen Ganzen zusammen, wirken eher langweilig, enttäuschend. Mit ihrer Figur verhält es sich ähnlich. Er hingegen ist ein gut aussehender Mann, weshalb ihn ihre Unscheinbarkeit noch mehr stört, denn er weiß, er hätte eine schönere Frau heiraten können. Warum er ausgerechnet jetzt darüber nachdenkt, kann er sich allerdings selbst nicht erklären.

Er findet sich immer sehr oberflächlich, wenn er sie ansieht und ihn diese kleine Enttäuschung zwickt. Dann versucht er, sich mit dem Gedanken zu trösten, dass Schönheit ja sowieso vergänglich ist und aufs Ganze gesehen keine besonders wichtige Rolle spielt, aber das funktioniert nicht immer. Er hätte sie einfach gern bewundert, wenn sie ihm am Tisch gegenübersitzt – wenigstens die zwanzig Jahre lang, die einem vergönnt sind, ehe das Alter zuschlägt.

Nun, da seine Arbeit vernichtet ist, findet er das noch bedrückender.

Andererseits kann er nicht leugnen, dass ihn kein Mensch mehr bewundert als Geena: Sie verzichtet darauf, abends mit ihm auszugehen, damit er arbeiten kann; sie verschwendet längst keinen Gedanken mehr an einen längeren Urlaub; sie hat sogar kochen gelernt, damit er seine Zeit nicht mit Essen im Restaurant vergeuden muss; und sie hat seine jeweils neuen Seiten laut gelesen und jeden einzelnen Absatz mit dem Prädikat «gut» versehen.

Was werden wohl ihre gemeinsamen Freunde jetzt sagen, wenn sie erfahren, dass Geena eine brennende Kerze auf seinem Schreibtisch stehen gelassen hat. Sie sagen oft, wie lieb und großzügig Geena ist und was für ein Glück er mit ihr hat. Er war nicht immer nett zu ihr. Vielleicht stimmt es ja, dass er sich nie sonderlich um sie bemüht hat. Zweimal hat er sie betrogen.

Als sie die Wohnung seiner Mutter an der Upper West Side betreten, ist seine Stimmung auf dem Nullpunkt. Hier hat sich, seit er vor über zwanzig Jahren ausgezogen ist, nichts verändert. Die Wände haben schwarze Flecken, die Dielen sind stumpf und abgetreten, bis auf ein paar Stellen an den Wänden, wo nie jemand hintritt. Die Möbel sind zwar nicht gar so übel – eine grün-blaue Chaiselongue und dazu passende Drehsessel –, aber hoffnungslos altmodisch. Alles hier lähmt ihn.

Nachdem Geena ins Bett gegangen ist, sitzt er in der verwohnten Küche seiner Mutter, erdrückt von ihrer ehernen Präsenz. Seine Mutter ist schlank und noch sehr vital, ihr Haar kaum ergraut; sie kleidet sich nach wie vor gepflegt: dunkle Röcke und weiße Baumwollblusen.

Sie trinken Tee, und Will sagt: «Geena muss mich hassen.» Dieser Gedanke ist ihm im Restaurant gekommen und mittlerweile voll erblüht.

Mit ihrem starken polnischen Akzent erwidert seine Mutter: «Unsinn. Es waren die brennenden Gliedmaßen deiner Vorfahren, die diese Kerze umgestoßen haben, um dich an deine Vergangenheit zu erinnern, an die du nie geglaubt hast.» Sie lehnt sich auf ihrem Stuhl zurück, verschränkt die Arme vor der Brust und mustert ihn mit ihren schmalen dunklen Augen.

Das war schon immer ein heikles Thema zwischen ihnen, die Verwandten, die im Dritten Reich ermordet wurden. In seiner Kindheit rief sie jeden Tag ihre Namen – ein Totenappell. Damals hat er sich Mühe gegeben, mit seinem geringen Vorstellungsvermögen den weiten Ozean zu überbrücken und ihnen nahe zu kommen, aber vergeblich.

Obwohl seine Mutter auf keinen Fall einen «amerikanischen» Sohn haben wollte, war er genau das; für ihn reichte der Stammbaum nicht weiter zurück als bis zu seinen Eltern, die beide polnische Juden und Überlebende waren. Um dem entgegenzusteuern, hatte sie ihn wie einen kleinen polnischen Jungen aus den dreißiger Jahren eingekleidet und nur Jiddisch oder Polnisch mit ihm gesprochen. Seine einzige Möglichkeit, sich zu wehren, hatte darin bestanden, ihr auf Englisch zu antworten.

Er hatte sich immer geschämt, weil seine Eltern einen so starken Akzent hatten, weil es in der Wohnung so düster war, weil seine Mutter jeden Plastikbeutel, jeden Milchkarton, jede Papiertüte und jedes Gummiband aufbewahrte, das ihr in die Hände geriet, aber der Gipfel der Qualen war immer dann erreicht, wenn sie am Küchentisch saß und seinen Freunden erzählte, dass er keine Cousins, keine Tanten, keine Onkel und keine Großeltern hatte. Seine Freunde hatten furchtbares Mitleid mit ihm gehabt; umso weniger gefiel es ihm, von einem ermordeten Volk abzustammen.

Sein Vater hatte den Holocaust verinnerlicht, und unbemerkt hatten ihn die riesigen Wurzeln der Erinnerung von innen erwürgt, wie ein wucherndes Gewächs. Seine Mutter jedoch hatte alles nach außen gekehrt. Sie war das Spalier, an dem sich dieses Gewächs emporrankte, mit Schösslingen, Blättern und Blüten, die alle sehen konnten. Seine Mutter wusste, wer sich zu schämen hatte.

Es ärgert ihn, dass sie dieses Thema jetzt anschneidet.

«Ich habe gerade die Arbeit von zehn Jahren verloren; glaubst du wirklich, da will ich mir ausgerechnet *das* anhören?» Er hat die Stimme erhoben, und seine Hände fallen schwer auf den Tisch. Er braucht Verständnis, Mitgefühl, aber das will sie ihm nicht geben.

Wie eine zum Leben erwachte Pergamentrolle sagt sie: «Jetzt weißt du, wie es ist, etwas zu verlieren, das man nie zurückbekommt.»

Am Morgen macht er sich mit Geena auf Wohnungssuche. Als sie sich in den leeren Räumen an ihn wendet und ihn fragt: «Gefällt es dir hier?», oder: «Was meinst du, Will?», sieht er ihre Unterwürfigkeit unwillkürlich in einem neuen Licht. Vorher war sie ihm harmlos genug erschienen, die typische Ehefrau eben, die versucht, ihren Mann bei Laune zu halten, doch nun, nach der Bücherverbrennung (wie er jetzt insgeheim dazu sagt), kann er nicht umhin, darin einen raffinierten Trick zu sehen, mit dem irgendeine Gemeinheit vertuscht werden soll.

Sie inspiziert die Kammern und Einbauschränke, und er denkt: Besser kann man es nicht machen – sie war nicht im Zimmer, als die Kerze herunterbrannte. Sie brauchte sie nicht eigenhändig umzuwerfen. Sie hat das perfekte Alibi: «Ich zünde immer Kerzen an, ich gehe oft schnell mal raus, und noch nie ist etwas passiert.»

Beim Mittagessen sind beide ungewöhnlich schweigsam. Es kommt öfter vor, dass ihre Unterhaltungen bei Tisch nicht besonders lebhaft sind, weil er keine Lust hat zu reden. Aber dann erzählt sie immer irgendwelche Dinge, die ihn nicht interessieren.

Schon früh in seiner Ehe ist ihm der Verdacht gekommen, dass sie sich im Grunde bereits wie die alten Paare verhielten, die er als Kind immer beobachtet hatte, diese Paare, die sich schweigend gegenübersitzen und sich nur aufs Essen konzentrieren, weil sie sich nicht mehr füreinander interessieren oder von stummem Hass verzehrt werden.

Die dritte Wohnung, die sie sich anschauen, nehmen sie, obwohl sie ihnen nicht richtig gefällt. Sie ist kleiner, als sie es gewohnt sind, und ziemlich dunkel, aber das ist immer noch besser, als weiter bei seiner Mutter zu wohnen. Am Nachmittag gehen sie Möbel kaufen. Er kann sich nicht aufraffen, sich dafür zu interessieren, und sagt deshalb zu Geena, sie soll einfach ein paar Sachen aussuchen. Während er ihr durch Abteilungen mit Esstischen und Sofas hinterhertrottet, wird ihm klar, dass sie, wenn bislang nicht sein Geschmack vorherrschend gewesen wäre, längst auf groß geblümten Sofas gesessen und sich in mit rosa Röschen geränderten Spiegeln betrachtet hätten.

Sie sieht die Enttäuschung in seinen Augen, und in einer uncharakteristischen Aufwallung sagt sie: «Gut. Wenn dir nicht passt, was ich aussuche, dann mach es doch gefälligst selbst.»

Drei Straßen weiter findet er sie. Sie läuft mit großen Schritten gegen den Wind. Während er sie verfolgt, hofft er insgeheim, sie würde endlich anfangen, mit ihm zu streiten, damit sie all das Ungesagte aussprechen könnten. Doch als er sie einholt, packt er sie an der Schulter, und sie dreht sich um. Ihre Unterlippe zittert schon. «Es tut mir Leid», sagt sie.

«Bitte, Geena», sagte er. «Bitte entschuldige dich nicht.»

Ihre Finger krallen sich in seinen Mantelärmel. «Aber es tut mir doch so Leid! Ich hätte dich da gerade im Geschäft nicht so anblaffen sollen.»

Er legt den Arm um sie, und sie gehen zurück in den Laden und einigen sich darauf, wenigstens eine Matratze und Bettzeug zu kaufen. Er trabt gehorsam durch die Gänge mit Laken und Kissenbezügen, immer hinter ihr her, und auf einmal ist ihm so klar wie nie: Er lebt das falsche Leben, mit der falschen Frau. Alles ist falsch, alles. Irgendwo tief drinnen weiß er genau, wie das richtige Leben aussieht, aber anscheinend lebt er dieses falsche schon so lange, dass inzwischen alles falsch ist – bis hin zu den Schuhen, die er trägt.

Am Abend sitzen sie in der Leere ihrer neuen Wohnung auf der Matratze. Es gibt keine Ablenkung – keinen Fernseher, kein Radio, das Telefon ist noch nicht angeschlossen. In dieser Stille äußert er den Gedanken, ob sich in ihr nicht vielleicht eine unbewusste Wut auf ihn oder jedenfalls auf seine Arbeit aufgestaut haben könnte, sodass sie, ganz unbewusst, versteht sich – er drückt sich betont vorsichtig aus –, den Impuls verspürt haben mag, die Kerze auf seinen Schreibtisch zu stellen, und deswegen auch so lange weggeblieben ist und sich mit Rose unterhalten hat, während sein Schreibtisch brannte.

Sie schaut ihn an, als hätte er die ganze Sache mit dem Unbewussten gerade eben erfunden, und leiert wieder die Fakten herunter. «Ich habe dir doch alles gesagt», erwidert sie mit bemessener Geduld. «Ich zünde häufig Kerzen an, und ich bin schon öfter weggegangen, um noch etwas einzukaufen, und nie ist was passiert! Es war reiner Zufall, dass das Telefon geklingelt hat und ich die Kerze auf deinen Schreibtisch gestellt habe. Da steckt überhaupt nichts Unbewusstes dahinter. Du denkst immer, dass es für alles einen Grund geben muss, aber manchmal gibt es einfach keinen. Ich würde doch nie etwas tun, was dir schaden könnte, Will. Nie und nimmer.»

Ihre Worte lassen ihn ungerührt. Müde schaut er sie an und schließt die Augen.

«Was ist?», fragt sie.

«Ich will doch nur, dass du mit mir redest, Geena. Ich möchte, dass du etwas sagst, irgendetwas!», schreit er. «Ich möchte, dass wir richtig darüber sprechen! Können wir denn nicht darüber reden? Sei bitte ehrlich, Geena. Sei einmal in deinem Leben ehrlich.»

Aber sie kneift. Er sieht den leeren Ausdruck, der immer dann in ihre Augen tritt, wenn er sie unter Druck setzt. Der Kampfgeist verlässt sie; sie zieht sich völlig in sich selbst zurück und gibt ihm dadurch das Gefühl, eine Zumutung zu sein.

«Ich habe dir doch gesagt, es tut mir Leid, Will. Was soll ich denn sonst noch machen?» Sie presst die Lippen aufeinander, und er sieht, dass sich an ihrer Oberlippe die ersten kleinen Fältchen bilden. Zermürbt von seinem Schweigen, fällt sie schließlich in dem fast leeren Zimmer vor ihm auf die Knie und drückt ihre Stirn gegen seine Kniescheiben. «Es tut mir Leid, Will. Du kannst dir gar nicht vorstellen, wie Leid es mir tut.»

Aber es klingt so, als würde ein Bittsteller seinen Herrn und Meister um Verzeihung bitten; es sind genau die Sätze, die man in so einer Situation erwartet, mit der Wahrheit haben sie nichts zu tun. Am liebsten würde er sie wegschubsen. So war meine Ehe immer, denkt er. Jetzt treten die Mechanismen nur deutlicher hervor, das Feuer hat die Fassade niedergebrannt und den inneren Antrieb freigelegt. Konfrontiert mit ihrer Unterwürfigkeit, wird er zum Tyrannen, zu dem, der froh sein kann, dass er sie hat. Seit Jahren läuft er mit diesen Schuldgefühlen herum, sie gehören zu ihm wie die Finger an seiner Hand – man hinterfragt sie nicht.

Komischerweise zieht er inzwischen eine makabre Genugtuung daraus, dass sie sein Manuskript verbrannt hat.

Sie schaut zu ihm auf, mit Tränen in den Augen. Er schließt sie in die Arme, zieht sie hoch, drückt sie an seine Brust, und als er den Geruch ihres Shampoos einatmet, einen Geruch, den er längst hasst, da weiß er, es ist aus.

Er legt sich zu ihr auf die neue Matratze, und obwohl ihn ein schlechtes Gewissen quält, weil er sie innerlich schon verlassen hat, überkommt ihn dieses eigenartig berauschende Gefühl, das zu jeder Trennung gehört, diese wundersame Mischung aus Erleichterung und Trauer, begleitet vom Auflisten der unvermeidlichen Verluste – sie hat ihm immer so gut zugehört, kein Wort ist ihr entgangen, sie konnte seine Schultern so gut massieren, sie hat jedes Wort gelesen, das er je zu Papier gebracht hat –, aufgewogen durch die Verluste, die er begrüßt – nie wieder muss er sie mit diesem Gefühl der Enttäuschung anschauen, weil ihm ihr Gesicht nicht gefällt, nie wieder muss er mit ihr schlafen, was ihn sowieso noch nie besonders inspiriert hat.

Tagelang gehen ihm diese Gedanken durch den Kopf, und er ist davon überzeugt, dass man ihm nichts anmerkt. Wenn Geena ihn fragt: «Ist was?», braucht er nur davon anzufangen, dass seine ganze Arbeit zerstört ist, und schon lässt sie ihn in Ruhe.

Dann beschließt er, es ihr endlich zu sagen. Aber die Mühe kann er sich sparen, denn als sie ein paar Tage später in einem Restaurant zu Abend essen, eröffnet sie ihm, sie habe sich eine Wohnung gesucht und werde ausziehen. Der winzige Maiskolben, den er gerade im Mund hat, fühlt sich plötzlich an wie ein Fremdkörper, und als er draufbeißt, klingt es wie Ironie.

«Wo?», fragt er. Wo, nicht warum.

«In der Jane Street, nicht weit von der Ecke Hudson Street.»

Er hört sich die Gründe an, warum sie ausziehen will: Sie kann nichts richtig machen; er wird ihr niemals verzeihen, dass sie die brennende Kerze auf seinen Schreibtisch gestellt hat, davon ist sie überzeugt; bis in alle Ewigkeit wird er ihr Vorhaltungen wegen ihrer unbewussten Motive machen, dabei ist sie sich ganz, ganz sicher, dass da nichts dran ist; sie hat ihn immer geliebt und immer nur das Beste für ihn gewollt. Einen Moment lang ist er versucht, sie umzustimmen, aber dieses Gequatsche, dass sie ihn liebt und immer nur das Beste für ihn will, klingt total verlogen, selbst die Art, wie sie seinen Arm streichelt, wirkt dermaßen unecht, dass ihm die Lust dazu vergeht.

Als sie ein paar Tage später die Wohnung verlässt, hat er nicht das geringste Bedürfnis, das Fenster aufzumachen und hinter ihr herzurufen, aber er schaut ihr nach, wie sie die Straße entlanggeht, eine kleine, kompakte Gestalt. Er hat nur eine Angst – dass sie schwach werden und umdrehen könnte.

Ausgestorben:

Akialoa, Amazonenpapagei, arabischer Strauß, Bonindrossel, Boningimpel, Bonintaube, Bourbonsittich, Braunkopfsittich, Brillenscharbe, Carolinasittich, Chathamralle, Delalandecoua, Dieffenbachralle, Dreifarbenara, Dodo, Dronte, Einfarbgirlitz, Emu, Gelbbürzelmamo, Godavari-Rennvogel, Grünrücken-Kleidervogel, Hawaiisumpfhuhn, Hopflappenvogel, Hopfstar, Jamaica-Nachtschwalbe, Karakara, Karolinensumpfhuhn, Keilschwanzsittich, Kioea, Kohala-Kleidervogel, Konagimpel, Krausschwanzmoho, Labradorente, Lappenhopf, Laysansumpfhuhn, Leguatralle, Leguatstar, Lord-Howe-Brillenvogel, Maskarenenpapagei, Maskarenenpurpurhuhn, Mauritius-Blässhuhn, Moa, Nelkenente, Ohrbüschelmoho, Olsonralle, Réunion-Dronte, Réunion-Fruchttaube, Riesenalk, Rodriguez-Papagei, Rosenkopfente, Rotaugendrossel, Rotnackenralle, Rußmamo, Samoa-Pfuhlhuhn, Schopfpapagei, Seychellensittich, Tannataube, Veilchenamazone, Wandertaube, Auerochse, Atlasbär, Bali-Tiger, Blaubock, Falkland-Wolf, Gaimards Rattenkänguru, Java-Tiger, Kaplöwe, Kaspi-Tiger, Riesenfaultier, Stellers Seekuh, Streifenbeuteldachs, Syrischer Wildesel, Tasmanischer Beutelwolf, Guadeloupe-Kupferspecht, Schwarzkehl-Ameisendrossel, Karibische Mönchsrobbe, Quagga, Tarpan, Quemi, Japanischer Shamanu-Wolf …

Anmerkungen zum Artensterben von Will Mendelsohn

2

Jeden Morgen ist er dankbar dafür, dass er allein aufwacht.

Er versucht, sein Buch noch einmal neu zu schreiben, aber das Ausmaß des Verlustes erschlägt ihn – fast dreitausend Seiten mit wissenschaftlichen Recherchen über Inselbiogeographie, zweihundert detaillierte Tierzeichnungen, siebzig Seiten mit Fußnoten, bibliographischen Anmerkungen und verschiedenen Indices, nicht zu vergessen das eigentliche Manuskript mit mehr als tausend Seiten. Er hatte sich mit Inseln befasst, damit, dass sich auf ihnen vereinfachte, überspitzte Formen der auf dem Festland stattfindenden Evolutionsprozesse nachvollziehen lassen. Mit kunstvoller Präzision hatte er den entscheidenden Zusammenhang zwischen der Evolution und dem Aussterben beleuchtet und dabei die These aufgestellt, dass man die Evolution dann am besten versteht, wenn man gleichzeitig das Artensterben analysiert, und dass man umgekehrt das Artensterben am besten versteht, wenn man es zur Evolution in Beziehung setzt. Wenn man die Evolution ungewöhnlicher Arten untersucht, die nur auf bestimmten Inseln vorkommen, wirft diese Forschung indirekt ein Licht auf ein umfassenderes Problem: auf das Aussterben aller Lebensformen, auf die Zerstörung der gesamten Umwelt.

Sein erstes Buch hat ihn reich gemacht – es ist eine kurze Abhandlung über das Leben des Alfred Wallace, der zeitgleich mit Charles Darwin die Evolutionstheorie entwickelt hatte –, aber mit seinem neuen Buch, das den Arbeitstitel *Umweltzerstörung und Artensterben* trug, wollte er wirklich berühmt werden.

Er fängt wieder an zu recherchieren, aber er ist nicht mit dem Herzen dabei. Seine Gedanken schweifen ab, er lässt sich treiben, arbeitet immer weniger.

Er weiß nicht, was er mit seiner Zeit anfangen soll, und geht häufiger mit seinen Freunden aus, fühlt sich aber weit weg von ihnen, was sicher mit dem Verlust seiner Arbeit und seiner Frau zu tun hat. Die Alltagsprobleme, über die sie sich seit Jahren unterhalten, interessieren ihn nicht mehr. Ihm kommt alles vor wie Zeitverschwendung.

Oft trifft er sich mit seinem Freund Bradley im Coffeeshop, und sie reden über die Oper, die Bradley schreibt. Seit fünfzehn Jahren arbeitet er daran, aber nebenbei muss er immer irgendeinen schrecklichen Job annehmen, um sich finanziell über Wasser zu halten, und dieser Job geht nie zu Ende. Die Vorstellung, dass er und Bradley in diesem Coffeeshop sitzen, älter werden und über das Immergleiche reden, macht ihm plötzlich Angst. Am liebsten würde er sagen: «Jetzt mal ehrlich, Brad – du wirst diese Oper doch nie schreiben.» Aber das bringt er nicht fertig. Seine Freundschaften sind zu Sympathie, Akzeptanz und Toleranz erstarrt und haben offenbar keine andere Funktion mehr als die der gegenseitigen Stabilisierung. Als er sich dabei ertappt, wie er bei einem seiner Freunde über einen anderen herzieht, kommt ihm plötzlich das ganze Konzept von Freundschaften brüchig vor.

Nachts liegt er auf seiner Matratze und starrt zur Decke. Er liebäugelt mit Selbstmord, aber nicht einmal solche Gedanken üben noch irgendeinen Reiz aus, und in der Stille, die folgt, nachdem er sie abgehakt hat, befindet er, dass er nicht mehr Herr seiner selbst ist. Vielleicht war er das noch nie. Er hat seine Frau dazu angestellt, seine winzige Welt mit ihm zu teilen, für ihn Patrouille zu gehen und die Grenzen zu bewachen. Aber warum?, fragt er sich und horcht im Dunkeln auf das leise Plätschern seiner Gedanken. Langsam, über mehrere Wochen, dämmert ihm, dass die Hände, die ihn geformt haben, ängstlich und ungeschickt waren. Das ist nicht seine Schuld. Kein Mensch ist für die Hände verantwortlich, die ihn geformt haben. Aber irgendwann muss man die Verantwortung übernehmen. Das ist der Vertrag, den jeder abschließt, der sich mit seiner Geburt einverstanden erklärt: die Verantwortung für die Hände zu übernehmen, die ihn geformt haben, obwohl er nichts dafür kann.

Dieser Gedanke lässt ihn nicht einschlafen, und spät, nach drei Uhr, steht er wieder auf und verbrennt die wenigen Seiten, die er neu geschrieben hat. Als die Asche von der Brise vor seinem Schlafzimmerfenster verweht wird, fasst er einen Entschluss. Er wird ein weiteres Buch über die Zerstörung der Welt schreiben. Aber diesmal wird er es aus der Außenperspektive schreiben, als Augenzeuge ihrer Zerstörung. Er wird der Rufer in der Wüste sein.

Am nächsten Morgen kauft er sich eine Weltkarte, breitet sie auf den kahlen Holzdielen seines Wohnzimmerfußbodens aus, und mit dem roten Nagellack, den Geena im Bad hat stehen lassen, markiert er im Morgenlicht seine Route.

Auf Inseln lebende Spezies unterscheiden sich tendenziell von solchen auf dem Festland. Dasselbe gilt für ganze Populationen. Natürlich unterscheiden sich auch einzelne Inseln hinsichtlich ihrer Spezies und Populationen.

Aber die Unterschiede folgen alle einem ähnlichen Muster.

Inseln beherbergen seltenere Spezies als das Festland. Aus zwei Gründen können Spezies vom Aussterben bedroht werden: durch geographische Isolation und durch Evolution.

Inselbewohner entwickeln sich in der Regel schneller, und ihre Evolution hält sich an ein eigenartiges System: Große Arten wie Elefanten, Nilpferde, Rehe, Schweine und Füchse neigen auf Inseln zu Verzwergung, kleinere wie Vögel, Schildkröten, Geckos, Stinktiere, Nachtechsen und Leguane hingegen zu Gigantismus.

Ein so merkwürdiger Vogel wie der flugunfähige Dodo konnte nur auf einer Insel eine so unwahrscheinliche Entwicklung nehmen.

Das Artensterben schreitet auf Inseln schneller voran, und seltene Tiere sterben häufiger aus. Seltenheit ist eine Gefahr.

Und doch repräsentieren Inseln unkomplizierte, überspitzte Modelle der Evolution und des Artensterbens auf dem Festland. Deshalb lehren sie uns viel über eine Welt, die immer stärker zur Verinselung neigt.

Anmerkungen zum Artensterben von Will Mendelsohn

3

Seine Route ist reich an Umwegen, und der tatsächliche Ablauf seiner Reise weicht oft vom Plan ab. Manchmal geht den Projekten, denen er sich anschließen will, das Geld aus, oder sie haben keinen Platz für ihn, oder sie können ihn gleich aufnehmen, aber später nicht mehr. Er fährt zuerst zu den Galapagos-Inseln, dann zu den Midriffs und von dort aus weiter nach Madagaskar.

Er hat die Reise romantisiert. Er hat sie sich unbeschwert vorgestellt; wenn er sich Unannehmlichkeiten oder gar Leiden überhaupt ausmalte, dann ohne Empfindungen – ein Bild des Leidens ohne dessen echte Erfahrung. Er sah sich in Trekkingkleidung auf Klippen oder Felsvorsprüngen stehen, eine kantige Gestalt vor dem blauen Himmel. Dabei hatte er nicht bedacht, dass er sich, wenn er endlich an diesen Orten stehen würde, Sorgen darüber machen würde, ob ihn der Führer nicht doch betrogen hat, oder dass er immer noch dem peinlichen Gespräch nachhängen würde, das er Stunden zuvor beim Frühstück mit einem der Wissenschaftler geführt hatte, einem arroganten Menschen, der durchblicken ließ, sein, Wills, Verständnis der modernen Genetik sei recht lückenhaft.

Es stört ihn, dass für ihn die Schönheit der Orte, die er besucht, nicht unbedingt im Vordergrund steht. Warum sieht er nicht die Majestät der Baumwipfel im Tal unter ihm, zwischen denen die sattgrünen Zuckerrohrfelder oder der türkisblaue Teppich des Ozeans durchschimmern? Er steht nur da, mit all seinen Makeln. Vielleicht gibt es einfach keine reinen Augenblicke.

Als Nächstes reist er in den brasilianischen Regenwald. Dort erforscht eine Gruppe von Wissenschaftlern die Auswirkungen der Abholzung des Regenwalds zugunsten der Rinderzucht. Auf verschiedene Urwaldparzellen verteilt und so voneinander isoliert, gehen die großen Populationen von Hirschen und Neuweltaffen Jahr für Jahr weiter zurück. Als Will sieht, wie die räudigen Tiere am Rande ihres immer stärker eingeschränkten Territoriums mit scheuen Augen um sich blicken, weiß er, dass kein Buch dieser Welt sie retten kann.

Später sitzt er auf Guam vor einer Höhle der Vanikoro-Salanganen und beobachtet, wie die Vögel stur und unbeirrt an den Decken ihre Nester bauen. Während sie früher Hunderte von Höhlen bewohnten, haben sie sich jetzt instinktiv in eine einzige zurückgezogen. Er weiß, dass sie dem Untergang geweiht sind, dass ihr Aussterben nicht mehr aufzuhalten ist.

Die gesamte Vogelwelt auf Guam stirbt quasi über Nacht aus – die Vanikoro-Salangane, die Rotstirn-Fächerschwänze, die Semperbrillenvögel, die Feuerhonigfresser und die Guam-Monarchen –, und kein Mensch weiß, warum. Als er sie sterben sieht, während er sie in der Hand hält, kommt er zu einer tieferen, noch viel beunruhigenderen Erkenntnis: Die Welt wird schließlich in ihre Bestandteile zerfallen. Er ist nur noch Zeuge ihres Untergangs. Rettung gibt es nicht. Die Anwesenheit des Menschen auf der Erde war ein Wunder, ein faszinierendes Experiment, aber es ist fehlgeschlagen. Das spürt er deutlich; es ist, als wäre er in ein Geheimnis eingeweiht worden und nunmehr Mitglied eines exklusiven Clubs der Wissenden. Überall sieht er Schatten.

Vielleicht ist das der Grund, weshalb Rita, eine einundzwanzigjährige Studentin aus Chicago, ihn so fesselt. Sie ist von mädchenhaftem Enthusiasmus erfüllt und besitzt genau den Idealismus, der ihm langsam, aber sicher abhanden kommt. Er findet sie kindisch, so wie ältere Menschen jüngere eben kindisch finden, aber während er mit ihr und einer Gruppe von sechs Wissenschaftlern auf der Suche nach gefährdeten Vogelarten die Kalksteinhochebenen überquert, lässt er sie nie aus den Augen. Wenn sie Zweiergruppen bilden, um an bestimmten Stationen im Wald Wache zu halten, richtet er es immer so ein, dass er mit ihr zusammenkommt. Alle halten Wache wie Mütter und beobachten die Vögel durch Ferngläser.

Er weiß, es ist pubertär, wenn er und Rita ein Spiel daraus machen, und es wäre ihm peinlich, wenn einer der anderen Wissenschaftler ihn sagen hören würde: «Rita, da drüben treibt's Don Juan mit Marilyn Monroe», wenn er sieht, wie sich zwei Vögel paaren – aber irgendwie kann er sich's nicht verkneifen.

Wenn Rita in dem improvisierten Büro die Daten in einen Ordner einträgt, muss er einfach neben ihr sitzen. Sie schreibt mit einem Stift, der aussieht wie eine Pfefferminzstange mit einem Smiley-Radiergummi, und redet ununterbrochen davon, dass sie die Vögel Guams vor dem Aussterben bewahren wird.

«Ich weiß, es ist nicht besonders wissenschaftlich oder so», sagt sie, «aber in letzter Zeit spreche ich abends immer kleine Gebete für die Vögel. Also, ich denke an sie und versuche, mich ganz auf sie zu konzentrieren, wie beim Meditieren. Ich will zu dem vordringen, was dahinter steckt, weißt du, also irgendwie die ganze Aura in mich aufnehmen. Eigentlich bin ich gar nicht besonders fromm, also ich gehe nie in die Kirche, aber seit ich hier bin, bin ich echt spirituell geworden.»

Sie sitzt im Schneidersitz auf einer Bank, die blonden Haare zu einem Pferdeschwanz frisiert, und ihre grünen Augen leuchten.

Sie gehört zu diesen Ökofreaks, von denen er sich bislang immer fern gehalten hat. Er muss gestehen, dass er ihr vor allem deswegen zuhört, weil er sehen will, wie sie sich mit der Zunge über die vollen Lippen fährt, weil er ihre Haut betrachten möchte, die so glatt ist, als hätte sie keine Poren, und weil er sich an ihrer Begeisterung wärmen will.

Er tut nie so, als empfände er genauso wie sie, aber er erwähnt auch nicht, dass er sich noch nie dafür engagiert hat, eine bestimmte Spezies vor dem Aussterben zu bewahren. Sein Interesse gilt der Erhaltung des gesamten Ökosystems, um so die Menschheit zu retten. Die Rotstirn-Fächerschwänze und die Guam-Monarchen sind nur ein Teil des Ganzen.

Sie lächelt, beugt sich vor. «Bist du auch spiritueller geworden, seit du hier bist?», fragt sie ihn.

Plötzlich ist ihm ihre Jugend peinlich, und er muss sich zusammennehmen, um nichts Kränkendes zu sagen. «Ich glaube nicht», antwortet er vorsichtig. «Ich war noch nie ein besonders religiöser Mensch.»

«Ich auch nicht, aber ich habe irgendwie so eine innere Verbindung zu diesen Vögeln, und gestern Abend habe ich echt für sie gebetet. Es wäre toll, wenn wir rauskriegen würden, woran sie eigentlich sterben. Ich meine, wenn wir es *richtig* erklären könnten, weißt du. Überläuft dich da nicht auch 'ne Gänsehaut, wenn du nur daran denkst?» Sie wirft den blonden Pferdeschwanz über die Schulter und schaut ihn mit strahlenden Augen an.

«Ich fände es nicht schlecht, aber ich muss zugeben, dass ich bis jetzt noch keine Gänsehaut bekommen habe. Kann ja noch kommen.»

Sie lacht immer, wenn er so etwas sagt. «Du bist echt witzig, Will. Irgendwie erinnerst du mich an meinen Onkel Julius.»

«Ich hoffe, das ist nicht der im Pflegeheim», erwidert er.

Wieder fröhliches Gelächter; er nimmt, was er kriegen kann.

«Wenn ich könnte, würde ich die ganzen Vögel mitnehmen, sie in einem großen Haus unterbringen und mich den ganzen Tag um sie kümmern», sagt sie.

«Vielleicht solltest du dir einen Job in einem Waisenhaus suchen.»

Sie lacht und kaut auf dem Smiley-Radiergummi herum. «Wenn man wenigstens einen Schuldigen hätte, weißt du. Also wenn es ein Mensch wäre, dann könnten wir protestieren und ihn vor Gericht bringen! Aber es ist ein stummer Killer. Er kommt quasi in der Nacht, total unheimlich, so was wie die dunkle Hand des Bösen. Weißt du?»

Sie sagt oft «Weißt du?». Die Unsicherheit der Jugend, der zaghafte Versuch, komplexe Gedanken zu formulieren – aber er ist kein Lehrer, deshalb nickt er nur.

Er findet es albern, dass sie zu weinen anfängt, als sie einen toten Guam-Monarchen auf dem Waldboden finden, aber er trottet ihr zum Strand hinterher und hält die Taschenlampe, während sie den Vogel im Sand begräbt. Er spricht ihr sogar das Gebet nach, als sie ihn darum bittet. Er verzeiht es ihr. Auch er hatte mal Ideale.

Nachts allein in seinem Zelt überlegt er sich, was ihm Rita eigentlich bedeutet. Er denkt an sie, wenn sie nicht da ist. Er ertappt sich dabei, dass er sie sucht. Bisher hat er sich noch nie zu einer Frau hingezogen gefühlt, die zwanzig Jahre jünger ist als er. Im Grunde ist es gar nicht so sehr ihr Körper, zu dem er sich hingezogen fühlt – doch, das natürlich auch –, es ist vor allem der reiche Strom des Lebens, der durch sie fließt – als wäre sein eigener Vorrat so drastisch zurückgegangen, dass er nun andere anzapfen muss.

Als er Rita schließlich auf den Hals küsst, kauert sie gerade mit tränenüberströmtem Gesicht neben ihm und wickelt wieder einen nächtlichen Todesfall – einen Guam-Monarchen – in das Papiertaschentuch, das Will aus seiner Hosentasche gefischt hat. Er öffnet die dafür vorgesehene Box, damit sie das tote Tier hineinlegen kann. Und als sich ihre Hände zufällig berühren, beugt er sich vor und küsst Rita auf die makellos weiße Haut ihres Halses.

Sie weicht zurück, und an ihrem jähen Zurückschrecken erkennt er, dass sie ihn nie als möglichen Geliebten gesehen hat. Für sie ist er ein alter Mann. Das sagt sie zwar nicht, aber was sie sagt, läuft auf das Gleiche hinaus: «Ich rede sehr gern mit dir. Weißt du? Ich meine, ich rede einfach gern mit dir.»

Später, in seinem Zelt, mustert er sich in dem kleinen Spiegel, den er zum Rasieren verwendet. Da ist Grau an seinen Schläfen, das war ihm bisher gar nicht aufgefallen. Als ob es über Nacht gekommen wäre. Dann inspiziert er sein Kinn: Die Haut darunter ist schlaff geworden. Er hatte diese Attacken des Alters gar nicht bemerkt! Die Falte zwischen seinen Augen ist ein tiefer Graben, findet er. Er macht sich zu viele Sorgen. Selbst wenn er die Stirn gar nicht runzelt, kann er die Vertiefung mit den Fingerspitzen ertasten.

Plötzlich sieht er vor seinem inneren Auge ein mittelaltes Paar, einen Mann und eine Frau, die in der Nachmittagssonne auf dem Bett liegen und miteinander schlafen. Ein abstoßendes Bild! Die grauen Haare, die schlaffen Bäuche, die faltige Haut an den Hüften. Niemand will verbrauchte Körper im Rausch der Leidenschaft sehen. Aber sein Verlangen hat keineswegs nachgelassen.

Auf Mauritius wandert Will mit einem anderen Wissenschaftlerteam durch den Urwald und klettert, sich an dichten, fast mit dem Fels verwachsenen Ranken emporhangelnd, die nahezu vertikalen violetten Basaltklippen hinauf, um dort hinzukommen, wo der Kestrel, der kleinste Falke der Welt, seine Eier in die Ritzen legt. Sie ersetzen die echten Eier durch Glaseier und legen sie in ihrem improvisierten Labor in eine Art Brutkasten, um später die ausgeschlüpften Vögel in ihr Nest zurückzubringen, damit ihre Mütter sie aufziehen können. In seinem Buch spielt der Kestrel eine zentrale Rolle – er ist extrem selten geworden, und der Einsatz, mit dem der clevere Schotte Mr. Jones und sein Team den Falken zu retten versuchen, grenzt schon an Selbstaufopferung.

Früher fand Will solche Bemühungen edel, heute erscheinen sie ihm nur noch vergeblich. Abends sitzt er allein in seinem Zelt und tippt seine Notizen mit der alten Schreibmaschine ab. Er führt den Niedergang des Mauritius-Falken auf die Ankunft der Franzosen zurück, die Ende des achtzehnten Jahrhunderts auf die Insel kamen. Indem sie große Waldstücke abholzten, um Zuckerrohrplantagen anzulegen, reduzierten sie die Brutmöglichkeiten des Kestrel auf drei Gebirgsketten: Moka, Bambou und Rivière Noire. 1973 gab es auf der ganzen Welt nur noch acht dieser Vögel. Jetzt, 1983, sind es wieder dreimal so viele. Aber das hat nicht viel zu bedeuten, denkt er. Ein Tropfen auf den heißen Stein.

Als eines Abends einige der Forscher Fotos ihrer Frauen und Kinder herumzeigen, zuckt Will zusammen. Er hat viel über das Schicksal männlicher Einzelgänger geschrieben, die durch die Wälder oder Wüsten streifen, und plötzlich empfindet er sich selbst als so eine einsame Gestalt. Er wundert sich, dass ihn diese Vorstellung mit solcher Wucht trifft; seine Arbeit, seine Ehe sind fruchtlos geblieben. Er gerät richtig in Panik, weil ihm so gnadenlos deutlich vor Augen geführt wird, dass der Zug abgefahren ist.

Als Diane nach Mauritius kommt, fühlt er sich erlöst. Diane zieht ihn den anderen vor. Vermutlich hätte sie eine bessere Wahl treffen können, aber er nimmt die Ehre dankbar entgegen. Diane stammt aus Chicago, sie soll für eine wissenschaftliche Zeitschrift einen Artikel über die Rettung des Kestrel schreiben. Es rührt sie, ihn in seinem Zelt sitzen zu sehen: mit geschwollenen Fingerknöcheln, die mit einer weißen Creme bestrichen sind, und einem Eisbeutel am Knie. Frauen fliegen oft auf sein Ungeschick und seine selbstironische Art – Charaktereigenschaften, die ihn liebenswert harmlos erscheinen lassen.

Sie gibt ihm gute Ratschläge für die Behandlung von Schürfwunden und dehnt ihren Besuch noch etwas aus, indem sie ihm Fragen zu seinem Buch stellt. Am Schluss drückt sie ihm ihre Notizen über den Kestrel in die Hand, obwohl sie viel zu ausführlich sind für das, was er brauchen könnte.

Sie ist hübsch – kurze braune Haare, blaue Augen, regelmäßige weiße Zähne. Außerdem wirkt sie sehr patent mit ihren kräftigen Beinen und den schlanken Armen. Sie ist vierundvierzig, ein Alter, das ihm neuerdings liegt.

Als sie ein paar Abende später zu ihm ins Zelt kommt, sagt sie: «Die Männer schleichen um mein Zelt herum. Kann ich eine Weile reinkommen?» Es sind natürlich dieselben Männer, die Fotos ihrer Frauen und Kinder herumgezeigt haben.

«Komm rein», sagt er.

«Mein Gott, dieser Wally Shire! Was ist denn das für einer?» Sie hockt mit angezogenen Knien auf dem Boden, während er auf der Kante seiner Schlafpritsche sitzt. Auf dem Fußboden steht eine brennende Kerosinlampe, in deren Licht Diane zehn Jahre jünger aussieht.

«Er ist der Depp vom Dienst», erwidert Will. «So einen gibt's in jedem Camp.»

«Ja, das ist mir auch schon aufgefallen», sagt sie. «Und diese Deppen gucken sich immer mich aus. Sie stürzen sich auf mich, weil ich nett bin, und ich traue mich nicht, sie abzuwimmeln. Aber dieser Typ – ich glaube, so eine Nervensäge habe ich noch nie getroffen.»

«Kann ich mir vorstellen», sagt Will. «Er gehört zu diesen Quasselstrippen, die ihre Unsicherheit hinter einer Mauer von Faktenwissen verbergen. Ein Korinthenkacker. Ich gehe ihm aus dem Weg, wo ich kann.»

«Warum hast du mich nicht vor ihm gewarnt?», sagt sie. «Er hat mich fast eine Stunde lang im Labor festgehalten und mir die jährlichen Niederschlagsmengen auf Mauritius über einen Zeitraum von zehn Jahren aufgelistet. Und dann hat er noch sämtliche Pflanzenarten nachgeschoben, die in dem Zusammenhang dezimiert wurden. Also ehrlich!»

«Mir ist er mit den Tanreks gekommen», sagt Will. «Er weiß einfach alles über sie – das sind kleine, blinde Mäuse, falls du noch nichts von ihnen gehört haben solltest. Aber mach nur nicht den gleichen Fehler wie ich und frage ihn, warum er über Tanreks geforscht hat.»

Sie lachen los, und er weiß, es ist geschafft. Sie haben sich gegen Wally Shire verbündet, und der Kodex dieses Bündnisses besagt, dass sie sich Leute wie Wally Shire vom Hals halten müssen.

«Aber ich wette, er hat nicht versucht, dich zu küssen», sagt sie.

«Er hat versucht, dich zu küssen?»

Sie nickt und schüttelt sich demonstrativ.

«Es war umwerfend! Als würde sich das Ergebnis einer Verbindung von Qualle und Walross auf dich stürzen.»

Wieder prusten sie los, und er weiß, die anderen Männer können ihr unterdrücktes Gelächter hören. Die Zelte im Lager sind dicht nebeneinander aufgereiht. Einer niest – und alle hören es. Ihre zusammengekauerten Schatten in seinem Zelt werden der allgemeinen Aufmerksamkeit auch nicht entgehen. Es ist zwar nur ein kleiner Triumph, dass Diane zu ihm gekommen ist, während die anderen Männer allein in ihren Zelten sitzen, aber doch ein Triumph.

«Ach, wie schrecklich, dass wir so über andere herziehen», sagt sie. «Ich wüsste zu gern, was über mich geredet wird.»

«Da alle mit dir ins Bett wollen, ist es bestimmt eher schmeichelhaft. Vielleicht ändert sich das im Lauf der kommenden Wochen, aber im Augenblick stehst du garantiert hoch im Kurs.»

«Was sagen sie über dich?»

«Wenn ich mich verunsichert fühle, denke ich, sie machen sich über mein erstes Buch lustig, sobald ich zum Labor hinausgehe. Ich meine das über Alfred Wallace, der gleichzeitig mit Darwin die Evolutionstheorie entwickelt hat. Ich stelle mir vor, wie sie hetzen und behaupten, es sei pseudowissenschaftliches Zeug, billiges Geschreibsel ohne fundierten wissenschaftlichen Wert.» Dass ihn dieses Buch reich gemacht hat, lässt er ebenso unerwähnt, wie dass es ihm darüber hinaus inzwischen peinlich ist.

«Ich stelle mir vor, dass sie sagen, mein Hintern sei zu dick.»

Hier bahnt sich etwas an, denkt er.

Im Lauf der nächsten Woche folgt er ihr durch die Wälder, klettert mit ihr die violetten Basaltklippen hinauf, hockt neben ihr, während sie sich vergewissert, dass die Mütter die Glaseier nicht ablehnen. Durch den Baldachin der Bäume unter ihnen sind die grünen Zuckerrohrplantagen zu erahnen, die irgendwo in die Weite des blauen Ozeans übergehen. Hier oben, weit weg von den anderen, sprechen sie ganz ungezwungen, leichthin.

«Ich habe immer das Gefühl, anders zu sein als die anderen», sagt sie. «Ich meine – ich sitze mit allen zusammen und rede mit ihnen und so, aber was mich wirklich interessiert, wird nicht ausgesprochen. Verstehst du?»

«Es heißt, man lebt das Leben nur innerlich.»

«Ach, tatsächlich?»

«Es gibt so viele Dinge, die uns daran hindern, wirklich miteinander zu kommunizieren.»

«Ich weiß – aber das gefällt mir nicht.»

«Mir auch nicht. Es gibt nicht viele Menschen, denen ich mich je richtig nahe fühle.» Aber er sehnt sich nach dieser Nähe, und er hegt die Hoffnung, dass sie mit Diane entstehen könnte.

Sie verbringt jetzt häufig die Nacht mit ihm, und er genießt ihre Gegenwart. Sie ist fröhlich, was ihm über die Momente der Verzweiflung hinweghilft. Irgendwie passen sie gut zusammen, und wenn sich ihre Körper ineinander verschlingen, empfindet er das als sehr wohltuend und tröstlich. Oft liegen sie im Bett, halten sich in den Armen und reden miteinander. Ihr Körper bereitet ihm Lust, und er schläft häufig mit ihr, allerdings nie besonders leidenschaftlich.

So richtig erreicht sie ihn nicht, was er schade findet, und als nach zwei Wochen die Beziehung immer noch nicht viel mehr ist als ein unspektakuläres Vergnügen, findet er sich mit dem Gedanken ab, dass sie auf diesen Zeitabschnitt, auf diese Insel beschränkt bleiben wird.

Diane hat es heftiger erwischt, und als sie eines Abends das Thema Zukunft anspricht, wird ihm angst und bange.

«Es gibt keine Zukunft», sagt er leise. Sie setzt sich abrupt auf und zieht ihr Shirt über. Ihr Rücken ist breit und weiß, ein schöner Anblick im gelblichen Flackerlicht der Kerosinlampe.

«Natürlich nicht», sagt sie.

«Wieso ‹natürlich nicht›?»

Sie wirft ihm über die Schulter einen Blick zu. «Du gehörst zu den Männern, die keine Frauen lieben können.»

Sie zieht sich an und geht. Er weiß, dass sie wiederkommen wird – sie ist ja quasi bei ihm eingezogen.

Was sie gesagt hat, wundert ihn nicht. Er denkt darüber nach, während sie durch den Dschungel gehen oder die Basaltklippen hinaufklettern. Es stimmt, beschließt er. Weil er oft von Frauen geliebt wurde, ist der Eindruck entstanden, er hätte sie ebenfalls geliebt, aber jetzt wird ihm klar, dass er etwas ganz Entscheidendes missverstanden hat.

Er weiß selbst nicht so recht, warum, aber ein paar Tage später erzählt er Diane eine Anekdote aus seinem Leben. Er beschreibt alles sehr detailliert, viel ausführlicher als normalerweise. Der Urwald und die Tatsache, dass sie bald auseinander gehen werden, geben ihm die Erlaubnis dazu.

Er ist sechzehn, sitzt mit Heather Holden im Central Park und hält Händchen, erzählt er. Heather ist blond und blauäugig und hat deutsche Vorfahren. Sie stammt von Leuten ab, die Beckmann und Schröder heißen. Der Inbegriff einer Nichtjüdin, sagt er.

Als seine Mutter ihn dabei ertappte, wie er mit Heather Holden auf der Bank im Central Park saß und ihre Hand hielt, wusste er sofort, dass sie etwas sah, was gar nicht da war, nämlich Verrat und Betrug, aber ehe er etwas sagen konnte, hatte seine Mutter schon auf dem Absatz kehrtgemacht und war aus dem Park geflohen.

Als er nach Hause kam, lag sie im Bett und atmete keuchend. Im Zimmer war es dunkel. Es war immer dunkel und bedrückend in ihrem Zimmer, sogar mitten am Tag. Er stand am Fußende des Bettes und hielt sich an dem massiven, dunklen Fußteil fest.

«Meine Feinde», sagte sie. «Und du machst gemeinsame Sache mit ihnen.»

Sie schloss die Augen, als wollte sie das Grauen ausblenden, und er klammerte sich verzweifelt am Bett fest.

«Sie ist doch Amerikanerin», entgegnete er. «Von den Nazis hat sie keine Ahnung!»

Seine Mutter stützte sich auf den Ellbogen auf, und in der abgeschotteten Dunkelheit des Zimmers drohte sie mit dem Finger, der von der Arthritis schon ganz krumm war.

«Durchforste nur ihre Familiengeschichte, und du findest unter Garantie einen Nazi, der deine Angehörigen umgebracht hat. Dein eigen Fleisch und Blut! Ich werde dir jetzt eine Geschichte erzählen, Will, und ich möchte, dass du gut zuhörst.»

Er wusste gleich, welche Geschichte nun kommen würde. Er hatte sie schon so oft gehört, dass er sie, wenn seine Mutter plötzlich in Ohnmacht gefallen wäre, an ihrer Stelle zu Ende hätte erzählen können. Mehr als alles andere schien sie seine Herkunft zu zementieren.

«Eines Abends kommt einer der Nazis in unsere Baracke und will wissen, welches Mädchen tanzen kann», begann sie. «Natürlich meldet sich keine. Niemand möchte sterben, also sagt niemand ein Wort. Er heißt Schmidt, dieser Mann, das weiß ich noch, und er redet weiter und sagt, alle Mädchen, die ihm beweisen, dass sie tanzen können, sind frei. Man stelle sich vor – das Wort ‹frei›, an diesem Ort des Schreckens. Jetzt heben natürlich alle Mädchen die Hand. Wer würde sich da nicht melden? Ohne zu ahnen, was dahinter steckt, hebe ich ebenfalls die Hand. Ich bin jung und dumm. Ich weiß noch nicht, wie böse diese Deutschen sind. Zusammen mit drei anderen Mädchen werde ich ausgewählt, und man zwingt uns zu tanzen, wie Kreisel, auf dem kalten Fußboden, in Schuhen ohne Schnürsenkel, sie sind so unbequem, und wir frieren, wir haben Hunger, aber wir tanzen, weil wir frei sein wollen. Dieser Schmidt führt uns in ein Haus. Ah, in diesem Haus ist es warm, der Tisch wird gerade abgeräumt, ich kann das Essen riechen, und ich sehe Reste von Fleisch und Kartoffelknödeln auf den Tellern liegen. Am liebsten würde ich sie stehlen und in die Tasche stecken. Die Männer im Raum sind lauter Nazis, und sie sind zu sechst. Sie rauchen und trinken, und ich denke, oh, ich werde tanzen, so gut ich nur kann. Vielleicht komme ich dann frei. Freiheit – das ist schon fast unvorstellbar.

Sie bringen uns in einen anderen Raum, in einen Raum mit Büchern, Ledersofas und Sesseln, und sie kurbeln das Grammophon an und legen französische Chansons auf, früher habe ich sie geliebt, aber jetzt kann ich sie kaum ertragen. Dann sagen die Männer, wir sollen tanzen, also gehen wir in die Mitte des Raums und tanzen für sie. Stundenlang müssen wir für sie tanzen. Sie sehen gar nicht richtig zu, aber wir müssen tanzen. Sie unterhalten sich miteinander, aber trotzdem zwingen sie uns zu tanzen. Ich tanze immer weiter; ich denke, vielleicht komme ich frei. Ich weiß nicht, wie lange es dauert, bis das erste Mädchen umkippt und dann das zweite. Die

Männer lachen, und ich bin froh, dass diese Mädchen umfallen, weil ich jetzt vielleicht gewinne. Die Mädchen, die umfallen, werden weggeschickt. Jetzt sind wir nur noch zu zweit, und ich denke, hoffentlich kann ich immer weitertanzen, ich muss länger tanzen als das andere Mädchen. Und dann geht die Sonne auf, und ich sehe den blauen Himmel, und dann wird mein Gebet erhört, das andere Mädchen kippt um. Sie will sich wieder hochrappeln, sie sagt, sie ist nur gestolpert, aber die Männer bleiben stur, sie muss gehen. Und ich – ich denke, ich habe gewonnen, ich habe endlich, endlich gewonnen und werde freigelassen. Und ich bin stolz, so stolz, und ich denke, wie stolz mein Papa wäre. Er wollte nicht, dass ich Tanzunterricht nehme, aber jetzt hat mir dieser Tanzunterricht das Leben gerettet. Und ich bin so glücklich, wie nur eine Siegerin sein kann. Aber sie lassen mich nicht gehen. Sie werfen mich hin wie einen Fisch, und meine Hoffnung verfliegt. Ich begreife, dass ich mein Können verbergen muss, dass ich es ihnen nicht so bereitwillig zeigen darf. Ich begreife, dass ich nicht mehr hoffen darf. Ich lerne, nie wieder zu hoffen. So etwas vergisst man nicht. Man kann sein eigen Fleisch und Blut nicht vergessen – und dass diese Menschen dein eigen Fleisch und Blut töten. Hörst du – dein eigen Fleisch und Blut!»

Seine Mutter schwieg, ihr Blick wurde leer, die Vergangenheit hatte sie wieder eingeholt. Er sagte nichts. In all den Jahren, in denen sie ihm diese Geschichte immer wieder erzählte, hat er nie ein einziges Wort gesagt.

Aber spät in der Nacht träumte er von Bluttransfusionen, von genetischen Mutationen; er malte sich aus, von wem er noch abstammen könnte. Etwas Seltenes zu sein, der einzige Nachkomme der ganzen Familie – das war eine schwere Last. Um dem Gefängnis seines Zimmers zu entkommen, kletterte er aufs Dach des Mietshauses und legte sich zitternd auf die schwarzen Teerplatten. Er starrte in den Himmel und tröstete sich mit dem Gedanken, dass die Welt groß war, dass sie weit über die Dreizimmerwohnung hinausging, in der er mit seiner Mutter und seinem Vater lebte, über diese Familie, in der die Zeit stillstand. Das Universum war zeitlos, ein Kosmos, den es nicht kümmerte, ob jemand als Jude oder Nichtjude geboren wurde, und wo einfach nur zählte, dass man am Leben war.

Als seine Mutter ein paar Tage später beim Abendessen wieder mit dieser Geschichte anfing, warf Will seine Gabel auf den Teller. Die Gabel machte einen akrobatischen Salto und landete mit den Zinken in der Butter.

«Weißt du, wie oft du uns diese Geschichte schon erzählt hast?», schrie er. «Hunderttausendmal! Ich kann sie nicht mehr hören!»

Und dann äffte er ihren polnischen Akzent nach, den er, zum Entsetzen seiner Mutter, perfekt beherrschte. «Oh, Will, sie zwingen uns zu tanzen. Ich denke, oh, ich werde tanzen, so gut ich kann. Vielleicht werde ich dann frei sein. Frei, Will, du kannst dir das nicht vorstellen! Aber sie werfen mich hin wie einen Fisch, und meine Hoffnung verfliegt, Will, und ich lerne, nie wieder zu hoffen.»

Er genoss den grotesk maskenhaften Ausdruck auf dem Gesicht seiner Mutter.

Dann sagte sie: «Du hast Glück, Will. Du hast wirklich Glück im Leben. Ich hatte kein Glück und dein Vater auch nicht. Aber du, Will. Du kannst es dir erlauben, so etwas zu sagen. Aber du hast ja keine Ahnung! Du wurdest hier geboren, du hast Glück.»

«Ich will aber gar kein Glück haben!», schrie er. «Ich habe keine Lust mehr, ständig Glück zu haben!»

Aber seine Mutter hastete schon den dunklen Gang hinunter, zu ihrem Bett, wo sie sich in solchen Momenten immer verkroch.

«Ich werde dafür sorgen, dass es nicht mehr stimmt!», brüllte er. «Ich sorge dafür, dass ich kein Glück mehr habe!» Aber seine Mutter hatte längst die Schlafzimmertür zugeknallt, und ihm blieb nichts anderes übrig, als sich ebenfalls in sein Zimmer zurückzuziehen.

Später kam sein Vater zu ihm. Er schloss die Tür hinter sich und setzte sich an Wills Schreibtisch, während Will auf dem Bett lag, die

Hände hinterm Kopf verschränkt. Er sah seinen Vater nicht an, sondern starrte stur zur Decke hinauf, zu den Rissen, die unter der weißen Farbschicht durchgekommen waren.

«Will», begann sein Vater. «In der Nacht, als sie deine Mutter zwingen zu tanzen, ist sie sechzehn, so alt wie du jetzt. Sie denkt, sie gewinnt, weil sie immer weitertanzt, aber anschließend nehmen die Männer sie sich, weil sie das kräftigste der jüdischen Mädchen ist. Sie sagen, sie wollen nicht mit einer schwachen Jüdin kopulieren, nur mit einer starken, deshalb tun sie ihr das an. Alle, einer nach dem anderen, auf dem Ledersofa, Will, und dann schicken die Männer sie nackt in die Baracke zurück, durch den Matsch, und die anderen Mädchen – sie wissen alle, was passiert ist. Sie hat Blut an den Beinen. Die Männer haben ihr nicht erlaubt, das Blut abzuwaschen. Wenn es nur ein Abend gewesen wäre, Will ... Du weißt nicht, wie erniedrigend das für eine Frau ist.»

Will rührte sich nicht, schaute seinen Vater nicht an. Er starrte immer noch zur Decke, obwohl er sie gar nicht mehr wahrnahm. Es war, als hätte sie sich geöffnet, als könnte er den Himmel sehen, so wie wenn er oben auf dem Dach unter den Sternen lag: Er spürte, dass sich seine Grenzen auflösten, dass sich seine Perspektive verlor. Der Himmel war keine gute Mutter. Dann spürte er kurz die Hand seines Vaters auf seiner Schulter und hörte, wie die Tür geschlossen wurde.

Als er am nächsten Morgen beim Frühstück seine Mutter anschaute, sah er sie unter einer Horde von Nazis liegen, ein schmales junges Mädchen mit erloschenen Augen. Er musterte seinen Vater und hatte plötzlich das Gefühl, dass sein Vater innerlich riesengroß war, aber äußerlich geschrumpft, wie eine Hütte, unter der sich endlose Katakomben verbergen.

«Auf dem Heimweg von der Schule habe ich verschiedene Strecken ausprobiert», sagt er leise zu Diane, «und ich sah das Gewohnte mit anderen Augen, aus einem anderen Blickwinkel: Das Mietshaus, in dem wir wohnten, wirkte höher als die anderen Gebäude in der Straße, wenn ich von Osten kam und nicht von Westen. Die Silhouette der Häuser vor dem Himmel veränderte sich, je nachdem, ob ich am Fuß meines Bettes oder am Kopfende lag. Ich sah jetzt den Unterbau der Brooklyn Bridge, nicht mehr die Tragkabel. Die Dächer der Gebäude, nicht die Eingänge. Die schmale Kante in der U-Bahn, nicht den breiten Bahnsteig. Dort fand ich dann ein Buch über das Aussterben der Wandertauben in Amerika. Es war spannender als jeder Krimi, ich konnte es nicht mehr weglegen.

Ich habe jedes Buch über das Artensterben gelesen, das ich in die Finger bekam, und im Verlauf meiner Lektüre stieß ich natürlich auf Charles Darwin. Seine Theorie über die Evolution und das Artensterben war ein Evangelium ohne unversöhnliche Gegensätze, ohne Widersprüche. Sie war beweisbar, quantifizierbar. Das Leben war eine Sache des Zufalls, der Beliebigkeit, und innerhalb dieses Zufallsystems herrschte eine bestimmte Ordnung.

Ich wurde Dauergast im Naturkundemuseum, und dort beschäftigte ich mich vor allem mit zwei Dingen – ich studierte das Aussterben der Arten und suchte nach nichtjüdischen Mädchen. Ich führte genau Buch. Im vorderen Teil meines Heftes notierte ich die Tiere – Reich, Stamm, Klasse, Gattung, Art –, und ich fing an, sie zu malen. Hinten im Heft war die Abteilung *Schöne Schicksen*, abgekürzt SS, wo ich meine Eroberungen verzeichnete – ihren Namen, die Namen ihrer Eltern, die Namen ihrer Großeltern. Ich beschrieb ihre körperlichen Charakteristika, Haarfarbe, Augenfarbe, Brustgröße, Geruch. Auch die Minute genau hielt ich fest, wann, wo und wie oft ich sie gehabt hatte, und am Schluss, wo wir uns befanden und wie viel Uhr es war, als ich ihre Träume zerschlug.»

Als er mit seiner Geschichte fertig ist, bricht er, zu seinem eigenen Unverständnis, kurz in Tränen aus. Nach einem Moment des Zögerns schließt Diane ihn in die Arme. Aber er lässt sich nicht wirklich gehen, obwohl das durchaus möglich wäre. Wenn man den Schmerz nur andeuten will, muss man sich kurz fassen.

Er fragt sich, ob sie denkt, dass ihm gerade ein lebenswichtiges Geheimnis bewusst geworden ist. Frauen denken gern in solchen

Kategorien, das ist ihm schon öfter aufgefallen. Warum hat er ihr die Geschichte erzählt? Wahrscheinlich, damit sie, genau wie seine Frau, weiß, dass er weder ein guter noch ein freundlicher Mensch ist – damit sie weiß, dass sie nicht viel verloren hat.

Als er ein paar Tage später nach Indien aufbricht, versucht er sich einzureden, dass er sie nie vergessen wird, aber er weiß genau, dass das nicht stimmt.

4

Er hat ein volles Programm in Indien – insgesamt fünf Nationalparks zwischen Gujarat und Assam. In Assam will er außerdem die Freundin seiner Mutter besuchen, Mim Ritchards – eine Frau, die seine Mutter im Konzentrationslager kennen gelernt hat –, und da Mim vor kurzem ihren Mann verloren hat, bat seine Mutter ihn um den Gefallen, sie zu besuchen. Er hat vor, eine Woche bei ihr in Dibrugarh zu bleiben und dann nach Guwahati weiterzufahren, zum Kazaringa-Wildreservat, wo das vom Aussterben bedrohte einhornige Nashorn anzutreffen ist.

Für Indien ist er nicht gerüstet. Er hat von den Menschenmassen und der erdrückenden Armut gelesen. Er hat Fotos von diesen überfüllten Straßen gesehen, durch die barfüßige Jungen mit billigem Plastikkrimskrams behängte Holzkreuze schleppen. Er kennt Bilder von den im leuchtenden Rot, Orange, Blau und Violett der Saris, Obststapel und Gewürzpyramiden getupften Marktplätzen.

Noch nie hat er in so vielen Epochen zugleich gelebt, ganze Jahrhunderte bewegen sich hier nebeneinanderher wie ungleiche Tanzpartner. Reklameschilder für Klimaanlagen thronen über heißen breiten Straßen, auf denen kleine, dürre, dunkelhäutige Männer barfuß ihre Rikschas ziehen und auf deren Mittelstreifen majestätisch Kühe schlafen.

Die Spuren der Briten sind unübersehbar, ihre architektonischen Wunderwerke bilden einen krassen Gegensatz zu den tristen indischen Betonbauten, an denen spinnenartig schwarzer Schimmelpilz hochkriecht, Produkt der abgasverseuchten Luft und der Monsun-Feuchtigkeit. Und dann der immer leicht muffige Geruch, als wäre ganz Indien ein riesiger, zugesperrter Schrank.

An seinem ersten Tag verirrt er sich in einem der dichtest bevölkerten Slums von Bombay. Er kommt vom Bahnhof, schlägt die falsche Richtung ein und gerät in die engen Gassen zwischen den Elendshütten. Die Hütten, aus allem gebaut, was irgendwie verfügbar ist – Wolldecken, Wellblech, Metallstücke, Pappe –, stehen lückenlos, dicht an dicht. Hier ist Indien braun: die Haut der Menschen, ihre ärmliche Kleidung, die Erde, von der sie sich nur durch ihre Gestalt zu unterscheiden scheinen.

Es sind aber vor allem ihre Augen, die ihn erschrecken; aus der Dunkelheit der Hütten starren sie ihn an, erfüllt von der Dumpfheit, die das Elend mit sich bringt, und von einer abgrundtiefen Erschöpfung, einer Hoffnungslosigkeit, die ganz anders scheint als bei Augen, die einmal wussten, was Hoffnung bedeutet, und sie dann verloren haben. Der Gestank von Urin und Kot wabert durch die brütende Hitze. Das Sirren der Fliegenschwärme, das laute Gemurmel, das entsteht, wenn viele Menschen auf engem Raum zusammen sind – es dröhnt ihm in den Ohren. Er geht eine der schmalen Gassen entlang, biegt in eine andere ein, und plötzlich gerät er in Panik, weil er nicht mehr weiterweiß. Schließlich wird er von einem alten Mann in einem *Dhoti*, dem weißen Lendentuch der Hindus, gerettet, der ihn wortlos aus dem Slum herausführt.

Abends nimmt er eine Auto-Rikscha und fährt zum Juhu Beach, einem Sandstrand am Arabischen Meer. Es ist ein wellenloses Meer, kupferfarben, darüber azurblau die Himmelskuppel, der Sand sieht aus wie brauner Zucker. Bei einer Bude am Straßenrand kauft er sich eine *Samosa* und schlendert den leeren Strand entlang. Einen Moment lang ist er verzaubert von der Silhouette eines Mannes mit Turban, der entlang der Wasserlinie Kinder auf einem Kamel reiten lässt. Doch dann taucht aus dem Nichts ein achtjähriger Junge mit Krücken auf und zeigt ihm sein am Knie amputiertes Bein. Der Junge macht eine deutliche Geste mit der hohlen Hand, die er vom Mund zum Magen führt, um seinen Hunger zu signalisieren, und ohne zu überlegen reicht Will ihm seine *Samosa*.

Er geht zum Wasser hinunter, um dem Jungen zu entkommen, aber bald darauf wird er von einer in Lumpen gehüllten Mutter verfolgt, die ein nacktes Kind auf der Hüfte trägt. Zu ihr gesellen sich ein kleines Mädchen in einem verdreckten roten Kleid, ein blinder alter Mann und seine Frau. Der Blinde kann ein paar Brocken Englisch und packt Will am Arm. «Sir, ich bin blind. Ich bin blind.» Will wirft einen kurzen Blick in seine trüben weißen Augen. Er hat keine Ahnung, wo diese Leute plötzlich herkommen. Er hat sie nicht kommen sehen. Sie laufen hinter ihm her, und der Mann, der die Kinder auf dem Kamel reiten lässt, hält kurz inne, als Will mit seinem Gefolge an ihm vorbeizieht.

Schließlich bleibt er stehen, und die Bettler versammeln sich um ihn. Die Frau und das Mädchen in dem schmutzigen roten Kleid deuten mit der Hand vom Mund zum Bauch und wackeln dabei mit dem Kopf, eine wippende, drängende Gebärde, die er nicht richtig interpretieren kann; der Junge hält sein amputiertes Bein hoch; der Blinde und seine Frau zupfen an seinem Hemd. Er schaut in ihre Gesichter, in ihre flehenden Augen, so gierig nach Leben, und er holt Geld aus seiner Tasche, gibt jedem von ihnen ein paar Rupien. Sie warten auf mehr, aber als er ihnen achselzuckend seine leeren Hände zeigt, machen sie kehrt und entfernen sich mit müden Schritten. Die Mauritius-Falken bekommen mehr Zuwendung als diese Menschen, denkt er, und später, als er hinten in einer Auto-Rikscha sitzt, weint er, den Arm vor dem Gesicht.

Er hat nicht gewusst, wie empfindlich er ist, bis er mit einem indischen Zug fährt. Egal, wie durstig er ist, er trinkt lieber nichts, als das Wasser aus den verschmierten Gläsern zu sich zu nehmen, das die alten Männer auf den Bahnsteigen aus Plastikeimern schöpfen. Er verzichtet lieber auf eine Mahlzeit, als einen Pappteller voll mit dieser unidentifizierbaren breiigen gelben Pampe zu essen. Verzweifelt steht er im Eingang einer öffentlichen Toilette im Bahnhof von Jaipur: Um zu einer der türlosen Zellen zu gelangen, in denen sich jeweils ein als Toilette dienendes Loch befindet, müsste er auf Zehenspitzen einen Slalom zwischen Hunderten Scheißhaufen vollführen.

Während er von einem Reservat zum anderen fährt, spürt er

Indiens Aroma immer deutlicher, üppig und verschwenderisch umhüllt es ihn. Er taucht ein in die berauschende Atmosphäre dieses Landes. Die Gerüche sind überwältigend, unentrinnbar; überall Bilder, Düfte und Klänge, die sich unerbittlich aufdrängen, nicht weichen wollen. Und doch fühlt er sich ganz entspannt. In Indien kennt man keine Eile. Die Tage sind lang, es ist immer reichlich Zeit.

Im Kanha-Nationalpark, dem vierten Reservat, wo er den vom Aussterben bedrohten Tiger untersuchen will, klappt es nicht mit seiner Unterkunft, und er muss bei einem der Ranger wohnen, einem gewissen Mr. Belani und seiner pflichtbewussten Frau Raisha.

Sie leben in einer schlichten Wohnung im siebten Stock, und da es keinen Aufzug gibt, muss man die Außentreppe benutzen. Nach amerikanischen Maßstäben erinnert die Dreizimmerwohnung mit ihrem Linoleumfußboden und der eintönigen Raumaufteilung sehr an eine Sozialwohnung. In Indien hingegen ist sie ein Statussymbol der arrivierten Mittelschicht. Voller Stolz führt Raisha ihn herum, und er muss alles mit dem gebührenden Enthusiasmus bewundern.

«Wir haben zwei Schlafzimmer», erklärt sie, «nicht nur eins.» Will folgt ihr vom Wohnzimmer ins erste Schlafzimmer und dann in das zweite; es sind unauffällige, spärlich möblierte Räume.

Er hört sich sagen: «Wirklich sehr schön.»

«Und die Amerikaner glauben, alle Inder leben in Hütten!», sagt sie.

Mr. Belani hält sich zurück, als wäre ihm die Situation peinlich, während Raisha Will in die Küche führt, die dieser verblüffend ästhetisch findet, weil es darin keine modernen Geräte gibt: keine Kaffeemaschine, keinen elektrischen Dosenöffner, keine Mikrowelle, keinen Mixer. An der Wand befindet sich nur ein kleiner Altar mit einem Bild von Ganesh und einer kleinen, brennenden Öllampe. Der Altar ist mit frischen orangegelben Tagetesblüten geschmückt. Raisha möchte Will vor allem den Kühlschrank zeigen, einen kleinen Kasten mit abgerundeten Ecken, wie man sie in Amerika in den dreißiger Jahren hatte. Raisha öffnet die Tür, um zu demonstrieren, wie kalt es darin ist.

«Wirklich sehr schön», sagt er.

«Und eine Waschmaschine haben wir auch», verkündet sie. Schnell gibt sie ihrer jungen Bediensteten in einer indischen Sprache eine Anweisung, und das Mädchen geht aus der Küche. Während ihm der Kühlschrank vorgeführt wurde, hatte sie die ganze Zeit mit gesenktem Kopf Gemüse geputzt, und jetzt folgen sie ihr ins Badezimmer, wo sie ihnen eine Kurbelschleuder vorführt, wie Will sie aus seiner Kindheit kennt.

«Und ihr denkt, wir sind nicht modern!», sagt Raisha.

«Wirklich erstaunlich», sagt er und tätschelt das Metall.

Mr. Belani sagt in ihrer eigenen Sprache etwas zu seiner Frau, ziemlich streng, und Raisha gibt dem Mädchen mit einer raschen Bewegung zu verstehen, dass sie die Schleuder wieder wegschieben soll. Will weiß nicht, was Mr. Belani gesagt hat, aber vermutlich hat er sie darauf aufmerksam gemacht, dass die Waschmaschinen in Amerika wesentlich besser sind, und jetzt schämt sich Raisha.

Wills Gastgeber wollen unbedingt, dass er in ihrem Schlafzimmer übernachtet. Es ist der größere Raum und der einzige mit Klimaanlage.

«Nein, nein – das kann ich unmöglich annehmen», sagt Will. «Ich nehme das Gästezimmer, dort werde ich mich viel wohler fühlen.» Er meint es ernst.

«Nein, nein, wir bestehen darauf», entgegnet Mr. Belani. «Das lassen wir uns nicht nehmen.»

«Sie schlafen hier, in diesem Zimmer», sagt auch Raisha. «Und jetzt müssen Sie sich erst einmal von der Reise ausruhen. Sie sind bestimmt sehr müde. Möchten Sie eine Tasse Tee?» In einer indischen Sprache, von der er kein Wort versteht, gibt sie ihrer Bediensteten Anweisung, seine Koffer ins Zimmer zu tragen, und ein paar Minuten später sitzt er ganz benommen auf der Bettkante. Er weiß nicht, was ihn mehr stört: dass er in ihrem Ehebett schlafen soll oder dass ihm ein unerwünschtes Privileg zuteil wird, für das er sich auf eine Weise erkenntlich zeigen muss, die ihm gar nicht passt, nämlich durch Höflichkeit.

Er fühlt sich unbehaglich. Er spürt das blinde Pflichtbewusstsein seiner Gastgeber, mit dem sie alle ihre Besucher behandeln müssen, unabhängig von ihren wahren Gefühlen, die, da ist er sich sicher, nie zutage treten werden. Die Vorstellung, dass sie jetzt die ganze Zeit Gastgeber und Gast spielen sollen, nervt ihn.

Nach dem Tee macht er sich frisch und geht nach draußen. Der Staub der ungeteerten Straßen nimmt ihm die Luft zum Atmen; Schmutz und Armut sind mit Händen zu greifen; kahle braune Schweine wühlen in den dickflüssigen, stinkenden Abwässern, die offen auf beiden Seiten der engen Straßen fließen. Magere Kinder, in Lumpen gehüllt, stehen barfuß in der Brühe und mustern Will neugierig. Es riecht nach aufgestautem Wasser, brackig und faul.

Er sieht einen Hindu-Tempel, der ein Stück von der Straße entfernt liegt. Rasch zieht er seine Sandalen aus und geht über den kühlen Marmor ins Tempelinnere. Irgendwie spenden ihm die seltsam puppenhaften Gottheiten Vishnu und Lord Shiva Trost. Sie befinden sich auf einer Art Bühne, zu ihren Füßen Opfergaben, Kokosnuss und Tagetesblüten. Er setzt sich auf eine Bank und sucht in seinem Inneren nach einem Bild von sich selbst. Er hat nicht die geringste Lust, in die Wohnung der Belanis zurückzugehen. Eigentlich mag er das Ehepaar nicht. Die beiden mögen ihn sicher genauso wenig, denkt er, und nun müssen sie diese Höflichkeitsscharade aufführen.

Eine Stunde später klettert er wieder die acht Stockwerke zur Belani'schen Wohnung hinauf, gerade rechtzeitig zum Abendessen, das von dem jungen Dienstmädchen in der kleinen, dunklen Küche zubereitet worden ist. Das Mädchen steht in der Tür und starrt ihn unverwandt an. Als er ihren Blick erwidert, schlägt sie schnell die Augen nieder und verschwindet in der Küche. Sie ist nicht älter als zwanzig, und einen Moment lang überlegt er sich, ob er vielleicht etwas mit ihr anfangen könnte, sozusagen um sich über Mr. und Mrs. Belani wegzutrösten.

Es wäre alles nicht so schlimm, wenn sie irgendeine gemeinsame Ebene gefunden hätten, aber da es absolut keine gibt, wird die

Mahlzeit zur Qual. Als nach dem Essen die beiden Töchter mit ihren Männern vorbeikommen, um ihn kennen zu lernen, sieht er sich gezwungen, bei der extremen Hitze im Wohnzimmer sitzen zu bleiben und höflich Konversation zu machen. Zwischendurch muss er etwas von den Desserts probieren, die ihm in regelmäßigen Abständen angeboten werden, *Gulab jamun* und *Rasmali*, beide klebrig und viel zu süß.

Die eine der Töchter, eine eher korpulente, aber sehr hübsche Vierundzwanzigjährige, sagt: «Sie müssen überwältigt sein. Sie waren noch nie in Indien, und nun kommen Sie hierher und kennen nichts und niemanden.» Ihr Blick scheint zu sagen: «Wer hier hängen bleibt, hat nicht viel zu lachen.»

Er schläft kaum – bei Fremden fühlt er sich nie richtig wohl. Das fast stumme Frühstück am Morgen übersteht er einigermaßen, ebenso wie die Autofahrt zum Reservat. Mr. Belani sitzt am Steuer, und in Abwesenheit seiner Frau redet er pausenlos über ein begrenztes Themenspektrum: die Anwaltspraxis seines Schwiegersohnes, die Restaurant-Pläne seines Nachbarn, sein eigenes Hobby, die Münzsammlung.

Zwei Wochen erstrecken sich vor Will wie ein ganzes Jahr.

Jetzt ärgert er sich darüber, dass er seiner Mutter versprochen hat, in Dibrugarh ihre Freundin Mim zu besuchen. Als er Mim anruft, um einen Termin zu verabreden, gibt er ihr deutlich zu verstehen, dass sie seinetwegen keine Umstände machen soll, dass er sich lieber selbst verpflegen möchte und sie sich nicht verpflichtet fühlen muss, für ihn zu sorgen und irgendwelche Einladungen oder dergleichen zu arrangieren.

Die Zukunft ist kein weites, unerforschtes Land mehr. Jetzt gibt es Eckdaten, die Größe geht nicht mehr gegen Unendlich, sondern ist festgeschrieben. Er muss aufpassen, mit wem er seine Zeit verbringt.

In Assam herrschen politische Unruhen, und vierundzwanzig Stunden lang kann man weder aus- noch einreisen. Das bedeutet, dass er einen weiteren Tag bei den Belanis bleiben muss. Er hat keine Ahnung von Assam, kapiert aber immerhin so viel, dass es bei den Auseinandersetzungen unter anderem um die Abberufung der provisorischen Regierung und um bevorstehende Wahlen geht. 1979 hatte die All Assam Students Union eine Anti-Einwanderungskampagne gestartet und dann 1980 so nachhaltig eine Volkszählung verhindert, dass die Regierung des Staates dadurch lahm gelegt wurde. 1981 löste sich die Legislative auf. Seither untersteht Assam direkt der Zentralregierung. Die Studenten fordern jetzt mit noch mehr Nachdruck die Ausweisung der «ausländischen» Bangladeshi, weil sie sich von ihnen in ihrer Identität bedroht fühlen. Seit 1911 sind sehr viele Bangladeshi nach Assam gekommen, aber Indira Gandhis Regierung vertrat die Ansicht, dass es inhuman wäre, sie auszuweisen. Es wird diskutiert, ob man den Bangladeshi, die sich zwischen 1961 und 1971 illegal in Assam niedergelassen haben, das Wahlrecht absprechen soll, aber die Studenten bestehen auf ihrer Ausweisung.

Dennoch fliegt Will in den nordöstlichen Dschungel Indiens, nach Assam – Indiens abgelegenstes Anhängsel, von Bangladesh und Bhutan umschlossen wie von fremden Händen.

Der Flughafen von Dibrugarh ist kaum mehr als ein großer Schuppen inmitten von Reisfeldern. Überall stehen Eimer auf dem Boden, weil das Dach undicht ist, und wilde grüne Papageien fliegen zwischen den Balken umher. Die einzige moderne Einrichtung ist das Förderband, das quietschend die Koffer transportiert.

Dort erwartet ihn Mim. Sie ist eine winzige Polin, die tief in der Diaspora lebt, denkt er. Sie trägt einen *Penjabi*, ein traditionelles indisches Kleidungsstück, bestehend aus Tunika und weiten Hosen. Wenn er nicht gewusst hätte, dass sie Polin ist, hätte er sie für eine Inderin gehalten.

Ein paar Monate nach der Befreiung von Auschwitz hatte Mim einen Engländer namens Harold Ritchards geheiratet und war ihm in seine Teegärten in Assam gefolgt.

Als er seine Koffer vom Band heben will, hindert sie ihn daran:

Der Fahrer, der bis jetzt stumm neben ihr gestanden hat, tritt auf ihren Befehl hin vor und nimmt Wills Koffer in Empfang.

Mim führt ihn hinaus in die Hitze. Es ist so heiß, dass er fast ins Taumeln gerät, während sie darauf warten, dass der Chauffeur vorfährt.

Auf dem Rücksitz ihres blauen Ambassador schlägt Mim graziös die Beine übereinander. Sie trägt ihr dunkles Haar in einem eleganten Kurzhaarschnitt, und der dezente rote Lippenstift steht ihr gut.

Die Straße ist von den Regenfällen so zerfurcht und zerfressen, dass der Chauffeur extrem langsam fahren muss. Es ist, als wären sie querfeldein unterwegs, und die beiden auf dem Rücksitz werden kräftig durchgeschüttelt. Mim scheint das wenig zu stören.

«Werden die Straßen denn nicht repariert?», fragt Will.

«Das ist eben Assam unter der provisorischen Regierung», sagt Mim. «Nach den Wahlen werden die Straßen hoffentlich wieder instand gesetzt. Aber die Wahlen sind ein Albtraum. Sie finden erst in sechs Monaten statt, und schon jetzt gibt es Unruhen. Das Assam All Students Movement protestiert, überall wird gestreikt. Und nun ist noch eine andere, wesentlich militantere Gruppierung aufgetaucht, die so genannte People's Liberation Army, geführt von einem Terroristen namens Aban Bezbaruah. Die macht die Teeplantagenbesitzer erst richtig nervös.» Mit einer zarten Geste legt sie den Handrücken an die Stirn.

Draußen, am Straßenrand, zieht Indien in seinem mittelalterlichen Gewand an ihnen vorüber. Männer, deren dunkle Haut an Wasserbüffel erinnert, trotten neben Ochsenkarren her, die mit langen grünen Zuckerrohrstangen beladen sind; Frauen im Gänsemarsch balancieren Körbe auf dem Kopf; barfüßige Jungen treiben Kühe mit Stöcken voran.

«Ich freue mich sehr, dass wir uns kennen lernen», sagt Mim und tätschelt seine Hand. Ein dunkler Schatten huscht über ihr Gesicht, und sie tupft sich die Mundwinkel mit einem Papiertaschentuch ab. «Harolds Tod war ein schwerer Schlag für mich. Er war nicht einen Tag in seinem Leben krank, und eines Abends hat er plötzlich einen

Herzinfarkt. Für ihn war es schnell vorbei», sagt sie. «Aber für mich wird es lange dauern.» Sie lächelt tapfer und fährt immer wieder mit den Fingern über die Wölbung ihrer Knie.

Sein Beileid auszudrücken ist nie leicht, vor allem wenn man weder den Verstorbenen noch die Witwe richtig kennt, aber Will versucht es trotzdem. «Es tut mir sehr Leid, Mim», sagt er.

«Danke.» Sie tupft sich die Augen und schaut ihm dann direkt ins Gesicht.

«Ich habe das Gefühl, dich schon lange zu kennen, Will. Deine Mutter hat mir so viel von dir erzählt. Ich habe Fotos von dir, seit du ein kleiner Junge warst.»

Auch er hat ihren Namen gehört, seit er denken kann. Für ihn ist sie das Mädchen, das seine Mutter aus dem Konzentrationslager kennt, das Mädchen, dem die Nazis im Rahmen eines Experiments die Eierstöcke entfernt haben, als Mim elf war.

«Deine Mutter war ein sehr tapferes Mädchen», sagt Mim. «Wir haben sie alle bewundert. Sie war unser Vorbild. Sie hat sich immer geweigert, die Hoffnung aufzugeben. Keine von uns war so tapfer wie sie.»

Sie erwähnt mit keinem Wort, dass sie Auschwitz meint, dass es ein KZ war, in dem seine Mutter sich so tapfer gezeigt hat. So, wie sie redet, könnte man denken, die beiden hätten einen besonders harten Winter in Krakau durchgemacht.

«Deine Mutter hat mir erzählt, dass du bei einem Brand dein ganzes Manuskript verloren hast», sagt Mim. Er ist verblüfft, wie schnell und doch diskret sie sich an dieses Thema heranwagt.

«Ja», sagte er. «Die gesamten Recherchen, die Zeichnungen – alles.»

«Du Ärmster», sagt sie.

Als der Fahrer in eine ruhige Seitenstraße einbiegt, wird das Getümmel schlagartig vom satten Grün der endlosen Teegärten von Mims Plantage abgelöst. Zu beiden Seiten erstrecken sich riesige Felder mit etwa hüfthohen Teestauden, zwischen denen sich in regelmäßigen Abständen schlanke Schattenbäume erheben. Ganz in der Ferne kann Will die bunten Gestalten zahlreicher Pflückerinnen erkennen. Von ihrem Schweiß, von den Strapazen, von ihrem Elend ahnt man nichts – sie sind weit weg, und hier inmitten der Gärten sehen sie einfach nur schön aus.

Das Tor zum eigentlichen Wohnbereich öffnet sich auf einen Bungalow im britischen Kolonialstil – ein Plantagengebäude, mit breiten Veranden oben und unten. Es ist in hellem Ocker gestrichen, umgeben von üppigem Grün, und liegt am Ende eines englischen Rasens mit einem regelrechten Irrgarten aus Hecken und Rosenbeeten drum herum, samt Laubengängen und Marmorbänken. Drei Diener sind damit beschäftigt, die Hecken zu stutzen, den Rasen zu mähen und ihn mit ihren kurzen, gekrümmten Besen zu fegen.

Kaum hält der Wagen vor dem Haupteingang, erscheinen zwei Diener in ockerfarbenen Safarihemden und -hosen und öffnen die Wagentüren. Auf ein knappes Wort von Mim hin nehmen sie Wills Gepäck und verschwinden im Innern des Hauses.

Das Haus ist luftig und geräumig, so konstruiert, dass es die erdrückende Hitze abwehrt: hohe Decken, zahlreiche Fenster, und in jedem Raum drehen sich die Deckenventilatoren.

Die Zimmer sind im angloindischen Stil eingerichtet, einer Verbindung von Teak und Rattan, dazu überall Kristalllüster, Perser und goldgerahmte Spiegel. Die Fußböden sind weiß und blau gefliest, manche aus Marmor. Zwischen britischen Teeservicen aus Silber, Tischlampen und zarten Porzellanvasen stehen Statuen der indischen Gottheiten, unter ihnen Durga und Ganesh – eine charmante Verschmelzung zweier gegensätzlicher Kulturen.

In jedem Raum, so scheint es, sind barfüßige Bedienstete, Männer und Frauen verschiedensten Alters. Sie wischen Staub, fegen, polieren. Mim spricht mit ihnen, und sie nicken, werfen Will verstohlene Blicke zu, die jüngeren Frauen unterdrücken ein Lächeln. Will zählt mindestens zwölf. Jeder scheint eine bestimmte Aufgabe zu haben. Der wischt Staub. Der fegt. Der putzt Gemüse. Der kocht. Der fährt Auto.

Als Mim ihm sein Zimmer zeigt – es ist ein ganzer Flügel ihres

Bungalows –, sagt sie: «Du kannst hier tun und lassen, was du willst. Ich bin nicht empfindlich, auf mich brauchst du keine Rücksicht zu nehmen. Bleib, so lange du möchtest. Fühl dich wie zu Hause. Sonst erwarte ich nichts von dir.»

Sie lässt ihn allein, und er setzt sich in einen großen Rattansessel mit riesigen Armlehnen, bewundert die Perserteppiche, die Mahagonitischchen, den blau gefliesten Fußboden. Nach den Zelten und Hütten, in denen er während des letzten Jahres geschlafen hat, ist dieser Luxus überwältigend. Es dauert nicht lange, da tritt zögernd ein Diener ein, ein wortkarger Teenager namens Aruun, den Mim ihm zugeteilt hat, wie er erfährt. Er bringt ein Tablett mit Limcas, Tee und kleinen Keksen.

So fühlt man sich also als weißer Herr im Land eines anderen Mannes, denkt Will. Es ist ein zweischneidiges Gefühl, ein heimliches Vergnügen, ja Amüsement, aber verbunden mit Abscheu.

Nachdem er sich frisch gemacht und seine Sachen eingeräumt hat, zeigt Mim ihm die Plantage. Im Schneckentempo fahren sie die Sandwege in den Teegärten entlang, und jetzt sieht er die Pflückerinnen aus nächster Nähe. Sie tragen zerschlissene Saris in bunten Farben, Rot und Orangegelb, Violett und Grün. Auf dem Kopf liegt ein zusammengerolltes Tuch, um das Gewicht der grauen Baumwollsäcke abzupuffern, die ihnen über dem Rücken hängen. Sie pflücken beidhändig und behände – immer zwei Blätter und eine Knospe, erklärt ihm Mim, und wenn ihre Hände voll sind, langen sie nach hinten und lassen alles in den Sack fallen. Sie verleihen den Gärten Rhythmus, sind ihre dunklen Falter.

«Wo sind die Männer?», fragt Will.

«Die Männer pflücken nicht», antwortet Mim. «Frauen sind die besseren Pflückerinnen. Sie haben zartere Hände und mehr Geduld. Die Männer stutzen die Sträucher und sind für das Bewässerungssystem verantwortlich.»

Er sieht ein paar, die bis zu den Knien in einem Graben stehen, der die ganze Plantage zu umschließen scheint.

Beherrschend ist jedoch der Anblick der Frauen, die bedächtig und im Gänsemarsch die langen Wege hinuntergehen, gertenschlank in ihren Saris. Sie bewegen nur die schmalen Hüften, der Oberkörper bleibt ganz ruhig, während sie auf dem Kopf große Körbe balancieren. Ihre Gesichter sind völlig ausdruckslos, als hätten die Hitze und das Pflücken ihnen etwas entzogen, das sie nie zurückbekommen können.

Sie gehören zu einem indigenen Volksstamm, den die Briten vor über hundert Jahren im Staat Orissa rekrutiert haben, und sie wissen nichts mehr über ihre Herkunft. Ganze Generationen von ihnen sind auf dieser Teeplantage geboren und gestorben, sagt Mim, ohne sich je mehr als ein paar Meilen davon entfernt zu haben.

Sie sind die ungetrösteten Kinder der Teegärten.

Langsam fahren Mim und Will einen schmalen Weg am Rand der Plantage entlang. Dort wohnen die Arbeiter in einer Siedlung. Will schaut hinaus auf Reihen von niedrigen Hütten aus Bambus und Lehm, sieht Hühner und helle, knochige Ziegen, die vor den Hütten im Dreck scharren, sieht in Lumpen gehüllte spielende Kinder, sieht alte Leute, die im Stupor des Elends vornübergebeugt in den Eingängen sitzen.

Er sagt nichts, aber der Dreck und das extreme soziale Gefälle schockieren ihn. Das ist ja fast wie Sklaverei, denkt er, bringt aber kein Wort über die Lippen.

«Das System ist schon sehr alt», sagt Mim. «Und heute viel besser als früher. Heute haben die Hütten Strom und fließendes Wasser. Harold hat das vor ein paar Jahren verlegen lassen. Nicht viele Plantagenbesitzer haben sich bis heute dazu aufgerafft.»

Sie fahren zu der Krankenstation, die auf dem Gelände der Plantage steht. Es ist eine große Baracke, der Leiter ein freundlicher, mittelalter Arzt namens Dr. Chaund, und obwohl Will Angst davor hat, den gelähmten Jungen kennen zu lernen, von dem Mim ihm erzählt hat, folgt er ihr in dessen Zimmer. Er ist einer der Stammesangehörigen, hat Mim ihm erzählt. Mit vier Jahren ist er von einem Baum gefallen, heute ist er fünfzehn und würde sich sehr geehrt fühlen, wenn ihn der amerikanische Wissenschaftler besuchen käme. Er ist vom Hals an abwärts gelähmt und liegt seit Jahr und Tag in diesem kleinen Krankenzimmer, aber sobald Mim den Raum betritt, strahlt er vor Freude. Während sie mit ihm redet, wandert sein Blick schüchtern zu Will.

«Ich habe ihm gesagt, dass du Wissenschaftler bist und dich mit dem Artensterben beschäftigst», sagt Mim. «Er interessiert sich sehr für Naturwissenschaften.»

«Für welche?», erkundigt sich Will. Während Mim den Jungen fragt und dieser antwortet, betrachtet Will verstohlen seine leblosen Arme, seine winzigen, verkrümmten braunen Hände.

«Zurzeit beschäftigt er sich vor allem mit Biologie.»

Will nickt, lächelt, der Junge lächelt ebenfalls und macht diese wippende Bewegung mit dem Kopf. Da bricht etwas auf in Will – eine Art Mitleid, verbunden mit einer seltsamen Dankbarkeit für die Fröhlichkeit des Jungen.

«Wie geht's mit ihm weiter?», fragt er Mim, als sie die Krankenstation verlassen.

«Er wird hier gepflegt bis zum Tag seines Todes», sagt sie.

Will isst mit Mim zu Abend, draußen in ihrem englischen Garten, in dem verschiedene Rosenarten blühen. Als Latisha, Mims junge Dienerin, Kaffee und Brot herausbringt, bedankt er sich automatisch.

Sobald sie wieder im Haus verschwunden ist, sagt Mim mit einem Lächeln auf den Lippen: «Du brauchst dich nicht bei den Dienern zu bedanken. Ich weiß, die Versuchung ist groß, aber man kommt sonst gar nicht nach. Du wirst bald merken, dass sie alles für dich tun, und wenn es dich beruhigt – ich bezahle sie gut, besser als die indischen Plantagenbesitzer.»

Sie lächelt wieder und fährt fort: «Ich betrachte sie als meine Kinder.» Und als sie nach einer kurzen Pause hinzufügt: «Ich konnte ja keine eigenen haben», fällt ihm wieder ein, warum, und ihr Blick, der sagt, dass sie auch die grausamsten Seiten des Lebens akzeptieren kann, schüchtert ihn regelrecht ein.

So vergehen zwei Stunden mit interessanten Gesprächen, und

am nächsten Morgen lässt Mim die wunderschönen Weltkarten, die er in Kairo gekauft hat und die aussehen wie Ölgemälde, in seinem Wohnzimmer aufhängen und gibt den Dienern Anweisung, einen großen Schreibtisch darunter zu stellen. Dort nimmt er am Nachmittag Platz und beginnt zu schreiben. Es ist das erste Mal, dass er wieder etwas zu Papier bringt, seit er seine letzten Seiten verbrannt hat und die Asche dem Wind vor seinem Schlafzimmerfenster übergab: *Wenn der sibirische Nonnenkranich ausstirbt, ist es, als würde ein Finger absterben; beim asiatischen Elefanten wäre es ein Arm, beim Tiger ein Auge …*

Rasch verfallen sie in die angenehme Routine eines gemeinsamen Frühstücks in Mims luxuriösem Speisezimmer; sie lesen Zeitung, essen Toast mit Orangenmarmelade und diskutieren über die politische Situation in Assam. Ohne ihren Mann fühlt Mim sich schutzlos.

«Ich bin jetzt nur noch eine polnisch-jüdische Teeplantagenbesitzerin», sagt sie. «Das würde mir zwar niemand ins Gesicht sagen, aber genau das bin ich. Eine Ausländerin, Will. Im Moment nennen die Assamesen die Bangladeshi Ausländer, aber ich fürchte, dass sie eines Tages anfangen werden, auch die Plantagenbesitzer Ausländer zu nennen. Und dann werde ich zu den Ersten gehören, die gehen müssen. Ich bin nicht in Indien geboren, und selbst diejenigen, die in Indien geboren sind, werden als Ausländer eingestuft werden, wenn sie keine Assamesen sind. Wenn eine Braut aus einem anderen Staat hierher kommt, sagen wir mal, aus Gujarat, muss sie jahrelang um Anerkennung kämpfen. In Indien ist der Horizont manchmal sehr eng.»

«Aber die politischen Aktivisten interessieren sich nicht für die Plantagenbesitzer, oder?», entgegnet Will. «Sie wollen doch nur die Bangladeshi loswerden.»

«Von da ist es dann nur noch ein winziger Schritt», sagt Mim.

So sehr Will sich auch bemüht, ihm fällt nichts ein, womit er sie beruhigen könnte.

Nach dem Frühstück arbeitet er konzentriert in seinem Zimmer, und an den Nachmittagen lässt er sich oft von Mims Chauffeur in dem Ambassador nach Dibrugarh bringen und spaziert dort herum. Es wimmelt von Fahrrad-Rikschas, Ochsenkarren, Autos und Dieselbussen, der Verkehr ist völlig chaotisch, jeder gegen jeden. Der Staub ist knöcheltief, mit jedem Schritt, mit jeder Raddrehung wird er aufgewirbelt.

Die Geschäfte sind kleine Betonkabuffs, vorne offen, keine Schaufenster, keine Türen. Sie sind voll gestopft mit Saris, Plastikeimern und kleinen Elektrogeräten, Dinge, von denen Will sich nicht vorstellen kann, dass er sie je haben wollen würde. Manche der Läden sind auch nur Holzbuden, in denen bärtige, dunkelhäutige Männer neben Gläsern mit Gewürzen oder säuberlich gestapelten Früchten hocken, im Schneidersitz oder auf den Fersen kauernd. Sie bewegen sich so wenig, dass sich in ihren feuchten Augenwinkeln Fliegen niederlassen.

Er geht jeden Tag zu einem Zeitungsladen namens *Sari's News*. Mr. Hazaraki, der Besitzer, schickt Fotokopien von Wills frisch geschriebenen Seiten an ein New Yorker Bankschließfach.

Bei *Sari's News* lernt er Stella Fars kennen. Als er hereinkommt, lehnt sie an der Theke und verlangt «Hot Stuff», eine salzige Mischung aus gerösteten Linsen und Kichererbsen. Als Mr. Hazaraki nicht versteht, wiederholt sie laut und überdeutlich: «Hot Stuff. Hot … Stuff.» Dann sieht sie eine Tüte an einem Ständer hinter ihm hängen und deutet darauf. «Da!», ruft sie ungeduldig. «Hinter Ihnen. Nein, mehr nach rechts. Nein, weiter oben. Nein, oben, habe ich gesagt, oben. *Oben!*» Der arme Mann gerät völlig durcheinander, greift hierhin und dorthin. Schließlich erwischt er doch die richtige Tüte, und Stella sagt: «Na endlich.»

Er schaut zu, wie sie die Tüte «Hot Stuff» aufreißt und sich ein bisschen davon auf die Handfläche schüttet.

Schwungvoll wirft sie sich das salzige Zeug in den Mund und kaut mit sichtlichem Genuss. Die Hüfte an die Theke gestützt, schiebt sie noch eine Hand voll nach. Erst da bemerkt sie ihn. Sie mustert ihn unverhohlen, ohne die geringste Spur von Verlegenheit.

«Woher sind Sie?», sagt sie.

«New York», antwortet er.

«Oh», sagt sie. «Ich hatte schon befürchtet, Sie wären einer von diesen Briten, die noch vom Raj übrig geblieben sind.» Sie ist klein, zierlich und blond und trägt hellblaue Kordsamtshorts, die knapp bis zum Knie gehen, dazu limettengrüne Turnschuhe. Sie erinnert ihn an einen Schuljungen, obwohl er sie auf etwa fünfunddreißig schätzen würde.

«Wo in New York?», sagt sie.

«Ich wohne in der Charles Street.»

Sie strahlt. «Ich wohne in der Perry, Ecke Bleecker. Gehen Sie manchmal in das Restaurant an der Ecke Charles und Bleecker, in diese Trattoria?»

«Ständig», sagt er.

«Sitzen Sie gern im Untergeschoss, da, wo die Brunnen sind?»

«Manchmal», sagt er. «Aber eigentlich gefällt es mir da unten nicht so besonders.»

«Mir auch nicht. Ich finde es geschmacklos. Aber die Lasagne ist gut.»

«Ich mag die Calamares.»

«Wie heißen Sie?»

«Will», sagt er.

«Ich bin Stella.»

Sie fragt ihn, ob er nicht Lust hat, mit ihr in dem kleinen Restaurant auf der anderen Straßenseite etwas zu trinken. Er ist einverstanden, sie bestellen Tee und unterhalten sich über die typischen New Yorker Themen – Mietpreise, Wohnungen und Restaurants –, und im Verlauf des Gesprächs entdecken sie, dass sie beide Juden sind. Wären sie sich in New York begegnet, hätte das nichts zu bedeuten gehabt, aber hier in Dibrugarh scheint dieser Zufall ihrer Begegnung eine fast schicksalhafte Dimension zu geben.

«Wie heißt du mit Nachnamen?», will Stella wissen.

«Mendelsohn», sagt er. «Eigentlich heiße ich Elisor Mendelsohn, aber als ich zehn war, hat meine Mutter mir erlaubt, meinen Vornamen zu ändern. Ich habe mich nach dem Entertainer Will Rogers benannt.»

«Und ich heiße Stella Greenblatt, aber ich benutze immer meinen Bühnennamen, Stella Fars.» Sie wirft, plötzlich ganz feminin, die blonden Haare zurück.

Sie erscheint Will sehr ungewöhnlich. Es ist, als wären bei ihr männliche und weibliche Anteile gleich stark ausgeprägt, als könnte sie mühelos, fast unmerklich, zwischen den Geschlechtern changieren.

«Wenn du mir versprichst, dass du es auf keinen Fall Grace Tagore verrätst, erzähle ich dir, was ich gerade erlebt habe», sagt sie. Sie beugt sich vor, schüttelt ihr Haar, sodass es ihr über die Augen fällt – und wieder sieht er den halbwüchsigen Jungen vor sich.

«Ich kenne gar keine Grace Tagore», entgegnet er. «Wer ist das?»

«Grace macht Filme. Sie ist auch aus New York, und wir schreiben gerade gemeinsam ein Drehbuch. Deshalb bin ich überhaupt hier. Du lernst sie bestimmt bald kennen», sagt sie.

Doch vorher muss er sich wohl Stellas Geschichte anhören: Sie hat vorhin zwei junge Männer vom All Assam Students Movement kennen gelernt und ihnen zehn Dollar gegeben, um ihre Machete sehen zu dürften. Sie ist ihnen durch eine Seitengasse in eine Werkstatt gefolgt, wo Tonstatuen der Gottheiten Durga und Kali hergestellt wurden, dann durch die Hintertür wieder hinaus ins Freie, und dort am Ufer des Brahmaputra hat sie gewartet, bis die Männer ihre Waffe geholt hatten. Als sie Stella die Machete in die Hand gaben, strich sie mit dem Finger über den geschwungenen Klingenrücken und führte dann unter kunstvollen Verrenkungen einen brasilianischen Kampftanz, einen Capoeira, auf.

«Habt ihr damit schon mal jemanden getötet?», fragte sie die beiden.

Die jungen Männer wechselten einen Blick und lachten.

«Irgendwelche Moslem-Köpfe abgeschlagen? Na, kommt schon – raus mit der Sprache. Ja oder nein?» Sie trat ein Stück zurück und fing an, langsam mit der Machete die Luft zu zerschneiden. Als sie wissen wollte, ob sie auch Schnellfeuergewehre hätten, lachten die Studenten nervös.

«Kommt schon, ihr habt doch welche, oder?»

Anup, der Dünnere, Stillere der beiden, wich zurück.

«Vielleicht wissen wir, wo eins ist», sagte Bhupen und machte einen Schritt auf sie zu. «Aber dann müssen wir dich in den Dschungel mitnehmen. Das kostet zehnmal so viel.»

«Ich habe ihnen gesagt, ich komme vielleicht in ein paar Tagen wieder», sagt Stella. Sie trinkt den letzten Schluck ihres süßen Tees.

Eine Frau wie Stella Fars ist ihm bisher noch nicht untergekommen.

«Du stehst also auf Schnellfeuergewehre und Macheten?», sagt er.

«Ja, klar», antwortet sie. «Du nicht? Sie sind geil. Erstklassig konstruierte Instrumente, und außerdem schön. Findest du nicht?»

Plötzlich hat er das Gefühl, sie könnte sein jüngerer Bruder sein, und obwohl ihn Schnellfeuergewehre und Macheten nicht besonders interessieren, will er nichts sagen, was sie kränken würde. Ihr Enthusiasmus wirkt so echt, also sagt er nur: «Ja, schön sind sie.»

Das ist offenbar die gewünschte Antwort. Stella glaubt jetzt, dass die Liebe zu Macheten und Schnellfeuergewehren sie verbindet, also schlägt sie ihm vor, mit ihr Grace Tagore zu besuchen. «Du magst sie bestimmt. Sie ist klug und lustig, aber du darfst ihr auf keinen Fall erzählen, dass ich mit diesen Studenten geredet habe, sonst dreht sie durch. Okay? Bei solchen Sachen reagiert sie völlig irrational.»

Will weiß selbst nicht recht, wieso er sich ihr anschließt, aber wenig später geht er mit Stella die Straße entlang, kämpft sich durch den chaotischen Verkehr und hilft, ihr Fahrrad im Kofferraum von Mims Ambassador zu verstauen.

Als sie auf dem Rücksitz Platz genommen haben und durch Dibrugarh holpern, überlegt er sich, warum er eigentlich mitgekommen ist. Möchte er Grace Tagore denn wirklich kennen lernen?

«Du musst wissen, dass Grace mit Vikram Tagore verheiratet ist.

Aber nicht so richtig. Die beiden hatten seit acht Jahren keinen Sex mehr.» Stella holt eine Zigarette aus der Hosentasche, zündet sie an, lehnt sich auf dem breiten Sitz zurück und schlägt elegant die Beine übereinander. Sie schaut ihn an und lächelt, wieder ganz Frau.

Eigentlich ist sie eine kleine Schönheit, denkt er. Sie hat volle Lippen, und während ihr jetzt der Wind die Haare aus dem Gesicht bläst und der Zigarettenrauch sie umwirbelt, wirkt sie so strahlend, so lebendig, dass ihm sein Leben mit Mim plötzlich in einem ganz anderen Licht erscheint, schwerfällig und dröge, wie bei einem alten Ehepaar.

Als Mims Fahrer von der Hauptstraße in die ruhige Straße einbiegt, die zur Teeplantage der Tagores gehört, ist Will wieder verzaubert von der Schönheit der Gärten, den Frauen, sicher hundert pro Feld, auf verschiedene Reihen verteilt, der Ruhe, der völligen Stille, nur durchbrochen vom Krächzen der Krähen.

Die Sonne droben am Himmel gleicht einem lidlosen Auge, das so unbarmherzig herunterblickt, dass es mit seiner sengenden Hitze alles zum Schweigen bringt. Das tiefe, endlose Blau, das sie umgibt, ein makelloser Schleier, verhüllt Knochen, Venen und Haut, die zu diesem leuchtenden Auge gehören, das niemals blinzelt und nur nachts Erholung gewährt, wenn es sich hinter das dunkle Tuch des Nachthimmels zurückzieht.

Das Auto hält vor dem Tor, das zum Bungalow der Tagores führt. Stella steckt den Kopf zum Fenster hinaus und winkt.

Das Tor öffnet sich auf eine tiefgrüne, von orangefarbenen Massandra und rosaroten Bougainvillea gesäumte Rasenfläche mit einem Bungalow im britischen Stil dahinter, ähnlich dem von Mim – ein weitläufiges Gebäude mit riesigen Veranden oben und unten. Ein kleineres, an ein Schweizer Chalet erinnerndes Haus mit breiter Veranda ist durch einen schmalen, von gelbem Hibiskus überwölbten Gang mit dem Bungalow verbunden.

Will folgt Stella über den asphaltierten Weg und nickt den Dienern zu, die im Schatten eines Mangobaumes stehen und die Besucher hemmungslos anstarren. Stella deutet auf das Chalet. «Das da drüben ist das Kleine Haus», sagt sie. «Dort wohnt Vikram.» Wills Blick wird wie von einer unsichtbaren Macht zu einem Fenster im Obergeschoss gelenkt. Dort sieht er das Gesicht eines Inders, der ungefähr in seinem Alter zu sein scheint. Er liegt im Bett. Will kann nur die linke Seite seines Gesichts sehen, die fragile Krümmung seiner Schulter.

«Er liegt im Sterben», sagt Stella.

Will fühlt sich plötzlich wie ein Eindringling in eine Privatheit, zu der er eigentlich keinen Zutritt hat. Auf einmal kommen ihm Bedenken wegen des Besuchs – merkwürdige Geschichte! Dabei hat es so harmlos angefangen. Aber das Gefühl der Zufriedenheit, das er auf dem Rücksitz des Autos empfunden hat, ist wie weggeblasen. Als sie die geflieste Veranda betreten, flattern ein Dutzend blauschwarze Krähen vom Dachvorsprung auf. Es berührt ihn eigenartig, wie schnell das geht, wie nah die Vögel sind und wie deutlich ihr vielfacher Flügelschlag zu hören ist.

Stella führt ihn durch einen pedantisch aufgeräumten Salon: weiße Sofas mit geraden Lehnen und dunkle Holztische, über denen sich Deckenventilatoren drehen. Lautlos tauchen aus der Küche zwei junge Diener auf, beide in weißem Safarihemd und dunkler Hose. Der eine, Anjit, ein Halbwüchsiger, ist schüchtern und verschwindet gleich wieder, während Vedeshpra, der mindestens zehn Jahre älter ist, abwartend stehen bleibt.

«Wo ist Grace?», fragt Stella.

«Memsahib ist oben», antwortet Vedeshpra.

Will folgt Stella eine dunkle Holztreppe hinauf und einen langen Marmorflur entlang, dessen Wände in hellem Apfelgrün gehalten sind. Sie führt ihn in ein großes Schlafzimmer mit blau gefliestem Fußboden und einem weißen englischen Himmelbett, und wieder kommt er sich wie ein Eindringling vor. Dennoch folgt er Stella durch die Glastür auf die Veranda, wo Grace in einem Rattansessel sitzt und in ein Notizbuch schreibt. Im letzten Moment blickt sie auf, und er schaut in die blassblauen Augen einer blonden, langbeinigen Frau.

«Darf ich vorstellen – Grace, das ist Will», sagt Stella. «Will, das ist Grace. Er schreibt über das Artensterben und fährt demnächst nach Kazaringa, in den Nationalpark. Er ist übrigens auch ein New Yorker Jude! Ich bin gleich wieder da», sagt sie und geht zurück ins Haus, um sich umzuziehen.

«Hallo», sagt Grace. «Nehmen Sie doch bitte Platz.» Sie deutet auf den Sessel neben ihr. Ihre Hand ist sehr fein, ganz anders als die von Stella. Überhaupt hat sie wenig Ähnlichkeit mit ihr. Will weiß nicht, was er erwartet hat – jedenfalls nicht diese blonde Frau mit den langen Beinen.

«Aber ich möchte Sie auf keinen Fall stören!», erwidert er.

Seine Verlegenheit wird plötzlich überdeutlich, immerzu fasst er sich an die Kehle, zupft an seinen Ärmeln, und schließlich stößt er sogar mit dem Knie gegen einen der kleinen Tische.

«Spätestens jetzt wüssten Sie, dass ich ein New Yorker Jude bin», sagt er. «Wir sind bekannt für unsere Geschicklichkeit.» Ihr spontanes, herzliches Lachen überrascht ihn.

«Ach, Unsinn», sagt sie. «Bitte setzen Sie sich doch.»

Bei diesen Worten entspannt er sich und nimmt auf dem Sessel neben ihr Platz. Der Ausblick ist atemberaubend – ein Teegarten erstreckt sich gut fünfhundert Meter weit bis zum Ufer des Brahmaputra, einem graublauen Wasser, das wie ein breiter Burggraben vor dem Himalaja liegt; die Berge schimmern, in bläuliches Licht gehüllt, fast überirdisch.

Einen Moment lang hat Will das Gefühl, als wäre er Daisy Buchanan und Jordan Baker in einem indischen Teegarten begegnet.

«Wo haben Sie Stella kennen gelernt?», möchte Grace wissen. Sie hat ihr Notizbuch beiseite gelegt und widmet sich nun ganz ihrem Gast.

«Als sie sich im Zeitungsladen Hot Stuff gekauft hat.»

Grace nickt vielsagend.

«Sie trifft dauernd neue Leute. Kaum war sie in Dibrugarh, da hat sie schon mit der Frau, die das Bordell führt, Tee getrunken und mit den Männern, die hinter dem Markt Schmuggelware verkaufen, Geschäfte gemacht. In ihrem Zimmer sammeln sich die unmöglichsten Dinge an – Tigerzähne, Gewänder tibetischer Mönche und Buddhaköpfe», sagt Grace. Sie sagt es wie eine Mutter, die die eigenwilligen Vorlieben ihres Kindes toleriert und in gewisser Weise sogar niedlich findet.

Ihre Augen, ihre Haare und ihr Teint sind noch eine Nuance heller als blass, ein Farbton, für den Will kein Wort findet. Als wären sie ganz behutsam gebleicht, kaum merklich aufgehellt worden, ohne dass es im Geringsten kränklich wirkt. Er schätzt, dass Grace etwa so alt ist wie er, vielleicht ein paar Jahre jünger.

Mit zwei Tassen Tee auf einem Tablett kommt Vedeshpra auf die Veranda, und Grace bedeutet ihm, die Tassen auf den kleinen Tisch zwischen ihr und Will zu stellen. Sie gibt Zucker in Wills Tee, rührt sogar für ihn um, was er als Kühnheit empfindet, zumal ihr Blick ihm zu verstehen gibt, dass sie sich dieser Grenzüberschreitung durchaus bewusst ist.

«Woher kennen Sie Stella?», fragt er.

«Ich habe sie in einem meiner Filme besetzt. Sie spielte eine Rolle, die auf meiner Tante Jacqueline basiert. Jetzt schreibe ich gerade ein Action-Abenteuer für sie», sagt Grace. «Ich bin hier vor Langeweile fast umgekommen und musste Stella mit irgendetwas herlocken. Sie möchte am liebsten so sein wie Linda Hamilton in *Terminator*. Das heißt, es gibt Motorradszenen, einen Sprung aus dem Zug, Verfolgungsjagden und eine nervenzerfetzende Sequenz, wo sie durch einen Teich mit Alligatoren schwimmt.» Ein plötzliches Funkeln, etwas hinreißend Fröhliches, tritt in ihre Augen. «Mich ödet das alles fürchterlich an, aber verraten Sie ihr das ja nicht.»

«Versprochen», sagt er.

«Jetzt möchte sie die Rebellen kennen lernen. Sie will unbedingt miterleben, wie jemand geköpft wird. Ich habe ihr gesagt, dass sie sich unter keinen Umständen mit diesen Leuten einlassen darf, aber sie hört nicht auf mich. Ich habe den Verdacht, dass sie sich schon mit ihnen getroffen hat.»

Grace trinkt einen Schluck Tee und blickt ihn über den Rand der

Tasse hinweg fragend an, als wollte sie sagen: «Hat sie Ihnen etwas erzählt?»

Er überlegt kurz, ob er ihr sagen soll, dass Stella sich bereits mit ihnen eingelassen hat, aber er will sie nicht verpetzen, also sagt er lieber nichts.

«Sie sind also Schriftsteller, bereisen die Welt und schreiben über ihren Untergang?», sagt sie.

«Ja.»

«Wie interessant! Davon müssen Sie mir unbedingt mehr erzählen, aber vorher möchte ich Sie gern noch etwas fragen. Woher kennen Sie Mim Ritchards?»

«Wieso wissen Sie, dass ich Mim Ritchards kenne?»

«Weil ich ihren Wagen kenne. Sie hat den einzigen blauen Ambassador in der Stadt.»

«Sie ist eine Freundin meiner Mutter.»

«Sie ist sehr tapfer, und alle Leute mögen sie.»

«Sie kennen Mim also?»

Inzwischen lassen ihre Augen einander nicht mehr los.

«Jeder hier kennt sie. Mim ist die Grande Dame der Teegärten. Ich bin bloß Hester Prynne. Ich mag Mim, aber Mim kann mich nicht leiden.»

«Warum nicht?»

«Mim erzählt es Ihnen sicher, weil ihr Fahrer bestimmt nicht für sich behalten kann, dass er Sie mit Stella Fars hierher gebracht hat. Deshalb sage ich Ihnen lieber gleich, welches Gerücht über mich umgeht. Es heißt, dass mein Mann im Sterben liegt und ich mit meiner lesbischen Geliebten zusammenlebe.»

«Aber das stimmt nicht?», fragt er.

«Na ja – mein Mann ist todkrank, und bei mir wohnt eine Lesbe.» Sie lächelt und wischt sich einen Tropfen Tee von der Unterlippe, während Will sie wie gebannt anstarrt. Sie trägt einen Hauch von rotem Lippenstift, ihre Zähne sind gleichmäßig und weiß. Sie hat hohe, gewölbte Backenknochen, die blonden Haare sind zu einem klassischen Pagenkopf geschnitten, und sie hat die Angewohnheit, sie sich ständig hinters Ohr zu streichen. Diskret wandert sein Blick über ihre Figur – sie trägt ein dünnes Kleid, unter dem sich ihre vollen Brüste abzeichnen, ihre wohlgeformten Oberschenkel, die einladende Rundung ihrer Hüfte.

Als Stella in grünen Kordsamtshorts und einem schwarzen Jogging-Top im Türrahmen erscheint, ist es schon passiert. Er ist ins andere Lager übergelaufen.

«Ihr habt über mich geredet, stimmt's?», sagt Stella. Ihr Blick wandert zwischen ihnen hin und her.

«Ich habe Will erzählt, dass du spinnst», sagt Grace. «Dass du dich für Macheten und Schnellfeuerwaffen interessierst.»

Stella mustert Will prüfend, um festzustellen, ob er sie verpetzt hat. Sein Blick ist unschuldig, und vorläufig wähnt er sich bei ihr gut angeschrieben.

«Ajit!», ruft Stella. Der schüchterne junge Diener erscheint mit gesenktem Kopf in der Tür. «Geh auf den Markt und kauf mir eine Mango. Man-go!»

«Usko suno mut», sagt Grace freundlich, der Junge nickt dankbar und verschwindet.

«Aber ich will jetzt eine Mango, keine Papaya, und er hat keine Mangos gekauft! Schick ihn doch nochmal los. Es macht ihm nichts aus.»

«Nein, Stella. Er geht nicht noch einmal weg, nur wegen deiner Mango! Heute Morgen wolltest du Papaya. Wenn du jetzt lieber eine Mango möchtest, musst du dir selbst eine holen. Er ist kein Sklave.» Sie wendet sich Will zu. «Die Vorstellung, Sklaven zu haben, hat es Stella angetan. Das wäre für sie das Höchste.»

«Er ist ein Diener», sagt sie. «Und genau dazu ist er da, zum Dienen.»

«Aber er ist *mein* Diener, und ich möchte nicht, dass er dich bedient.»

«Du hast keine Ahnung, wie man mit Bediensteten umgeht.»

«Und Miss Fars ist selbstverständliche eine Expertin auf diesem Gebiet», erwidert Grace. «Dann reden wir mal lieber nicht über die arme zurückgebliebene Haushälterin in Indiana, die sich praktisch voll gesabbert hat, während Stella und ihr Bruder ihr beibrachten, dass einmal Klatschen Salzstangen bedeutet und zweimal Klatschen Coca-Cola.»

Will und Stella lachen beide. Stella lässt sich in den Sessel neben Will fallen und sagt: «Grace hat erst angefangen zu sprechen, als sie schon elf war.»

«Hör auf, Stella – benimm dich», sagt Grace.

Sie wirft ihr einen warnenden Blick zu, dann schaut sie Will an. «Sie müssen verzeihen, Will», sagt sie. «Wir sind wie Gertrude Stein und Alice B. Toklas, nur dass ich nicht lesbisch bin und Stella keinen Tee kocht.»

Als Will lacht, verstummt Stella. Sie verschränkt die Arme vor der Brust und betrachtet die beiden mit gerunzelter Stirn. Sie ist in Grace verliebt, denkt Will, und deshalb bedauert sie es, dass sie ihn hergebracht hat. Sie hat Grace' Reaktion falsch eingeschätzt.

«Grace ist Deutsche, wusstest du das?», sagt Stella.

«Ich bin Amerikanerin», erwidert Grace.

«Sie ist drei Viertel deutsch und ein Viertel französisch», beharrt Stella. «Sie spricht fließend Deutsch und Französisch. Sag doch mal was auf Deutsch – und dann noch was auf Französisch.»

«Sei nicht albern», sagt Grace.

«Ach, komm schon, Grace», insistiert Stella. «Nur einen Satz. *Du* musst sie darum bitten, Will.»

«Ich würde es gern hören», sagt Will vorsichtig.

Da gibt Grace nach. *«Je suis fatiguée, tu sais: j'en ai assez de toujours courir, de travailler tout le temps. Ich weiß, das kommt ungelegen. Es tut mir Leid.»*

«Das Deutsche kommt ihr sehr leicht über die Lippen, findest du nicht auch? Und sie sieht auch wahnsinnig deutsch aus mit dieser blassen arischen Haut –»

«Stella – bitte!», sagt Grace.

«Ihre ersten Worte waren deutsch», fährt Stella fort. *«Eins, zwei drei, vier, fünf.»* Stella bellt jede Zahl wie einen Befehl.

Will wundert sich, wie streng Grace jetzt sagt: «Hör sofort auf, Stella.»

Stella tut so, als hätte sie nichts gehört. Sie springt auf, schlägt die Hacken zusammen und hebt den Arm zum deutschen Gruß.

«Heil Hitler!», ruft sie.

Es erscheint vollkommen unmöglich, aber Stella beginnt, im Stechschritt vor Grace auf und ab zu marschieren, und schreit dabei: *«Eins, zwei, drei, vier, fünf!»* Speichel fliegt ihr aus dem Mund.

Sie führt sich auf wie eine eifersüchtige Geliebte, denkt er. Sie will sein Bündnis mit Grace aus den Angeln heben, die beiden Juden gegen die Deutsche ausspielen. Was er nicht ganz versteht, ist die plötzlich unverhüllte Traurigkeit in Grace' Augen, so ganz anders als die hinreißende Fröhlichkeit von vorhin.

Nach einer Weile beruhigt Stella sich wieder, und das Gespräch wendet sich anderen Dingen zu, aber in Gedanken kehrt Will immer wieder zu Stellas Stechschrittparade zurück. Er muss Grace immerzu ansehen. Manchmal erwidert sie seinen Blick fest und unbeirrt, dann wieder weicht sie ihm aus und wirkt dabei unsagbar süß.

Als er die Toilette gleich neben Grace' Schlafzimmer benützt, stellt er zu seiner eigenen Verblüffung fest, dass er sich für ihre Sachen interessiert. Leise zieht er die Schublade der kleinen Kommode auf und entdeckt, dass sie französische Seifen und Cremes benutzt. Er berührt den rosaroten Unterrock und den dunkelblauen Morgenmantel, die hinten an der Tür hängen, reibt vorsichtig den Stoff zwischen Daumen und Zeigefinger.

Als er auf die Veranda zurückgeht, belauscht er unabsichtlich ein kurzes Stück ihres Gesprächs.

«Ich hätte dir nie etwas von mir erzählen sollen», flüstert Grace. «Und dann diese Stechschrittparade! Ich kann's nicht fassen, wie du dich benimmst, Stella.»

«Du hättest mich nicht vor dem Diener blamieren dürfen!»

«Das tut mir Leid, aber –»

«Du darfst auf keinen Fall etwas mit ihm anfangen, das weißt du ja», sagt Stella.

«Nicht jetzt, Stella», entgegnet Grace, und Stella schweigt, weil sie ihn in der Tür stehen sieht.

Er verabschiedet sich am späten Nachmittag, nachdem die sengende indische Sonne ermattet ist.

Grace begleitet ihn zum Wagen, und als er kurz zum Kleinen Haus hinüberschaut, sieht er wieder Vikram im Fenster. Er fühlt sich jetzt noch unbehaglicher als vorhin, als wäre er nicht nur ein Eindringling, sondern als hätte er einem Sterbenden in dessen eigenem Haus Hörner aufgesetzt. Zumal als seine Hand zufällig Grace' Hand berührt und weder er noch sie einen Rückzieher macht.

Er möchte etwas sagen, möchte Grace irgendwohin einladen, aber ihm fällt nichts ein außer dem Umananda-Tempel, den Mim ihm empfohlen hat. Er sagt, wie sehr es ihn gefreut habe, sie kennen gelernt zu haben. Grace faltet kurz die Hände und senkt lächelnd den Blick.

«Komm wieder», sagt sie.

Er nickt nur und steigt in den blauen Ambassador.

Auf der Fahrt zurück zu Mim staut sich der Verkehr auf der holperigen Straße, einer Ader, durch die ein seltsamer, unregelmäßiger Blutstrom fließt, ein Strom aus Ochsenkarren, Auto-Rikschas und Bussen, der, gepumpt von einem unsichtbaren Herzen, verklumpt, weiterfließt und sich erneut staut. Vom Rücksitz aus sieht Will dabei zu. Bestimmte Blicke, die sie ihm zugeworfen hat, gehen ihm nicht aus dem Sinn! Zum Beispiel, als sie seinen Tee umrührte. Oder nachdem sie zu ihm gesagt hat: «Komm wieder.» Es hat Verlangen darin gelegen, verbunden mit etwas anderem, das er nicht richtig benennen kann.

Er hat das Gefühl, sie gut zu kennen, und er weiß, dass es ihr genauso geht. Das ist ihm in seinem Leben bisher ganz selten widerfahren. Schon fängt er an, sich ein gemeinsames Leben auszumalen. Für dieses Gefühl gibt es keine Grundlage, nichts, was ihn zu solchen Gedanken berechtigte; es ist nur eine Intuition, der er mit einer gesunden Dosis Misstrauen begegnet.

Als er mit Mim beim Essen sitzt, tritt das ein, was Grace vorausgesagt hat. Mim nippt an ihrem Tee und sagt: «Ich höre, du hast heute Grace Tagore und Stella Fars kennen gelernt.»

«Ja», antwortet er. «Ich habe Stella im Zeitungsladen getroffen, und sie hat mich auf die Plantage der Tagores mitgenommen.»

Mim verdreht seufzend die Augen. «Ihr Mann liegt im Sterben, und sie lässt ihre Geliebte bei sich wohnen.»

«Ich glaube nicht, dass die beiden Frauen ein Verhältnis miteinander haben», erwidert er. «Soviel ich weiß, schreiben sie gemeinsam Drehbücher.»

«Ihr Mann ist todkrank, und er mietet einen Saal, um ihren Film vorzuführen. *And Some Chose to Forget*, heißt er. Ein paar Leute, die ihn gesehen haben, haben mir anschließend erzählt, sie würden den Film am liebsten so schnell wie möglich wieder vergessen.»

Mim legt ihre Serviette auf den Tisch und sieht ihn an.

Ihre bisher so reibungslose Beziehung hat von nun an einen Knacks.

In den neunziger Jahren des neunzehnten Jahrhunderts stellten Feldforscher bei vielen Vogelarten auf Hawaii seltsame Krankheiten fest – offene Wunden und Geschwülste im Gesicht, an Beinen und Füßen. Sie konnten sich diesen Befund nicht erklären: Die Nahrungsquellen und die natürlichen Lebensräume der Vögel waren intakt. Unerklärlicherweise waren von den insgesamt elf auf Oahu heimischen Vogelarten im Jahr 1900 sechs ausgestorben. In den Wäldern von Hawaii wurde es immer stiller.

Niemand kann genau sagen, was passiert ist, aber es gibt selbstverständlich Spekulationen, von denen eine besonders plausibel erscheint.

Bis 1827 gab es auf Hawaii keine Moskitos. Die Einwohner hatten keinen Namen für sie, als sie auftauchten, und nannten sie «Ein Singen im Ohr». Es gibt die These, dass die Moskitos von dem britischen Schiff Wellington kamen. Das Schiff ankerte in Lahaina an der Westküste von Maui, nachdem es ein Jahr zuvor im tropischen Mexiko gewesen war, und eine Gruppe von Männern ging von Bord, um die Wasservorräte aufzufüllen. Ehe sie die Fässer neu füllten, kippten sie die Reste in einen nahen Strom. Ein gedankenloser, scheinbar harmloser Akt, der jedoch für die Vögel auf Hawaii weitreichende Konsequenzen hatte: Im Wasser befanden sich Larven des Culex pipiens fatigans, einer nachtaktiven Moskito-Art, die man an der Westküste Mexikos antrifft. Zehn Jahre später gab es auf Oahu, Kauai und Maui überall Moskitos. Wie sich herausstellte, ist der Culex pipiens fatigans der Hauptüberträger der Vogelmalaria.

Die Liste der seither ausgestorbenen Vogelarten ist lang:

Drepanis pacifica	**Gelbbürzelmamo**
Drepanis funera	**Rußmamo**
Ciridops anna	**Kohala-Kleidervogel**
Corethrura sandwichensis	**Hawaiisumpfhuhn**
Psittirostra flaviceps	**Goldkopf-Koagimpel**

Psittirostra kona	**Konagimpel**
Moho nobilis	**Prachtmoho**
Loxops sagittirostris	**Grünrücken-Kleidervogel**
Moho apicalis	**Krausschwanz-Moho**
Chaetopila angustipluma	**Kioea**
Hemignathus obscurus	**Akialoa**

Anmerkungen zum Artensterben von Will Mendelsohn

5

Zwei Tage vergehen. Er sitzt an seinem Schreibtisch unter der Weltkarte und schaut zum Fenster hinaus in den strömenden Regen. Er sieht den Dienerinnen zu, die draußen auf einem überdachten Weg kauern und mit Wellhölzern kleine lehmfarbene Würste aus zerdrückten Linsen ausrollen. Sie arbeiten sehr gemächlich, walzen die Linsenrollen zu dünnen, runden Scheiben aus und ziehen zwischendurch immer wieder müde die Falten ihres Saris über die Schulter.

Als der Regen aufhört, steigt Will in Mims Ambassador und bittet den Fahrer, ihn zur Plantage der Tagores zu bringen. Beim Wegfahren bemerkt er, dass sich der Vorhang an Mims Fenster bewegt. Der Fahrer wird ihr sagen, wohin er sich fahren lässt. Als sie an den Reisfeldern mit ihrem fast schmerzhaft leuchtenden Grün vorbeikommen, tröstet er sich mit dem Gedanken, dass er bisher immer nur auf die Stimme der Vernunft gehört und dass ihn das nicht sehr weit gebracht hat. Er hat viel zu vorsichtig gelebt, aber jede Stunde, die ungenutzt verstreicht, ist für immer verloren und kommt nicht wieder.

Der Mann am Tor der Tagore-Plantage lässt Mims Wagen wortlos passieren. Will vermutet, dass Grace ihre Bediensteten angewiesen hat, ihn einzulassen, und sofort erwachen wieder die Hoffnungen. Beim Aussteigen schaut er zu Vikrams Fenster hinauf. Zum Glück ist niemand zu sehen. Der Fahrer der Tagores, ein mürrischer älterer Mann, sitzt unter einem Mangobaum und gibt ihm mit einem Nicken zu verstehen, er solle ohne Begleitung zum Bungalow gehen. Will spürt, dass seine Blicke ihm folgen, als er den Laubengang hinuntergeht.

Vedeshpra öffnet ihm die Tür, und als Will nach Grace fragt, nickt er sofort und geht mit leichten, kaum hörbaren Schritten die vordere Treppe hinauf. Während Will unten im Foyer wartet, merkt er zu seinem Erstaunen, dass sein Herz plötzlich heftig zu schlagen anfängt.

Gleich darauf kommt Stella schmollend die Treppe herunter, barfuß, einen blau-weißen Morgenmantel locker um die Taille gebunden.

«Na, du bist aber schnell wieder hier!», sagt sie und zieht vielsagend die Augenbrauen hoch. «Vedeshpra!», ruft sie. Sofort erscheint der Diener in der Tür. «Zwei Tee mit Milch!», sagt sie. Sie führt Will in den Salon, der mit seiner hohen Decke, den Deckenventilatoren und Perserteppichen ganz ähnlich aussieht wie der von Mim, aber doch eine Spur jugendlicher wirkt – weiße Sofas, weiße Sessel, moderne indische Gemälde, sparsam verteilt.

Stella lässt sich auf einem der weißen Sofas nieder und legt die Beine lässig über die Armlehne. Der Morgenmantel fällt ein bisschen auseinander und enthüllt ein Stück ihres Oberschenkels. Die seidene Robe hat ihr das Stichwort geliefert, die Frau zu spielen, denkt Will. Ohne das Kostüm würde sich die Attitüde in Luft auflösen. Aber wenn Will ihr nicht schon einmal begegnet wäre, wäre er garantiert darauf hereingefallen. Er stellt sich vor, wie Stella die Männer mit ihrer Weiblichkeit anlockt, sie mit ihrem Charme verführt – und sie dann auslacht, wenn sie sich zu ihr hingezogen fühlen.

Er setzt sich ihr gegenüber.

«Hast du eine Zigarette?», fragt sie, und als er ihr eine gibt, beugt sie sich über das Couchtischchen, damit er ihr Feuer geben kann. Sobald die Spitze glimmt, blickt sie zu ihm auf.

«Sie hat dir den Kopf verdreht», sagt sie dann. «Armer Junge, du vergehst ja vor Sehnsucht.»

Sie sieht es ihm an – schließlich geht es ihr selbst genauso, denkt er. Dann lehnt sie sich wieder zurück, ohne jedoch den Blick von ihm zu nehmen. Er ist hier der Eindringling.

«Ist Grace da?»

«Ich habe mich schon gefragt, wann du diese Frage endlich

stellst», erwidert Stella. «Vergiss sie lieber gleich. Sie ist *sehr* verheiratet.» Die Art, wie Stella die Augen zusammenkneift, signalisiert ihm, dass sie zu einem Wettkampf angetreten sind – bei dem er seiner Überzeugung nach gewinnen wird. Stella irrt sich, sie verlässt sich zu sehr auf ihre eigenen Empfindungen: Sie fühlt sich nicht zu ihm hingezogen, also glaubt sie, dass es Grace genauso geht.

«Ist sie da?», fragt er

«Kommt drauf an.»

«Worauf?»

«Darauf, wie dringend du das wissen möchtest.» Sie rutscht ein Stück nach vorn, schlägt die Beine übereinander, kokettiert mit ihrer Weiblichkeit. «Was würdest du tun, um die Information zu bekommen?»

«Wie meinst du das?»

«Ich weiß, wo sie ist, und ich sage dir, es wäre für dich der ideale Ort, um sie zu treffen. Mehr als ideal sogar.»

Als er sie fragt, was sie haben möchte, antwortet sie: «Hundert Dollar.»

Es ist ein hässlicher, unanständiger Moment, der aber dennoch etwas Spielerisches hat, als würden sie eine Wette abschließen, ihre Kräfte messen. Er weiß selbst nicht, wieso er eine Hundert-Dollar-Note aus der Brieftasche holt und auf den Couchtisch legt, aber er tut es, und Stellas Finger umschließen den Schein. Als sie ihn in die Tasche ihres Seidenmantels steckt, lächelt sie ihn an, wie man einen armen Irren anlächelt.

Während er drei dunkle Teegärten zu einem versteckten Banyan-Hain am Ufer des Brahmaputra durchquert, überlegt er, worum es bei diesem Tauschhandel eigentlich gegangen ist. Um eine Wette, wer Grace bekommt? Sind er und Stella tatsächlich Rivalen?

Er beobachtet, wie ein paar Eingeborene die Schattenbäume hinaufklettern und Zweige abbrechen, weil sie Brennholz brauchen. Als sie ihn sehen, rutschen sie schnell herunter und ducken sich hinter die Teesträucher. In den Teegärten sind die Männer zu nichts nütze. Es sind die Frauen, die die ganze Arbeit tun.

Er findet Grace allein zwischen den merkwürdig zwergenhaften Banyan-Bäumen. Sie trägt ein leichtes weißes Kleid und schwarze Reitstiefel. Mittlerweile besteht zwischen ihrer Weiblichkeit und seinem Begehren eine so unmittelbare Verbindung, dass es ihn selbst überrascht. Bei Diane war diese Verbindung sehr viel schwächer gewesen.

Er rührt sich nicht vom Fleck. Stumm zieht der Fluss vorüber, getüpfelt von den Lichtern einiger Dschunken, die weiter draußen vorbeifahren. Am Ufer reckt Grace' schwarzer Araberhengst den langen Hals und schüttelt den Kopf, sodass das Zaumzeug klirrt.

Auf einmal ist es ihm peinlich, dass er hergekommen ist. Was soll er sagen? Er überlegt, ob er nicht doch lieber kehrtmachen soll, doch plötzlich findet er die Vorstellung, dass gar nichts passieren könnte, dass sich nichts bewegt, qualvoll.

«Grace», murmelt er leise.

Sie zuckt zusammen, als sie ihn sieht, und stößt einen leisen Schrei aus.

«Stella hat mir gesagt, dass du hier bist», sagt er.

Sie fasst sich an die Kehle. «Ich dachte, du wärst einer der Eingeborenen», sagt sie. Ihre Erleichterung erlaubt es ihm, den Banyan-Hain zu betreten.

Aber er spürt, dass sie auf der Hut ist. Sie hat nicht auf die gleiche Weise an ihn gedacht wie er an sie. Sie lebt ja auch ein erfülltes, kompliziertes Leben – sie hat einen todkranken Ehemann, der sie braucht, eine Frau, die in sie verliebt ist und mit der sie zusammenarbeitet. Ganz zu schweigen von den Teegärten. Er hingegen ist allein, wohnt bei einer älteren Frau, ist an nichts und niemanden gebunden und verspürt nur die vage Verpflichtung, demnächst irgendwann den Nationalpark von Kazaringa zu besuchen. Ein Einzelgänger. Er spürt die Leere seines Bedürfnisses. Doch kurz vor dem Vergessen fällt ihm seltsamerweise wieder ein, wie sie ihn angesehen hat, als sie seinen Tee umrührte. Hat sie ihn damit nicht aufgefordert, sich ihr zu nähern?

Während das Pferd durchs flache Wasser trottet, sitzen sie am

Ufer des Flusses. Sie reden verlegen über die Hitze, über Stella und Mim. Er mag solche Gespräche nicht, aber er spielt brav seine Rolle. Vielleicht war es ja doch Zufall, dass sie sich bei ihrer ersten Begegnung so wohl miteinander gefühlt haben.

Doch dann stellt es sich plötzlich wieder ein, dieses Gefühl der Nähe, und zwar bei einem ganz banalen Thema – den unterschiedlichen Badegewohnheiten. Sie reden darüber, wie schwül es ist, und spielen durch, was man alles tun kann, wenn die Klimaanlage versagt.

«Ich versuche es manchmal mit einem kühlen Bad», sagt sie. «Aber ich kann mich nie dazu überwinden, richtig lange in der Badewanne zu sitzen. Nach ein paar Minuten wird es mir langweilig, und ich klettere wieder raus.»

«Mir geht es genauso – ich bade auch nicht gern», sagt er. «Irgendwie ist mir das zu passiv.»

«Ja, genau. Ich glaube, baden können nur Menschen, die wissen, wie man sich entspannt.»

Er ist sich nicht sicher, warum er sie plötzlich so aufregend findet, diese Ähnlichkeit. Sofort entdecken sie noch andere merkwürdige Gemeinsamkeiten: Sie mögen beide keinen Jazz und keine verstaubten Antiquitätenläden. Sie hassen Partys und Smalltalk – da fühlen sie sich beide fehl am Platz.

«Wie findest du Indien?», fragt sie ihn.

«Verführerisch», antwortet er.

«Ja, das stimmt. Indien verzaubert einen. Stimmt's?»

«Ja, stimmt.»

Sie probieren noch ein paar andere Dinge aus. Er mogelt ein paarmal, weil er die Stimmung nicht kaputtmachen will. Er übertreibt seine Abneigung gegen verschiedene Bücher, die sie hasst. Er behauptet fälschlicherweise, er gehe gern in die Oper. Sie liebt die Oper, sagt sie – ihre Mutter war Opernsängerin. Das Gespräch läuft so wunderbar, dass er es nicht übers Herz bringt, ihr zu gestehen, dass er Opern nicht ausstehen kann.

Er beobachtet die auffallend langsame Bewegung, mit der sie sich die Haare hinters Ohr streicht, als sie leise erzählt, dass Wagner ihr Lieblingskomponist sei, weil ihre Mutter seine Musik am besten gesungen habe; die elegante Biegung ihres langen Halses, als sie sich vorbeugt, die zarte Wölbung ihrer Brüste, die Art, wie sie ein heruntergefallenes Banyan-Blatt zwischen den Fingern hin und her rollt. Sie hat etwas sehr Mädchenhaftes.

Er erzählt von seinem Aufenthalt bei den Belanis: Wie unangenehm es ihm war, dass sie ihn gezwungen haben, in ihrem Schlafzimmer zu übernachten; die Mahlzeiten, bei denen er das Gespräch mit irgendwelchen Fragen in Schwung halten musste, auf die er eigentlich gar keine Antworten haben wollte; die Tage, die er gezwungenermaßen mit Mr. Belani verbrachte, der ihn mit seinem langweiligen Geschwätz regelrecht in Trance versetzte; und dass er eines Abends auf dem Balkon seines Zimmers stand und sich allen Ernstes überlegte, ob er nicht hinunterspringen sollte.

Sie erzählte ihm eine ähnliche Geschichte, und die innere Erfahrung ist so gleichartig, das Verständnis so präzise, dass sie beide anfangen zu lachen. Es ist ein spontanes, komplizenhaftes Lachen, und in diesen Momenten spürt er voller Entzücken, dass die Einsamkeit weit weg ist.

Jäh beugt er sich vor und küsst sie auf den Mund. Die Heftigkeit ihrer Reaktion verblüfft ihn. Sie erfolgt unmittelbar. Will kann sich nicht erinnern, jemals diese Mischung aus Leidenschaft und Gier verspürt zu haben, verbunden mit dieser Affinität – er weiß kein anderes Wort dafür –, die sie miteinander entdeckt haben. Einen Moment lang entfernen sie sich voneinander und schauen sich verwundert in die Augen. Aber dann entzieht sie sich ihm. Nicht abrupt, sondern sanft.

«Ich muss Vikram seine Medikamente geben», sagt sie.

Sie klatscht sich auf den Schenkel, und sofort kommt das Pferd das Ufer heraufgeklettert. Wills Stimmung schlägt augenblicklich um. Warum redet sie ausgerechnet jetzt von ihrem Mann? Möchte sie, dass er zwischen ihnen steht? Oder gibt es noch einen anderen Grund? Sie ergreift die Zügel, schwingt sich auf den Rücken des

Pferdes. Dann streckt sie Will die Hand entgegen und zieht den Fuß aus dem Steigbügel, damit er aufsteigen kann.

«Halt dich gut fest», sagt sie. Er schlingt den Arm um ihre Taille, und mitten im Teegarten drückt er ihr die Lippen auf den Nacken. Sie neigt den Kopf leicht zur Seite, um es ihm zu erleichtern. Wider Erwarten überschwemmt ihn eine Welle der Erleichterung.

Im Stall steigen sie ab, und er schaut zu, wie sie das Pferd am Zügel fasst, um es zu striegeln. Plötzlich findet er es absurd, wie er sie beobachtet und wie sein Herz dabei hämmert. Ein alternder Romeo, der seine auch nicht mehr ganz junge Julia beobachtet. Aber was soll er sonst tun?

Die Hände hinter dem Rücken verschränkt, überqueren sie den Rasen wie zwei Freunde, die gemeinsam ein Stück spazieren gehen und die endlose Weite des indischen Himmels bewundern. Will schaut kurz zum Kleinen Haus hinauf und sieht Vikram am Fenster.

«An welcher Krankheit leidet Vikram?», erkundigt er sich vorsichtig.

«Das weiß niemand. Aber er wird von Tag zu Tag schwächer. Am Anfang, als ich hierher gekommen bin, konnte er noch durch die Gärten gehen, aber das schafft er jetzt nicht mehr.»

Die Falte zwischen ihren Augen vertieft sich.

Geistesabwesend zupft sie am Saum ihres Kleides. «Seit zwei Jahren ist er jetzt schon krank», sagt sie. Sie hat nur das letzte Jahr hier bei ihm verbracht. Im ersten Jahr seiner Krankheit hat sie in Paris gelebt, mit Stella. Davor hatten sie und Vikram mehrere Jahre lang nicht zusammengewohnt.

«Komm mit hoch, dann kannst du ihn kennen lernen», schlägt sie vor.

«Meinst du wirklich?»

«Ja, das meine ich wirklich», sagt sie. Sie wirft ihm einen Blick zu, den er nicht entschlüsseln kann.

Er folgt ihr die Treppe hinauf zum Obergeschoss des Kleinen Hauses. Vikram hat seine eigenen Diener, die ihn dort oben versorgen.

Sein Leben beschränkt sich auf das vordere Schlafzimmer. Mit weißen Laken bedeckt, liegt er in dem schmalen Holzbett, in dem er schon als Junge geschlafen hat. Seine braune Haut wirkt absolut makellos, wie die eines Kindes, keine Pore ist sichtbar. Für einen Inder ist er groß, und er hat auffallend zarte Hände. Seine Lippen sind dunkelrot, die Nase ist schmal. Die schwere Krankheit hat ihn ausgezehrt.

«Vikram, ich möchte dir gern jemanden vorstellen», sagt Grace und tritt aus Gewohnheit seitlich an sein Bett. Vikram versucht sich aufzurichten, aber Grace sagt, er solle liegen bleiben.

«Ich habe euch auf Gypsy hierher reiten sehen», sagt er freundlich, aber seine Augen wandern unruhig zwischen ihnen hin und her. Sie sind von jener Klarheit, die der nahende Tod noch verstärkt.

Er wirkt völlig anders, als Will ihn sich vorgestellt hat. Will hat jemanden mit jenem liebenswürdigen Kopfwackeln, dem singenden Akzent, dem breiten Lächeln erwartet. Aber Vikrams indische Herkunft ist überdeckt, verschwunden. Er ist Amerikaner.

«Ja, Stella hat ihm gesagt, wo ich bin, und er hat mich mit Gypsy im Banyan-Hain getroffen», sagt Grace. Sie berührt Vikrams Hand, um ihn zu beruhigen, und er entspannt sich. «Vikram, das ist Will. Will, das ist Vikram. Will wohnt bei Mim Ritchards und wird demnächst nach Kazaringa gehen.»

Vikram reicht ihm lächelnd die schmale braune Hand. Sie wirkt ungeheuer zerbrechlich.

Will setzt sich auf den von Grace angebotenen Stuhl und verfolgt jede ihrer Bewegungen, während sie im Zimmer hin und her geht, Ordnung macht, die Blumenvase umstellt.

«Als ich Vikram kennen gelernt habe, war er ein Mann ohne Heimat», sagt Grace. «In seiner Wohnung gab es kein einziges Foto von seiner Familie, keine indische Kleidung, kein Bettzeug, keine Bücher, keine Musik aus Indien. Das einzig Indische waren die Gewürze in seinem Küchenschrank, und wie alle Inder zählt er bis heute an den Fingergliedern, nicht an den Fingern ab.»

Vikram gefällt es sichtlich, wie sie über ihn spricht – als wäre er eine Kuriosität, die sie erklären muss. Ihr zuliebe führt er vor, wie er zählt. *«Ek, do, tin, char, panch»*, sagt er. *«Chhe, saat, aath, nau, dus.»*

Sie setzt sich auf den Stuhl neben seinem Bett und beginnt ihm einen Apfel zu schälen. Will wird nicht recht schlau aus ihr. Möchte sie ihm ihr Eheleben zeigen, oder inszeniert sie das Ganze für Vikram?

«Vikram ist mit siebzehn in die Vereinigten Staaten gekommen», sagt sie. «Er hat in Harvard studiert. Alle sagen, er ist absolut genial.»

«Darauf müssen die anderen sie hinweisen – von selbst würde sie es nie merken», sagt Vikram. Will schaut zu Grace hinüber und nimmt flüchtig eine Spur von Gereiztheit in ihrem Blick wahr.

Läuft das Ganze auf eine Affäre direkt vor Vikrams Augen hinaus? Sollen sie so tun, als wären sie nur gute Freunde, und sich dann zum Banyan-Hain schleichen? Sich in zwielichtigen Motels treffen?

Als er geht, schaut er noch einmal durchs Treppengeländer und sieht, wie Grace sich über Vikram beugt und seine weiße Pyjamajacke aufknöpft.

«Ich bin ganz allein auf die Toilette gegangen», hört er ihn sagen.

«Schön, Babu.» Sie küsst ihn auf die glatte, vom Tod noch ungezeichnete Stirn. Ihre Stimme ist auf eine Weise zärtlich, wie er sie nur selten gehört hat. Irgendwie liebt sie ihren Mann.

Auf dem Rücksitz von Mims Wagen, eingehüllt in sanftes Dunkel, denkt er darüber nach, wie er dazu kommt, einem Sterbenden die Frau wegnehmen zu wollen. Aber er empfindet keine Schuldgefühle, nur Mitleid. Ein Sterbender ist kein Rivale. Ihn quält nur der Gedanke, dass er sein Ziel vielleicht nicht erreichen könnte. Seine plötzliche Gier überrascht ihn. Er sieht Grace' nackten Körper vor sich, er drückt sie an sich. Jede Nische, jede Faser ihres Körpers erkundet er, ohne Scheu, hingebungsvoll, voller Neugier. Zwischen ihren Beinen kniend, zieht er ihr die Reitstiefel aus, seine Hände gleiten unter ihr Kleid, umschließen ihre Brüste. Er erschrickt über die Intensität dieser Bilder, die sekundenschnelle Abfolge erotischer Phantasien. Dabei hat er gedacht, dass das Verlangen in ihm längst erstorben sei.

Mim ist noch wach, als er kommt. Sie besucht ihn in seiner Suite und setzt sich in einen der Rattansessel. Bestimmt weiß sie, bei wem er heute Abend war – der Chauffeur war schon in der Küche. Aber sie äußert sich nicht dazu.

«Ich habe heute herausgefunden, dass Latisha sich in Aruun verliebt hat», sagt sie. «Ich habe die beiden Händchen haltend und kichernd im hinteren Garten gesehen.» Sie sitzt mit elegant übereinander geschlagenen Beinen da, einen weißen Seidenschal locker um den Hals geschlungen und auf dem Mund eine Spur roten Lippenstift.

«Können sie heiraten?», erkundigt sich Will.

«Ja, ich wüsste nicht, was dagegen spräche. Sie stammen beide von Eingeborenen ab, die ebenfalls hier in den Gärten gearbeitet haben. Sie heiraten und trennen sich in einem fort. Da gibt es oft ein ziemliches Durcheinander. Harold musste immer wieder in die Siedlung hinunter, um irgendwelche Eifersuchtsdramen zu schlichten! Der eine ist verheiratet, liebt aber eine andere. Sie sind betrunken, und schon beginnt eine Schlägerei, weil ein Mann die Frau eines anderen angefasst hat. Und so weiter und so fort – es gibt alle nur denkbaren Verwicklungen.»

Warum erzählt sie ihm das? Möchte sie ihm etwas mitteilen? Aber sie wechselt das Thema, und er kommt zu dem Schluss, dass er vielleicht doch zu hellhörig war.

Später, als er beim Canasta gegen sie verliert, legt er die Karten auf den Tisch. «Habe ich deine Gastfreundschaft überstrapaziert?»

«Nein, keineswegs», erwidert sie. Er schaut sie an und sieht Angst in ihren Augen. «Ich möchte nicht, dass du gehst.»

Also wird er bleiben.

6 Mitten in der Nacht wacht er in einem seltsamen, visionären Zustand auf, der von plötzlicher Klarheit gekennzeichnet ist.

Er hat seine Frau geheiratet, um sich genau vor den Gefühlen zu schützen, die Grace in ihm weckt. Eigentlich hat er sie geheiratet, um sich gegen alle Gefühle abzuschotten, um in der Zwischenposition zu erstarren, weit entfernt von den beiden Extremen: Leidenschaft und abgrundtiefe Einsamkeit. Seine Ehe war durch und durch verlogen, seine Frau nie eine Gefährtin, sondern eher sein Schutzschild.

Jetzt gelten seine Gedanken nur noch Grace. Aber plötzlich bekommt er Angst. Er verliebt sich nicht häufig, aber wenn, dann heftig und meistens zu seinem Nachteil. Er hat versucht, sich in dieser Hinsicht zu ändern, allerdings ohne Erfolg. Er gehört nicht zu den Menschen, die viel Abwechslung brauchen. Schon immer hat er die Männer beneidet, die mühelos auch die größten Gegensätze in sich vereinen können, egal ob es sich um gesellschaftliche Kontakte, Bücher oder Reisen handelt. Insgeheim hat er immer geglaubt, dass sie besser dran sind als er. Er ist jemand, der zufällig über irgendetwas stolpert und sich dieser einen Sache dann mit einer Ausschließlichkeit widmet, die schon fast an Perversität grenzt. Er liest lieber sechsmal ein und dasselbe Buch als sechs verschiedene Bücher. Dieses Buch verschlingt er gewissermaßen samt Leim und Faden, bis er es ganz und gar in sich aufgenommen hat. Wenn dann jedoch sein Interesse nachlässt, verschwindet es für immer und kann nicht wieder belebt werden.

Er hat einen ähnlichen Rhythmus wie ein Wüstenbewohner: ein Mann, der hin und wieder auf eine Oase stößt, aber sonst die meiste

Zeit einfach immer weitertrottet; ein Mann, der sich viel zu oft von den Illusionen des Landes hat leiten lassen und der erst sehr spät begriffen hat, dass er sich nach den Sternen richten muss, denn im Gegensatz zum Land, das sich mit dem Wind wandelt, bilden die Sterne ein unveränderliches Muster.

Als er am Morgen aufsteht, hat die Erkenntnis etwas von ihrer Schärfe verloren. Er arbeitet den ganzen Vormittag, aber der Gedanke an Grace ist nie fern. Seit er vor den Höhlen der Vanikoro-Salangane gesessen hat, ist ihm, wie er zugeben muss, mehr oder weniger die Lust vergangen, dieses Buch zu schreiben. Er glaubt nicht mehr daran, dass es etwas nützt, für die Rettung der Welt zu predigen. Ihm bleibt nichts, als die Zerstörung zu dokumentieren, was ihm irgendwie unbedeutend erscheint, diagnostisch. Seine Arbeit hat ihn im Stich gelassen. Jeden Morgen kehrt er ängstlich, wie ein verschmähter Liebhaber, zu ihr zurück. Er traut ihr nicht mehr so wie früher. Nach wie vor zündet er Morgen für Morgen unter dem Bild des Ganesh, das Mim in seinem Schlafzimmer aufgehängt hat, die Öllampe an, und er tut dies in der vagen, kargen Hoffnung, dass ihr Licht nicht nur seine Arbeit beschützen, sondern auch seine Gedanken inspirieren wird. Er versteht sich selbst nicht. Bisher hat er nie auch nur flüchtig an dergleichen geglaubt.

Er schreibt über den Tag, an dem er den letzten Rotstirn-Fächerschwanz auf der Erde in Händen hielt, und wie er ihn mit Rita zum Meer trug und sie dabei laut schluchzte. Jetzt kommt ihm das kitschig vor; er steht von seinem Schreibtisch auf und geht nach draußen, um sich in Mims Garten zu setzen. Er schaut zu, wie die Diener mit gebeugtem Rücken die herabgefallenen Blüten und Blätter zusammenfegen. Er beneidet sie um die Leichtigkeit und Klarheit ihrer Arbeit.

Als er am Nachmittag von seiner Arbeit aufblickt, sieht er Stella in der Tür stehen. Aruun hat sie hereingeführt. Sie ist erhitzt, weil sie mit dem Rad gefahren ist, und lässt sich erschöpft in den Sessel fallen, der ihm gegenüber steht. Keine Spur von der jungen Frau in der dunkelblauen Seidenrobe. Jetzt meldet sich wieder der Junge in den grünen Kordsamtshorts, dem weißen T-Shirt und den schwarzen Basketballstiefeln. Aus dem Walkman-Kopfhörer, den sie um den Hals trägt, dringt leise ein Song von Bruce Springsteen. Sie stellt die Musik die ganze Zeit nicht ab, und Will schafft es nicht, das blecherne Geräusch vollständig auszublenden.

«Ich bin gestern Abend mit Bhupen und Anup in den Dschungel gegangen», sagt sie. Deshalb ist sie also gekommen – um ihm davon zu erzählen. Jetzt begreift er allmählich, wie ihre Beziehung funktioniert: Wenn sie mit ihm allein ist, dann ist er ihr Freund. In Grace' Gegenwart ist er ihr Rivale.

«Ich habe ihnen hundert Dollar gegeben, und sie haben mich mit ihrem Schnellfeuergewehr schießen lassen. Wir mussten eine Stunde durch die Reisfelder gehen, um zu ihrem Lager zu kommen.» Ihre Augen flackern unsicher, als wüsste sie selbst nicht so genau, was sie von dieser Erfahrung halten soll.

Die Erkenntnis, dass sie mit den hundert Dollar, die er ihr gegeben hat, damit sie ihm verrät, wo Grace sich aufhält, die Studenten bezahlt hat, damit sie schießen darf, behagt ihm gar nicht. Er und Stella haben, ohne dass er es wollte, einen geheimen Pakt gegen Grace geschlossen – einen Pakt, der ihm gar nicht in den Kram passt.

«Und dann?», fragt er.

«Es war toll – jedenfalls die Sache mit dem Schnellfeuergewehr.»

«Was ist passiert?» Er merkt, dass sein Herz anfängt, schneller zu schlagen.

Stella war Bhupen und Anup meilenweit durch die Reisfelder gefolgt. Unterwegs hörte sie nur ihren eigenen Atem und den Atem der Männer, das Plätschern durchwateten Wassers, das metallische Quietschen der an den Griffen hin und her schaukelnden Kerosinlampen.

Die beiden führten sie zu einer Lichtung, wo an einem Ast eine ausgestopfte weiße Stoffpuppe baumelte. Dort lernte sie den Anführer der Gruppe kennen, Chetia, von dem sie sagt, er sei bisher der einzige Inder, den sie auch nur andeutungsweise attraktiv finde. Er war groß und schlank und nicht älter als dreißig, gut gewachsen, die Muskeln perfekt durchtrainiert. In der gebieterischen Haltung eines Diktators kam er auf sie zu.

Er machte eine knappe Handbewegung, und Anup und Bhupen zogen sich zurück. Stella hatte keine Ahnung, wohin, doch Chetia hatte rasch eine indische Baumwolldecke über das Rankengewirr gebreitet.

«Bitte», sagte er. «Setzen wir uns hin.» Er deutete auf die Decke, und Stella nahm unter dem dunklen Baldachin des Dschungels Platz. Nachdem sie ihm die hundert Dollar gegeben hatte, stieß Chetia einen langen, schrillen Pfiff aus, und gleich darauf tauchten Anup und Bhupen wieder aus dem Dunkel des Dschungels auf. Anup reichte Chetia die AK-47. Mit einem kurzen, präzisen Klicken, das sie von allem trennte, was vorher gewesen war, ließ er das Magazin einschnappen.

Chetia legte Stella das Schnellfeuergewehr in die Hände. Sie fühlte das Gewicht, klemmte sich die Waffe unter den rechten Arm, ließ den Lauf in ihrer linken Hand ruhen. Dann kniff sie das linke Auge zu und spähte mit dem rechten durchs Visier. Sie ging im Kreis herum, bis sie die beste Stelle zum Schießen fand. Als sie zielte und feuerte, war sie eine Terroristin, eine Rebellin, Mitglied einer Mörderfamilie. Das Rattern des Schnellfeuergewehrs war ohrenbetäubend. Es füllte ihr Bewusstsein aus, für Worte war kein Platz mehr, es gab nur noch dieses Geräusch, die Stimme der Macht, um ein Vielfaches verstärkt durch den rätselhaften Lärm des Dschungels, Schnellfeuer, nonstop, metallische Ejakulationen in blitzschneller Abfolge. Der Anblick der Puppe, die hin und her tanzte, als würde ein verrückter Puppenspieler die Strippen ziehen, spornte sie noch mehr an. Dann hörte sie ein Plumpsen – die untere Hälfte der Puppe war auf dem Boden gelandet.

Als Chetia ihr das Gewehr aus der Hand nahm und es zerlegte, hörten sie plötzlich keine hundert Meter von ihnen entfernt, irgendwo in der pechschwarzen Finsternis, die Schmerzensschreie eines Mannes.

«Was war das?», fragte Stella. Chetia erklärte, das sei ihr Gefangener.

«Ich will ihn sehen», sagte sie.

Chetia schwieg, überlegte kurz, schüttelte dann aber den Kopf. «Das ist keine gute Idee», sagte er.

«Ach, komm schon! Ich will ihn doch nur *sehen*, sonst nichts.»

Also führte er Stella zu dem Gefangenen. Bhupen ging mit der Kerosinlampe voraus, gefolgt von Stella, und dicht hinter ihr ging Chetia, der ihr sagte, was der Gefangene verbrochen hatte. Er sprach sehr leise und beherrscht, während er die Grausamkeiten aufzählte.

Der Mann war ein Bangladeshi. Er war in die Häuser verschiedener assamesischer Farmer eingedrungen, während die Männer auf dem Feld waren, hatte die Frauen mit einem Messer bedroht und vergewaltigt. Einige hatte er getötet, sie wurden später in einer Blutlache in ihrer Küche gefunden. Eine hatte er in kochend heißes Badewasser geworfen. Er hatte auch kleine Mädchen vergewaltigt, eines war erst vier Jahre alt gewesen, er hatte ein Kind zerstückelt und die Gliedmaßen ins Feld geworfen. Einer Frau hatte er das Herz herausgeschnitten und es über ihrem Bett an die Wand genagelt.

Als sie vor dem Gefangenen standen, sagte keiner ein Wort. Der Mann kniete auf dem Boden, seine Hände waren hinter dem Rücken gefesselt. Die Augen hatten sie ihm mit einem schwarzen Tuch verbunden. Sein Mund war schmerzverzerrt, der ganze Körper angespannt vor Angst. Er sah nicht anders aus als Anup oder Bhupen oder Chetia: genauso schwarze Haare, genauso braune Haut, genauso schlank und gelenkig.

Chetia griff nach unten und riss dem Gefangenen die Binde von den Augen. Der Mann blinzelte ins Licht, versuchte rasch seine Umgebung zu erfassen.

Chetia stieß ihn mit der Schuhspitze an und blaffte etwas in einer

Sprache, die Stella nicht verstand. Der Mann schrie eine unverständliche Antwort und spuckte vor Stellas Füßen auf den Boden.

«Was hat er gesagt?», fragte sie.

«Ich habe ihn gefragt, ob er endlich reden will, und er hat geantwortet, nein, er sagt nichts, schon gar nicht vor einer –» Er verstummte.

«Vor einer was?», hakte Stella nach.

«Vor einer Hure», sagte Chetia leise.

«Dreckskerl!», sagte Stella.

Chetia trat den Gefangenen in die Magengegend, als müsste er Stellas Ehre verteidigen, und Bhupen schlug ihn mit einem Stock auf die Schulter. Vor Schmerzen heulte der Mann auf, Bhupen schlug noch einmal zu, diesmal auf die Brust, während Anup gegen die empfindlichen Stellen im Rücken trat, wo sich die Nieren befinden. Chetias Knie krachte gegen sein Kinn. Jetzt stieß der Gefangene ein bettelndes Gewimmer aus, für das man keine Übersetzung brauchte. Blut lief ihm über den Hinterkopf.

Als er zur Seite kippte, scharten sich die vier um die klägliche Gestalt. Bhupen hielt die Kerosinlampe hoch, der warme Lichtschein beleuchtete den reglosen Körper. Die Faszination des Bösen erregte Stella.

«Wollt ihr ihn töten?», flüsterte sie.

«Vielleicht», antwortete Chetia leise.

«Wann?»

«Kommt drauf an.»

«Kann ich zuschauen?», fragte Stella.

Chetia blickte auf den Gefangenen hinunter, dann zu Stella.

«Das kostet aber», sagte er.

«Wie viel?»

«Tausend amerikanische Dollar.»

«Das ist sehr viel Geld», sagte Stella.

«Deine Freundin hat genug.»

«Ja, natürlich – aber mir gibt sie keins.»

«Kann man verstehen», sagte er, und alle lachten.

Es ist still in Wills Zimmer, als Stella mit ihrer Geschichte fertig ist. So genau hat Will es gar nicht wissen wollen. Dass sein Geld für so etwas verwendet wurde, widert ihn an. Stumm schiebt er Stella einen Teller mit Rosinenbrötchen hin, sie nimmt sich eines und beißt lustlos hinein.

Die Begeisterung, die ihre Geschichte belebt hatte, ist aus ihrem Gesicht gewichen. «Ich habe ein schlechtes Gewissen wegen des Gefangenen. Ich habe mir überlegt, ob ich in den Dschungel zurückgehen und nachsehen soll, wie es ihm geht.»

Sie meint es ernst, und Will sieht hinter dem angeberischen Getue das weichherzige Mädchen.

«Das kannst du vergessen!», sagt er. «Lass die Finger von der Sache. Vergiss den Gefangenen. Vermutlich ist er längst tot.»

«Ich weiß», sagt sie.

Sie kämpft mit den Tränen. Sie braucht einen Rat, er muss ihr helfen. Diese Männer haben nichts zu verlieren, sagt er zu ihr, für sie sind hundert Dollar so viel wie tausend und tausend wie zehntausend. Männer, die Schnellfeuergewehre besitzen, benutzen sie auch, und wie tapfer und abenteuerlustig sie, Stella, auch sein mag, diesen Leuten ist sie nicht gewachsen.

Stella nickt gehorsam und wischt sich mit einer Serviette die Tränen weg.

Warum sie ihm jetzt plötzlich ihre Lebensgeschichte erzählt, versteht er nicht ganz, aber er muss sich anhören, dass sie in einer Kleinstadt in Indiana aufgewachsen ist, dass ihre Familie, die einzigen Juden am Ort, ein Elektrogeschäft führte. Gleich nach ihrem Schulabschluss ist sie nach New York gezogen, um Schauspielerin zu werden. Wie ein Beichtvater muss er sich ihr Geständnis anhören, dass sie im Sexbusiness als Masseurin gearbeitet hat. Es stellt sich ungewollt ein, das Bild von Stella, die mit ihrer kleinen Knabenhand eine Vielzahl von Penissen streichelt. Hat Grace versucht, Stella aus diesem Leben herauszuholen?

Als Stella sich alles von der Seele geredet hat, fragt Will, wie es Grace geht.

«Es geht ihr gut», antwortet Stella, «sie ist bei Vikram. Eigentlich ist sie immer bei Vikram.» Sie schaut vielsagend von ihrer Teetasse auf.

Er fragt sich, ob Grace ihr etwas erzählt hat.

«Du weißt ja, dass sie erst mit elf richtig angefangen hat zu reden, oder?», sagt Stella.

«Du hast es schon einmal erwähnt. Vielleicht hättest du das besser nicht getan», sagt er. «Ich hatte den Eindruck, Grace wollte nicht, dass ich das erfahre.»

«Ach, sie ist immer so geheimnistuerisch! Im Grunde war es gar nicht so dramatisch. Ihr Vater hat sie immer mitgenommen, wenn er sich mit Mrs. Henry getroffen hat. So hieß die Frau, mit der er eine Affäre hatte. Er hat Grace einfach auf den Rücksitz gesetzt, während die beiden sich auf dem Vordersitz vergnügten, oder unter den Schreibtisch, während sie es oben miteinander trieben. Und dann hat er zu Grace gesagt, wenn sie auch nur ein Sterbenswörtchen verrät, bringt er sie um.»

Will ist schockiert. «Und das findest du ‹gar nicht so dramatisch›?», sagt er.

«Na ja, vielleicht doch.» Stella lacht und verstummt einen Moment lang.

«Ihre ersten Worte waren auf Deutsch. Sie hat immer die blauen Segelboote auf ihrem Pyjama gezählt.»

«Und warum hat sie die auf Deutsch gezählt?»

«Ihre Mutter hat nur Deutsch und Französisch mit ihr gesprochen, als sie klein war.»

Sie droht ihm mit dem Finger. «Aber jetzt fragst du mich aus. Verrate ihr bloß nicht, dass ich dir das alles gesagt habe!»

«Erzähl mir nichts mehr», entgegnet er. «Ich weiß sowieso schon zu viele Geheimnisse.»

Ehe Stella geht, warnt er sie noch einmal eindringlich vor den Studenten. «Sie sind in Dinge verwickelt, die wir nicht richtig verstehen können», sagt er. «Begreifst du das?»

Sie nickt wie ein Kind, steigt auf ihr Fahrrad und fährt Mims holperige Zufahrt hinunter, zurück zur Straße.

Das Gespräch mit ihr lässt ihm den ganzen Nachmittag keine Ruhe. Er fühlt sich auf seltsame Weise involviert und überlegt, ob er Grace sagen soll, dass Stella im Dschungel war und mit einem Schnellfeuergewehr geschossen hat. Er versucht sich Grace als elfjähriges Mädchen vorzustellen, mit leuchtend blonden Haaren und blasser Haut, wie sie auf Deutsch die blauen Segelboote auf ihrem Pyjama zählt. Die Vorstellung kann er kaum ertragen.

7

Als er abends mit Mim Karten spielt, spürt er beim Anblick der Gläser mit Orangenmarmelade und der säuberlich arrangierten kleinen Kekse auf dem geblümten Tablett das Vordringen des Alters, als wäre er bereits betagt und grau.

Mim zieht sich nach dem Spielen in ihr Zimmer zurück. Sie sei müde, erklärt sie. Später schaut er kurz bei ihr vorbei, klopft leise an, streckt den Kopf zur Tür herein. Sie liegt in einem grauen Morgenmantel auf dem Bett, hat sich Kissen in den Rücken gestopft und trägt gestrickte weiße Bettschuhe an den winzigen Füßen. Will hat ihr Zimmer bisher erst einmal betreten – ein geräumiges Schlafzimmer mit einem breiten Bett aus Teakholz, geschützt von einem hauchzarten Moskitonetz. Die Wände schmücken Elfenbeinzähne und Schwarzweißfotos von Mim und Harold: auf Safari; in ihren Teegärten, neben dunkelhäutigen Pflückerinnen; auf dem großen Rasen als Gastgeber bei eleganten Empfängen für andere britische Plantagenbesitzer.

«Darf ich mir den Wagen ausborgen?», fragt er.

«Du brauchst nicht zu fragen, Will», antwortet Mim. «Du kannst den Wagen jederzeit haben.»

Aber sie zieht die Augenbrauen hoch, als wüsste sie, wohin er fahren möchte; und er meint, in ihrem Blick einen leisen Abscheu zu entdecken, weil er es nicht schafft, seine Leidenschaften zu zügeln. Vielleicht ist es aber auch nur seine eigene Abscheu.

Mims Ambassador wird bei den Tagores wieder anstandslos durchgelassen. Als Will aussteigt, fällt sein Blick als Erstes auf Vikram droben am Fenster. Er winkt ihm zu, und Vikram winkt zurück. So läuft das also? Direkt vor seiner Nase. Will fühlt sich nicht wohl, als er den Weg zur Veranda hinaufgeht. Dutzende von schwarzblauen Krähen hüpfen auf dem Rasen herum und picken die Krümel auf, die jemand ins Gras geworfen hat. Unter dichten Bäumen longiert der Pferdeknecht den schwarzen Araberhengst.

Durch das Fenster der Veranda sieht er Grace und Stella: Sie sitzen im Salon zusammen auf dem Sofa: Stella sitzt hinter Grace und massiert ihr die Schultern, während Grace auf einer kleinen elektrischen Schreibmaschine etwas tippt. Die Szene wäre nicht weiter verwunderlich, wenn Stella die Beine untergeschlagen hätte, aber sie hat sie locker um Grace' Taille geschlungen. Grace sitzt also zwischen Stellas Beinen. Zum ersten Mal kann er sich die beiden als Liebespaar vorstellen. In ihrem Beisammensein spürt er eine Wärme, eine Liebe, die sie zumindest in seiner Gegenwart nicht zur Schau stellen, und ihn überkommt plötzlich eine quälende Eifersucht.

Ein Hauch von Britischem Empire liegt über dem Ganzen, als sie später zu dritt am Esstisch sitzen, unter dem imposanten Porträt von Jugdish Tagore, Vikrams Vater, einem Mann mit großen Mandelaugen und einem großen Schnurrbart. Das einzige Geräusch sind Vedeshpras leise Schritte um den Tisch herum, dazu das gedämpfte Klappern der Teetassen, ein hoher, knöcherner Laut, das ansteigende Gluckern, wenn das heiße Wasser in die Porzellantassen gegossen wird. Stella ist jetzt wieder seine Rivalin und mustert ihn aus schmalen Augen. Als Grace über etwas, was er sagt, lachen muss, reagiert Stella beleidigt und fängt an, auf den Tisch zu klopfen, bis Grace sagt, sie solle damit aufhören.

Vedeshpra verschwindet auf leisen Sohlen, und als sie hören, dass das Tablett in der Küche abgestellt wird, sagt Grace: «Stella, sieh mal lieber zu, dass er keine Papaya bringt, sondern eine Mango.» Das ist schon so oft passiert, dass Stella aufsteht und in die Küche geht.

Will rührt in seinem Tee. «Ich hätte nicht kommen sollen», sagt er.

«Nein, im Gegenteil – ich freue mich, dass du hier bist», erwidert Grace.

Trotzdem ist die Situation peinlich. Unter dem Tisch berührt er ihr nacktes Knie. Sie erstarrt kurz, dann schiebt sie ihr Bein näher zu ihm.

Als Stella zurückkommt, zieht er die Hand zurück. Stella schaut von Will zu Grace und rückt dann ihren Stuhl vom Tisch zurück. Will ist sich nicht sicher, was an ihren Blicken Stella verraten hat, dass zwischen ihm und Grace etwas ist, aber sie hat es gesehen.

«Wohin gehst du?», fragt Grace.

«Ich habe etwas verloren, und das muss ich jetzt suchen», antwortet sie.

«Was denn?»

«Einen Brief», sagt Stella. Über die Schulter wirft sie Grace einen finster triumphierenden Blick zu.

«Fang bitte nicht damit an, Stella!»

Laut lachend rennt Stella die Hintertreppe hinauf. Man hört ihr wildes, enthemmtes Gelächter noch, als sie oben den Marmorflur entlanggeht.

«Sie ist wie ein Kind», sagt Grace. Will sieht zu, wie sie mit den Fingern die Ecke der Serviette umknickt und wieder auffaltet.

Er kann sich nicht vorstellen, was die beiden verbindet, was sie zusammenhält. Immerhin haben sie in Paris ein ganzes Jahr zusammengelebt.

«Pass auf – gleich geht sie in mein Zimmer und wühlt in meinen Sachen herum», kündigt Grace an.

Sie schweigen beide, und schon hören sie, wie Stella über den Flur geht und Grace' Schlafzimmer betritt.

«Von welchem Brief hat sie gesprochen?», erkundigt sich Will.

«Ach – völlig unwichtig», erwidert Grace.

Sie führt ihn hinaus auf die Veranda. Er spürt, dass Vikram sie von seinem Fenster aus beobachtet. Sein Kopf taucht kurz auf, verschwindet aber gleich wieder. Will hört Stella oben in Grace' Zimmer rumoren: Schubladen werden herausgezogen, Türen geöffnet und geschlossen. Sie gibt sich keine Mühe, leise zu sein. Will spürt, wie sehr die beiden Grace' Zeit in Anspruch nehmen, wie schwer sie auf ihr lasten. Ein todkranker Mann und ein erwachsenes Kind. Grace ist auf dieser Veranda eingesperrt.

Jetzt hören sie Stella im Wohnzimmer, wie sie einen Schrank

durchwühlt. Vedeshpra kommt aufgeregt heraus auf die Terrasse. «Memsahib», sagt er leise. «Miss Stella räumt alles aus.» Er fuchtelt mit den Armen, um zu demonstrieren, dass sie alles herumwirft.

«Ignoriere sie einfach», sagt Grace. «Und bring uns doch bitte Tee.»

«Jawohl, Memsahib», sagt er und verschwindet.

Mit einem Seufzer legt Grace die Füße auf den runden Tisch. Sie trägt schwarze Shorts und eine weiße Bluse. Will fällt auf, wie weiß, ja fast durchsichtig die Haut an ihren Fußgelenken ist. «O Gott!», sagt sie leise, weil der Krach im Haus kein Ende nehmen will.

Will befürchtet schon, dass sein Gefühl ihn getrogen hat, dass das, was er für sie empfunden hat, jenes genaue gegenseitige Verständnis, vielleicht niemals wiederkommt.

«Sollen wir einfach Tee trinken und so tun, als würde Stella nicht das ganze Haus auf den Kopf stellen?» Er wirft die Arme hoch und ahmt Vedeshpras Gefuchtel nach. Grace findet das sehr komisch, und ihr Lachen erfüllt ihn mit angenehmer Erleichterung. Vielleicht hat er sich doch nicht geirrt.

Er erwähnt nicht, dass Stella am Nachmittag bei ihm war und ihm von ihrem Abenteuer mit dem Schnellfeuergewehr erzählt hat. Im Grunde macht er gemeinsame Sache mit ihr, wenn er nichts sagt, aber er bringt es einfach nicht über die Lippen, erst recht nicht, solange Stella im Haus randaliert.

«Hat Mim dir schon von den Gerüchten über mich erzählt?», fragt Grace.

«Ja», gesteht er.

Sie liefert eine kurze, aber gelungene Imitation von Mims gelangweilter Nonchalance, zieht die Mundwinkel nach unten, atmet hörbar ein, blickt zum Himmel – und fängt damit Mims Wesen ein.

«Ja», sagt er. «Genau so!»

Mehr gibt es dazu nicht zu sagen. Aber da ist es wieder, dieses Gefühl, dass sich ihre Seelen berühren, ohne Worte.

Sie lachen beide, und Will merkt auf einmal, dass er es hinreißend findet, wie sie sich beim Lachen vorbeugt. Von dieser Bewegung könnte er nie genug kriegen, denkt er, sie würde ihn nie langweilen. Überhaupt würde er Grace immer gern an einem Tisch gegenübersitzen, egal wo. Das ist für ihn eine Art Maßstab geworden.

Jetzt klingt es so, als würde Stella im Wohnzimmer die Sofapolster herausziehen. Sie hat den Geräuschpegel höher geschraubt, sie ächzt und keucht vor Anstrengung, als wollte sie dafür sorgen, dass Grace und Will ihre Anwesenheit nur ja nicht vergessen.

«Was will sie eigentlich?»

«Beachte sie einfach nicht», erwidert Grace.

Er fragt nicht noch einmal, was es mit dem Brief auf sich hat.

An ihren Händen, an der Art, wie sie mit den Fingern auf die Armlehne klopft, merkt er, wie nervös sie ist. Die ganze Situation behagt ihr nicht. Sie fühlt sich außerstande, den Geräuschen aus dem Haus Einhalt zu gebieten. Aufgerissene Türen, Schubladen, ein Herumschnüffeln. Anders kann er es nicht nennen, es ist ein Herumschnüffeln.

«Ich halte das nicht mehr aus», sagt Grace schließlich. «Du musst mich kurz entschuldigen.»

Sie steht auf, bleibt aber in der Tür noch einmal stehen und schaut ihn über die Schulter an. «Es tut mir Leid», sagt sie. Da ist irgendetwas in ihrem verzweifelten Blick, in ihrer unübersehbaren Nervosität – auf einmal stellt er sich vor, er läge mit ihr im Bett und drückte ihr einen Kuss auf die Stirn.

Er muss sich gar nicht anstrengen, um mitzuhören, was im Esszimmer gesprochen wird – die Akustik des Hauses sorgt dafür, dass er jede Silbe versteht.

«Ich habe den weiten Weg nach Indien nicht gemacht, um hier herumzusitzen, während du Will vögelst.»

«Man kann nicht gerade behaupten, dass ich Will vögle.»

«Es geht nicht, dass du mit ihm zusammen bist!»

«Darf ich nicht mit jemandem Tee trinken? Ist das verboten? Bin ich nicht zuerst und vor allem ein Mensch?»

Dann schweigen beide. Die Worte *Bin ich nicht zuerst und vor al-*

lem ein Mensch? haben einen merkwürdigen Nachhall. Sie kommen unerwartet, stehen in keinem logischen Zusammenhang.

«Wenn du den Brief noch ein einziges Mal erwähnst, Stella, dann schreibe ich kein Wort mehr für dich, das schwöre ich dir.»

Trotz der wortlosen Verständigung zwischen ihm und Grace, trotz ihres Lachens möchte Will plötzlich nur noch weg. Auf einmal fällt ihm wieder ein, warum er eigentlich hierher gekommen ist. Er will nur ein paar Tage bleiben. Er lebt nicht in Indien. Er muss nach Kazaringa, dort wartet eine Aufgabe auf ihn.

Er steht auf, als Grace wieder auf die Veranda kommt.

«Oh, bitte, Will – geh nicht weg», sagt sie.

«Ich hätte gar nicht kommen sollen.»

«Ach, Unsinn! Es tut mir Leid wegen Stella. Ich habe keine Kontrolle über sie. Ich habe über nichts und niemanden die Kontrolle, aber das heißt nicht, dass du gehen musst.»

«Doch, es ist besser, wenn ich gehe.»

Sie begleitet ihn zu Mims Wagen, und nachdem sie sich noch einmal entschuldigt hat, versucht er sie zu beruhigen. «Bitte, mach dir keine Sorgen deswegen.»

Als sie vor dem Wagen stehen, schaut Will hinauf zum Fenster des Kleinen Hauses und sieht Vikram, der sich aber sofort zurückzieht. Wahrscheinlich ist es ihm peinlich, dass er das Bedürfnis hat, alles zu sehen. Will reicht Grace zum Abschied die Hand, sie drückt sie und lässt sie lange nicht los. Eine geheime Botschaft, ohne Worte, als wäre sie eine Gefangene, denkt er. Aber was steckt dahinter? Er kann den Händedruck nicht deuten. *Es tut mir Leid, dass es so komisch gelaufen ist. Ich mag dich. Ich liebe dich. Warte auf mich.* Er weiß es nicht.

Auf der Fahrt zurück zu Mim ist er sich nicht mehr sicher, dass sie ihm tatsächlich etwas mitteilen wollte. Die Geste war so kurz, dass er es sich wahrscheinlich nur eingebildet hat. Aber dann kommt er zu dem Schluss, dass es doch so war. Er will alles Mögliche hineindeuten, ruft sich aber schnell wieder zur Ordnung. Hinter dem Fenster oben liegt der sterbende Ehemann, und dann ist da noch die rasend eifersüchtige lesbische Geliebte. Hier erwartet ihn nur Chaos und Untergang. Am besten sollte er gleich morgen früh nach Kazaringa aufbrechen! Doch im nächsten Moment muss er sich eingestehen, dass er insgeheim nur einen einzigen Gedanken denken kann: Grace gehört keinem von beiden, sie gehört ihm.

Die amerikanische Wandertaube hatte in ihrer Entwicklung ein Stadium erreicht, in dem sie, um überleben zu können, in großen Schwärmen leben musste. Nahrung zu finden und sich gegen natürliche Feinde zu schützen erforderte Millionen von Augenpaaren.

Im achtzehnten Jahrhundert war die Wandertaube so zahlreich, dass ein Schwarm den ganzen Himmel verdunkeln konnte. Ein Ornithologe schätzte 1810 einen einzigen Schwarm auf über zwei Millionen Vögel, und James John Audubon beschrieb einen Schwarm, der drei Tage brauchte, um vorbeizuziehen. Doch schon achtzig Jahre später fand man es erwähnenswert, wenn man eine Gruppe von hundertachtzig Vögeln beobachtete. Und 1914 starb im Zoo von Cincinnati die letzte Wandertaube, ein Vogel namens Martha. Die tote Taube wurde in einen Eisblock eingefroren und ans Smithsonian Museum geschickt.

Die Tiere waren in Massen abgeschlachtet worden. Es gab regelrechte Massaker, da die Tauben praktisch wehrlos waren. Ihr Instinkt, in großen Schwärmen zu leben, war so stark, dass man Tausende von Vögeln töten musste, bevor die anderen in Panik gerieten. Berufsjäger meldeten neu entdeckte Nistplätze der Eisenbahn, und dann massakrierten sie die Vögel zu Tausenden – sie fingen sie mit Fallen und vergasten sie; sie schossen sie ab und schlugen sie mit Stöcken tot.

Männer in zerlumpten Kleidern und Gummistiefeln, die Köpfe mit Sackleinen bedeckt, prügelten mit Stöcken die Vogelnester kaputt. Tag und Nacht ging das so. Die verängstigten Tauben stießen jämmerliche Schreie aus, heiser und gehetzt, ein Laut, der keinem anderen vergleichbar ist. Mit Zügen wurden sie weggebracht, aber die Transporte konnten mit dem Morden nicht mithalten. Der Boden war mit Lebenden, Sterbenden, Toten übersät.

Anmerkungen zum Artensterben von Will Mendelsohn

8

Am Morgen klopft Mims Dienerin Latisha leise an seine Tür. «Memsahib geht nicht gut», sagt sie. Sie neigt den Kopf zur Seite und schließt flatternd die Augen, um Mims Befinden anzudeuten.

Mim liegt im Bett, als er kommt. Die Jalousien sind geschlossen, um sie vor der grellen Morgensonne zu schützen, das Frühstückstablett steht unberührt auf dem Nachttisch. Mim wirkt matt, und als er ihr die Hand auf die Stirn legt, weiß er, dass sie hohes Fieber hat.

«Es ist Malaria», sagt sie. «Ruf Dr. Chaund und sag ihm, es ist Malaria.»

Will steht neben Mims Bett, während Dr. Chaund ihr Herz abhört, ihr den Puls fühlt und die Temperatur misst. Er misst zweimal, weil das Fieber so hoch ist, dass er es beim ersten Mal nicht glauben kann. Dr. Chaund ist ein freundlicher Mann, Anfang fünfzig, mit schütterem schwarzem Haar, und unter seinem weißen Safarihemd wölbt sich ein kleiner Bauch.

Als Will nach Dibrugarh fährt, um Chinin zu kaufen, läuft der Verkehr so stockend, dass es ihn wahnsinnig macht. Sie sind neben Dieselbussen eingeklemmt. Die offenen, aber vergitterten Fenster der Busse umrahmen dicht aneinander gedrängte dunkle Gesichter, die fast körperlos wirken, belebt nur von Augen, die ihn auf seinem Rücksitz anstarren. Auf der anderen Seite des Wagens fließt langsam der Strom der Fahrrad-Rikschas, gefahren von Männern, deren dunkle Haut sich papierdünn über magere Muskeln spannt. Andere Männer treiben Ochsen an, die vor Karren gespannt sind, die mit grünen Zuckerrohrschösslingen beladen sind. Will kommt sich vor wie ein Sandkorn, umgeben von lauter Pfeffer, ein Seestern in einem Meer von dunklen Zahnkarpfen.

Die nächsten Tage verbringt er damit, zwischen seinem Schreibtisch und Mims Schlafzimmer hin und her zu pendeln. Mim hat tatsächlich Malaria und leidet abwechselnd an schrecklichen Fieberschüben und heftigem Schüttelfrost. Er arbeitet eine Weile in seinem Zimmer, dann geht er wieder zu Mim. Im Grunde, so kann er nicht umhin zu denken, lebt er damit ganz ähnlich wie Grace. Morgens muss er dafür sorgen, dass Mim etwas zu sich nimmt. Mittags und zur Abendessenszeit sitzt er wieder bei ihr am Bett, vor allem aber bringt sie ihn nachts um den Schlaf.

In der vierten Nacht steigt das Fieber so hoch, dass er Latisha losschickt, sie solle Dr. Chaund holen. Der Strom ist ausgefallen, wie so oft in Indien, und die Telefonverbindungen sind vorübergehend zusammengebrochen. Eilig zündet er die Kerosinlampen an und stellt eine auf Mims Nachttisch, eine zweite auf ihren Schreibtisch. Er hält ihre Hand und sieht hilflos zu, wie sie stöhnend den Kopf auf dem Kissen hin und her wirft. Ihre Lippen sind aufgesprungen, ihre Augen blicklos und halb geschlossen. Sie ist ins Delirium gefallen, denkt er. Eigentlich ist es Latishas Aufgabe, Mim zu baden, aber sie bleibt so lange fort, dass ihm schließlich nichts anderes übrig bleibt, als Mim ins Badezimmer zu tragen und in eine Wanne mit kaltem Wasser zu tauchen.

Vorsichtig versucht er, ihre zerbrechliche Gestalt in die Wanne zu heben, aber sie ist nicht bei sich, und er befürchtet, sie könnte ertrinken oder mit dem Hinterkopf gegen das Porzellan schlagen. Er gerät in Panik, als sie seinen Armen entgleitet.

«Latisha!», ruft er, aber Latisha ist noch nicht zurück. Die Diener, die in Mims Haus wohnen, schlafen unten im Gang und hören ihn nicht.

Kurz entschlossen klettert er selbst in die Wanne, damit er Mim festhalten kann. Sein Herz rast. Mit der hohlen Hand gießt er ihr behutsam kaltes Wasser über Schultern und Kopf. Ohne die sie beseelenden Lebensgeister fällt ihm plötzlich auf, wie winzig sie ist.

Ihr Kopf mit den dunklen Haaren liegt auf seiner Brust, so klein. Sie kommt zu sich, aber nur halb. Immerhin murmelt sie seinen Namen.

Er drückt sie an sich, benetzt ihre Schultern, ihren Nacken und wartet darauf, dass das kalte Wasser das Fieber senkt. Über ihren Beinen bläht sich ihr blaues Nachthemd. Der nasse Stoff ist durchsichtig, die geisterhaft sich abzeichnenden Gliedmaßen sind weniger welk, als er erwartet hätte. Bleischwer liegen ihre Arme im Wasser. Da fällt sein Blick zufällig auf die Zahlen, die in die Rückseite ihres Handgelenks tätowiert sind, spinnenartige Ziffern in blauer Tinte, die sie normalerweise unter den indischen Armreifen verbirgt. Aber weil sie krank ist, haben die Diener sie ihr abgenommen. Das Wasser verzerrt die Zahlen, sie wabern. Plötzlich nimmt er Mims Scham wahr und umschließt sie noch fester. Außer seinen Eltern hat er keine Familie – Mim ist der einzige Mensch auf dieser Welt, der für ihn so etwas wie eine Verwandte ist, eine Frau, die durch die Erfahrung des Holocausts mit ihm verbunden ist.

Als Mim heftig zu zittern anfängt, hebt er sie aus der Wanne, trägt sie in ihr Zimmer und legt sie aufs Bett. Sie ist jetzt ganz wach und bittet ihn mit schwacher Stimme um ein frisches Nachthemd. «In der obersten Kommodenschublade liegt eins», sagt sie. Eigentlich müsste Latisha sie ankleiden, denkt Will, aber Latisha ist immer noch nicht zurückgekommen, und Mim schlottert erbärmlich. Rasch holt er ein weißes Nachthemd aus der Schublade, um es ihr anzuziehen. Sie kann ihm kaum dabei helfen. Wenn sie gesund wäre, hätte er diesen Akt des Ankleidens als unerträglich intim empfunden, aber jetzt hält sie beide die Krankheit auf Distanz.

Er schält sie aus dem kalten, nassen Nachthemd und will ihr schnell das trockene über den Kopf ziehen. Ohne es zu wollen, sieht er die Narben auf beiden Seiten ihres Unterleibs. Ihr Vorhandensein, ihre rote Gezacktheit erschrecken ihn.

Erst jetzt fällt ihm wieder ein, was seine Mutter ihm von Mim erzählt hat, als er noch ein kleiner Junge war. «Sie haben sie auf einem Tisch festgeschnallt und ihr ohne jede Betäubung die Eierstöcke herausgeschnitten. Und dabei hat sie noch Glück gehabt. Auf dem Tisch neben ihr lag ein Junge – ihm haben sie den Schädel zertrümmert und die graue Substanz herausgeschält.»

Er deckt Mim mit mehreren Wolldecken zu, damit das Zittern aufhört. Auch als sie eingeschlafen ist, bleibt er bei ihr sitzen, die ganze Nacht. Was für ein behütetes Leben er geführt hat!

Am nächsten Morgen geht es Mim besser. Sie bittet ihn, ihr aus der Zeitung vorzulesen. Wieder ist ein Moslem tot in den Brahmaputra geworfen worden. Es ist zwar nur ein vereinzelter Zwischenfall, aber Mims Hände beginnen zu zittern. Die militante People's Liberation Army of Assam hat die Verantwortung für den Mord übernommen.

Die Malaria hat Mims Abwehrkräfte geschwächt, und die Tatsache, dass sie Ausländerin ist und dass Ausländer nachts aus ihren Betten geholt werden, genügt jetzt schon, um sie in Unruhe zu versetzen. Dabei spielt es für sie keine Rolle, dass sie nicht aus Bangladesh stammt und dass die Rebellen es ohnehin nicht auf die Plantagenbesitzer abgesehen haben. Nichts, was er sagt, kann sie beruhigen.

«Ich weiß doch, wohin ein solches Denken führt», sagt sie. «Es ist nur eine Frage der Zeit, bis ihnen auffällt, dass die Teegartenbesitzer ja auch nicht aus Assam sind. Du weißt das vielleicht noch nicht, aber das Böse ist sehr erfinderisch.»

Später, als sie schläft, schaut er sich die wenigen Gegenstände in ihrem Haus an, die daran erinnern, dass sie Jüdin ist: die Mesusah, die innen neben der Eingangstür angebracht ist; den kleinen Davidstern über der Küchenuhr; den Gebetsschal in der untersten Schublade seiner Kommode.

Er horcht ihrer Wirkung nach, lauscht auf das leise Murmeln seiner Gedanken, aber es tut sich nicht viel. Mag sein, dass ihm diese Dinge heute mehr bedeuten als früher – was man aus seiner Kindheit kennt und lange nicht mehr gesehen hat, nimmt oft eine neue Bedeutung an, wenn man ihm plötzlich wieder begegnet. Aber er wird nicht von heftigen Emotionen überschwemmt. Er fühlt nur eine seltsame, gedämpfte Sehnsucht, die weit entfernt ist von einer Bekehrung.

Da fällt ihm das Gedicht ein, das er in der dritten Klasse geschrieben hat. *Wenn Mutter keine Jüdin wär', Dann wär' ihr Leben öd' und leer.* Als seine Mutter den Zettel fand, verpasste sie ihm eine Ohrfeige.

Schon immer empfindet er diese merkwürdige Distanz, als hätte der Holocaust nichts mit ihm zu tun, er sitzt zwischen allen Stühlen, ein Jude, kein richtiger Amerikaner, aber auch kein richtiger Europäer, ein Jude, für den die Welt klein ist.

In Mims Bibliothek findet er ein paar Bücher – *Aufstieg und Fall des Dritten Reichs* von William Shirer und *Invasion 1944* von Hans Speidel. Er beginnt zu blättern. Er möchte einen Bericht darüber lesen, was das Dritte Reich den Seelen der Menschen angetan hat, aber er findet nichts. Nur in der Stille, die zwischen ihm und Mim herrscht, gelingt es ihm, etwas zu begreifen.

9

Als am nächsten Morgen Stella bei ihm auftaucht, merkt er erst, wie ausschließlich er in die Welt von Mims Krankheit eingetaucht ist. Alles hat sich nur noch darum gedreht, sie am Leben zu erhalten – so wie sich Rita auf Guam mit Haut und Haar der Rettung des Rotstirn-Fächerschwanzes verschrieben hatte.

Als er aus seinem Schlafzimmer kommt, sitzt Stella am Tisch und isst von dem Frühstück, das Aruun ihm gebracht hat. Sie tut so, als wäre ihre letzte Begegnung völlig normal verlaufen, als hätte sie nicht den ganzen Bungalow auf den Kopf gestellt, während er und Grace draußen auf der Veranda saßen. Eigenartigerweise hat er sich bereits an diesen Widerspruch in ihrer Beziehung gewöhnt. Er ist zugleich ihr jüdischer Freund und ihr Rivale.

Er setzt sich und gießt sich Milch in den Tee.

«Ich hasse dieses beschissene Kaff!», sagt Stella. «Ich will nichts wie raus hier.» Sie hat sich eine Scheibe Toast genommen. Während sie isst, stellt Will sie sich als alte Frau vor, mit Brotkrümeln in den Mundwinkeln. Überall, wo er hinschaut, sieht er nun Vorboten des Alters.

«Was ist denn jetzt schon wieder passiert?», fragt er.

«Als ich mit dem Fahrrad aus dem Bungalow gekommen bin und gerade losfahren wollte, stand plötzlich Bhupen vor dem Tor. Er hatte die ganze Zeit auf mich gewartet», beginnt sie.

Guten Morgen, Stella», rief er laut, um den Verkehrslärm zu übertönen. Sie stieg ab und ging zu ihm hinüber.

«Hey, Bhupen, alter Junge!», sagte sie und tat so, als wollte sie mit ihm boxen.

Er lachte und schlug spielerisch ein paar Haken, behielt dabei aber die nur leicht geballten Fäuste dicht am Körper.

Sie redeten über alles Mögliche, über das Wetter, über Anup, aber dann beugte sich Bhupen zu ihr und fragte: «Hast du das Geld?»

«Das ist irre viel Kohle. Ich weiß gar nicht, ob ich es zusammenkriege.»

«Wir können ihn nicht bis in alle Ewigkeit behalten», erwiderte Bhupen leise. Er lächelte dabei, als würde er über einen leblosen Gegenstand sprechen, über etwas, das er verkaufen wollte, etwas Verderbliches, das er nicht länger aufbewahren konnte.

Stella spürte, wie seine Stimme ihr den Nacken hinaufkroch, eine dunkle Hand, die sie packen wollte. Sie wich einen Schritt zurück.

«Du könntest doch deine Freundin Grace bitten», schlug Bhupen vor.

«Lass gefälligst Grace aus dem Spiel», entgegnete Stella. «Und außerdem will ich nicht, dass du mich hier abpasst. Ich habe schließlich nicht gesagt, dass ihr auf mich warten sollt.»

«Okay, wie du meinst», sagte Bhupen. «Kein Problem.» Er lachte, und Stella entspannte sich ein wenig. Doch als sie wieder aufs Fahrrad steigen wollte, packte er den Lenker.

«Bis wann kannst du das Geld beschaffen?», fragte er.

«Ich hab's dir doch gerade gesagt – das ist nicht so einfach!»

«Das verstehe ich», sagte Bhupen ruhig. «Aber Chetia wartet schon.»

«Dann sag ihm, er soll nicht warten!», schrie Stella.

«Du verstehst Chetia nicht», sagte Bhupen. Er lächelte wieder.

«Tja, er kann mich mal! Ich muss ihn auch nicht verstehen.»

Bhupen schaute die Straße hinunter, durch den Verkehr hindurch, als hätte er plötzlich eine finstere Offenbarung. Mit einem Lächeln auf den Lippen wandte er sich wieder Stella zu und sagte leise: «Doch, du musst ihn verstehen. Es ist sogar sehr wichtig, dass du ihn verstehst.» Er sagte es ganz beiläufig, und das Lächeln wich nicht von seinem Gesicht.

Schweiß lief Stella über den Rücken, und die Straße mit ihren Rikschas und Ochsenkarren verzerrte sich.

«Wir geben dir zwei Tage Zeit, okay?», sagte Bhupen freundlich.

«Zwei Tage!», rief sie. «So schnell kriege ich das Geld niemals zusammen.»

«Wie viel Zeit brauchst du?»

«Mindestens eine Woche», sagte sie. «Das ist ganz schön schwierig – kapierst du das denn nicht?»

«Doch, natürlich», entgegnete Bhupen. «Aber wenigstens sind wir uns jetzt einig.» Er lächelte, nickte, und dann fügte er hinzu: «Wir bewahren ihn für dich auf. Okay?»

Er trat hinaus auf die Straße und hob den Arm. Sofort hielt eine Auto-Rikscha, und er stieg ein. Stella blieb wie angewurzelt stehen und blickte der Rikscha nach, bis das Verkehrsgewühl sie verschlungen hatte.

Sie wollen dich erpressen», sagt Will. Er muss die Rolle spielen, die ihm zugewiesen wurde. «Vielleicht solltest du Indien verlassen.»

«Ich kann nicht weg von hier!», schreit Stella. «Wir haben gerade mit dem Drehbuch angefangen. Wenn ich gehe, macht Grace garantiert nicht weiter, ohne mich kann sie es nicht schreiben.»

Er weiß inzwischen, welchen Stellenwert dieses Drehbuch in Stellas Leben hat.

«Dann musst du es Grace sagen», meint Will. «Erzähl ihr, was passiert ist. Sie weiß bestimmt einen Rat.»

«Ja, das mache ich», sagt Stella, aber trotzdem muss Will den ganzen Nachmittag an die Geschichte denken.

Als er am späten Nachmittag zum Bungalow der Tagores fährt, ist er fest entschlossen, Grace zu sagen, dass Stella sich mit den Studenten eingelassen hat.

Sie ist in der Küche und macht Schokoladenkuchen mit Puddingcreme. Den Koch hat sie weggeschickt. Er sitzt schmollend auf der hinteren Veranda und weiß nicht, was er mit sich anfangen soll. Warmes Sonnenlicht durchflutet den Raum und lässt Grace' blonde

Haare und ihre blasse Haut noch heller erscheinen. Sie schlägt gerade Eier in eine Schüssel. Will setzt sich an den Tisch, neben die riesige englische Vitrine mit dem blau-weißen Porzellangeschirr, und schaut ihr zu. An ihren hastigen Rührbewegungen merkt er, dass sie sich über etwas geärgert hat. Es ist wegen Stella, sagt sie.

«Sie möchte tausend Dollar, aber sie sagt mir nicht, wofür. Ich habe doch wohl ein Recht, das zu erfahren, oder? Wenn ich ihr tausend Dollar geben soll, dann möchte ich auch wissen, wofür. Ich fürchte, sie hat irgendwie Mist gebaut. Sie kennt alle möglichen Leute hier in der Stadt, die ganzen Nutten und Schwarzhändler und weiß der Himmel wen sonst noch. Garantiert hat sie sich auch schon mit den Studenten angefreundet.»

«Wo ist sie jetzt?», fragt er.

«Draußen im Garten. Sie liebt Stiefmütterchen und Veilchen und verbringt den halben Tag damit, sie zu gießen und zu pflegen.»

Das hätte er nicht erwartet.

«Und – gibst du ihr das Geld?», fragt er.

«Ja, aber ich will, dass sie mir sagt, wofür sie es braucht.»

«Wird sie's dir sagen?»

«Irgendwann schon.»

«Was heißt ‹irgendwann›? In einer Woche, in einem Monat?»

«Nein, morgen. Aber ich muss Druck machen.»

Er findet, dass er genug getan hat. Jetzt muss er nichts mehr sagen. Die Klatschbase zu spielen liegt ihm ohnehin nicht.

Schlagartig merkt er, wie sehr er Grace begehrt. Die weichen, offenen Schuhe, die Schürze, die sie um die Taille gebunden hat, die Art, wie sie mit geschmeidigen Bewegungen von ihrer Rührschüssel zum Spülbecken geht. Es ist, als wäre dieses Verlangen über Nacht aufgeblüht; als hätte es sich im Schatten von Mims Krankheit immer weiter entwickelt, ohne dass er es gemerkt hat.

Noch die winzigsten Kleinigkeiten ziehen ihn an: Wenn der Saum ihres Kleides über die Kniekehlen rutscht, weil sie sich über die Anrichte lehnt; wenn ihre Brüste aus dem runden Ausschnitt ihrer Bluse quellen, weil sie sich vorbeugt, um die Backofentür aufzumachen;

wenn sie den Finger in den Mund steckt und den Schokoladenteig ableckt.

Als sie an ihm vorbeigeht, um etwas aus dem Kühlschrank zu holen, fasst er sie am Handgelenk. «Habt ihr was miteinander, du und Stella?», fragt er sie.

Sie macht keine Anstalten, ihm ihre Hand zu entziehen. «Nein», antwortet sie. «Stella hätte es gern, aber ich will nicht.»

Das Verlangen, das von ihren blassblauen Augen ausstrahlt, kann er unmöglich übersehen, und er zieht sie sanft auf seinen Schoß. Er hört ihre Stimme an seinem Ohr, in einer Mischung aus Trauer und Erleichterung, die fast nach Beichte klingt. «Ich habe schon gedacht, du kommst nie wieder.» Sie schlingt die Arme um seinen Hals und drückt ihn an sich.

Er lehnt seine Stirn an ihre und sucht ihren Blick. Ihre Lippen finden sich, und der Kuss entflammt sie beide fast noch stärker als beim ersten Mal.

Sie hören Stella über die vordere Veranda ins Haus kommen. Die Tür fällt hinter ihr ins Schloss. Dann ihre Stimme: «Wo ist Grace?», ruft sie laut. Will fragt sich, ob die beiden Frauen immer voneinander wissen müssen, wo die andere gerade steckt.

Grace steht rasch von seinem Schoß auf und eilt zu ihrem blubbernden Topf auf dem Herd. Stella erscheint in der Tür. Als sie Will sieht, bleibt sie abrupt stehen. Sie schaut zu Grace hinüber, die ihr den Rücken zudreht, dann mustert sie Will. Im Zeitraum von drei Stunden ist er wieder zu ihrem Rivalen geworden. Mit energischen Schritten geht sie zu Grace und überreicht ihr die Blumen, die sie im Garten für sie gepflückt hat. Eine werbende Geste, denkt er unwillkürlich. Dann späht sie in den Topf.

«Was soll das werden?», fragt sie.

«Ich mache einen Schokoladenkuchen mit Puddingcreme.»

«So hab ich's gern – die Frau in der Küche am Herd», verkündet Stella mit verstellter Stimme und gibt Grace einen Klaps auf den Po. Will wundert sich über diese Geschmacklosigkeit, auch wenn sie ironisch gemeint war. Aber Grace zuckt nur die Achseln.

«Du sprichst also wieder mit mir», sagt Grace.

Stella wirft Will einen fragenden Blick zu, weil sie wissen möchte, ob er Grace etwas von ihr und den Studenten verraten hat. Er lässt sich nichts anmerken.

Sie bittet um eine Schale mit Mangostücken. Will schaut zu, wie Grace die Frucht für sie zubereitet, sorgfältig das orangegelbe Fruchtfleisch von dem flachen weißen Kern trennt und dann die Schale auf den Tisch stellt. Stella schiebt sich mit dem Löffel ein Stück in den Mund und wirft dabei Will einen triumphierenden Blick zu, als wollte sie sagen: «Mag ja sein, dass sie dich attraktiv findet, aber unterschätze ja nicht, welche Privilegien ich hier genieße.»

Sie sitzen alle in der Küche, und Grace serviert ihnen ihren Schokoladenkuchen. Die Sicherheit, mit der ihre Hände diese kleine, hingebungsvolle Handlung vollziehen, hat etwas, das Will und Stella fasziniert.

Sie haben noch nicht einmal den ersten Bissen gegessen, da sagt Stella: «Ich habe heute drei Briefe bekommen.» Dann erklärt sie, dass sie gleich nach oben gehen will, um ein paar Brief zu schreiben.

«Hör auf damit!», sagt Grace. Wieder wundert sich Will über die Schroffheit ihrer Stimme, wenn Stella sie gekränkt hat.

«Was denn – darf ich nicht mehr über Briefe sprechen?», sagt Stella.

«Das ist nicht witzig, Stella.»

«Was ist so schlimm daran, wenn ich von Briefen rede? Briefe gehören zum Alltag, Grace. Ich schreibe Briefe. Ich bekomme Briefe. Ich verschicke Briefe. Briefe, Briefe, Briefe. Die ganze Welt besteht aus Briefen. Aus Briefen, aus Wörtern, aus Buchstaben …»

Will schämt sich für Stella – es ist das Mitleid des Siegers mit der Verliererin. Dennoch, dass sie den Brief erneut erwähnt, hat Grace aus der Ruhe gebracht. Er wüsste gern, was es mit diesem Brief auf sich hat, aber er weiß, auch ohne weiter zu fragen, dass Stella den Brief nur deswegen ins Spiel bringt, weil er nichts davon erfahren soll.

Plötzlich erscheint Vedeshpra in der Küche und sagt rasch: «Memsahib, Sahib kommt jetzt, um seinen Nachtisch zu essen.» Grace steht sofort auf, entschuldigt sich und ruft zur Hintertür hinaus: *«Usko suno sahib mut.»* Sofort kommen mehrere Diener durch die Hintertür, um den Sahib zu begrüßen.

Stella lächelt vielsagend. «Das muss ich sehen», sagt sie, steht vom Tisch auf und schlendert ins Wohnzimmer. Will hört Grace' Stimme, so besorgt und so zärtlich, dass es ihm richtig wehtut. «Fühlst du dich denn wirklich gut genug, Babu?»

«Ich wollte etwas von deinem Kuchen probieren», sagt Vikram. «Ich habe gehört, dass du Schokoladenkuchen machst.»

«Ja, natürlich, iss mit uns. Will ist auch hier», sagt sie sofort. «Sollen wir den Nachtisch im Salon zu uns nehmen?»

«Ja, schön», antwortet Vikram mit erzwungener Munterkeit.

Will bleibt noch einen Moment am Küchentisch sitzen, dann geht er langsam durchs Speisezimmer und bleibt in der Tür zum Salon stehen. In diesem Moment heben die Diener gerade Vikrams magere, ausgemergelte Gestalt von der Trage auf das Sofa. Er hat sich Bluejeans und ein schwarzes T-Shirt anziehen lassen, aber die Kleidungsstücke sind ihm mindestens zwei Nummern zu groß. Will weiß nicht, wo er hinschauen soll, und zupft umständlich sein Hemd zurecht. Schlimm genug, dass er die Frau dieses Mannes in dessen eigenem Haus geküsst hat, muss er ihn nun auch noch in seiner Gebrechlichkeit beglotzen. Grace stopft ihm ein paar Kissen in den Rücken, um ihn abzustützen. Sein Hals ist so dürr, dass man den Eindruck hat, er könnte ein Armband als Halskette tragen. Plötzlich empfindet Will tiefes Mitleid.

«Wie ich sehe, sind Sie gekommen, um die Backkünste meiner Frau zu bewundern», sagt Vikram. Er weiß genau, dass Will gesehen hat, wie sehr sein hinfälliger Körper auf Hilfe angewiesen ist, und versucht nun, den größtmöglichen Vorteil daraus zu schlagen.

Und Will muss seine Rolle spielen: Er muss so tun, als glaubte er, dass Vikram nur deswegen von seinem Krankenbett aufgestanden wäre, um Grace' Kuchen zu essen. Er muss sagen, er habe gar nicht gewusst, dass Grace backe, aber nun wisse er es und wolle natürlich unbedingt davon kosten – genau das oberflächliche Geschwätz, das er hasst, aber er hat keine andere Wahl.

Als er sich zu Stella aufs Sofa setzt, kommt ihm ein erschreckender Gedanke: Ist er jemand, der durchs Haus eines Sterbenden geht und ihm seinen Besitz wegnimmt, noch ehe sein Leichnam erkaltet ist? Ein seltsam eisiges Gefühl – wie wenig Achtung die Lebenden doch manchmal vor den Sterbenden haben!

Stella fühlt sich als Einzige einigermaßen wohl. Sie lehnt sich zurück und verfolgt amüsiert das Geschehen. Will muss mit ansehen, wie Grace Vikram einen Teller mit Schokoladenkuchen reicht, die Serviette für ihn ausschüttelt und ihm Tee eingießt. Sie geht fast so weit, ihm die Tasse zum Mund zu führen. Ihre Aufmerksamkeiten unterstreichen noch Vikrams Anwesenheit.

Es ist fast nicht zu ertragen, wie die drei sich abmühen, Konversation zu machen, während Stella sich aus allem heraushält. Schließlich diskutieren sie über verschiedene Teesorten. Vikram erklärt Will den Unterschied zwischen CTC-Tee und herkömmlichem Tee. Will muss so tun, als würde ihn diese Unterscheidung brennend interessieren. Die Diener bringen ihm von beiden Sorten eine Tasse. Während er zuerst aus der einen, dann aus der anderen trinkt, schaut er Grace an. Über den Rand der Teetasse hinweg erwidert sie fröhlich seinen Blick. Jetzt soll Will den Unterschied beschreiben, der für seinen unerfahrenen Gaumen so minimal ist, dass es ihm schwer fällt, die passenden Worte zu finden. Er beginnt zögernd: «Na ja, also, ich finde, der CTC-Tee ist eher, sagen wir mal, milde, und dieser hier ist, meiner Meinung nach, sehr viel … kräftiger.» Er fängt ihren Blick auf, und sie unterdrückt ein Lachen; er hat das Gefühl, sie beide sind die Einzigen hier im Raum, die sich etwas zu sagen haben.

Um sein Gewissen zu beschwichtigen, versucht er sich einzureden, Vikram sei dumm, unsensibel und grausam, aber er weiß, dass das nicht stimmt. Vikram ist allenfalls ein sehr reservierter Mensch, der wenig Zugang zu seinen Gefühlen hat.

Es ist nicht zu übersehen, dass Vikram die Situation genießt: Es gefällt ihm, neben seiner Frau zu sitzen, ihren Kuchen zu essen, es gefällt ihm, wenn sie lacht und sich so eingehend um ihn kümmert. Aber die Frau, die sich hinter der Rolle der Ehefrau verbirgt, nimmt er nicht wahr, denkt Will. Er kennt sie nicht. Grace sucht Wills Blick, wenn sie etwas lustig findet; wenn sie entnervt das Gesicht verzieht, gilt es ihm. Vikram zeigt sie nur ihre öffentliche, offizielle Seite. Mehr will er nicht. Doch das, muss Will einräumen, ist nur ein erster Eindruck.

Sobald der Kuchen gegessen ist und die Teetassen weggeräumt sind, steht Will auf, um sich zu verabschieden. Er reicht Vikram die Hand und bedankt sich für seine Gastfreundschaft. Die Worte hallen noch in ihm nach, als er hinausgeht. Eine ausgesprochen dümmliche Äußerung von ihm, aber was sagt man, wenn man etwas sagen *muss*, obwohl man nichts zu sagen hat? Grace begleitet ihn bis zur Haustür, und sie tauschen die üblichen Floskeln aus: Es war sehr nett, vielen Dank für den Kuchen, komm doch bald mal wieder vorbei.

Er ist noch keine zehn Minuten zu Hause bei Mim, da klingelt schon das Telefon. Es ist Grace. Sie entschuldigt sich für die Peinlichkeit der Situation und fragt ihn, ob er sich morgen um eins mit ihr im Countryclub treffen kann. Er ist einverstanden, und sie sagt, er solle ins Zimmer 3 B kommen, dort habe sie sich ein Arbeitszimmer eingerichtet.

Er schläft in dieser Nacht sehr unruhig. Er dämmert ein, schreckt aber gleich wieder hoch und weiß nicht, wo er ist und was er hier tut. Er überlegt, ob diese Rastlosigkeit vielleicht ein schlechtes Omen ist, und spielt mit dem Gedanken abzusagen. Aber am späten Vormittag, nachdem er sich stundenlang mit trockenen Tabellen über genetische Veränderungen beschäftigt hat, bereitet er sich dann doch auf das Treffen vor, nimmt ein ausgiebiges Bad, zupft sich sogar die Nasenhaare aus – ein Symptom fortgeschrittenen Alters, das er besonders lästig findet. Dann lässt er sich von Mims Chauffeur ins Stadtzentrum fahren. Dort schickt er ihn zurück und nimmt für den Rest der Strecke eine Auto-Rikscha, so wie Grace es ihm empfohlen hat – vermutlich aus Gründen der Diskretion.

Der Club befindet sich mitten im Dschungel: ein großes, weißes viktorianisches Gebäude mit breiten Veranden und Balkonen, einst elegant, inzwischen aber sehr renovierungsbedürftig. Der Golfplatz ist längst von Schlingpflanzen und dichtem Unterholz überwuchert.

Der Dschungel ist schon seit Jahren nicht mehr zurückgedrängt worden, er kriecht auf die Veranden, windet sich durch die Bodenplanken, attackiert das Haus von allen Seiten. Es hätte Will nicht gewundert, wenn plötzlich ein Affe sich an einer Schlingpflanze herabgeschwungen und in einem der ramponierten Sessel Platz genommen hätte.

Die bodenlangen roten Vorhänge in der Empfangshalle sind verstaubt und zerschlissen, durch die Löcher dringen nadelfeine Sonnenstrahlen. An der Bar steht ein kleiner, ganz in Weiß gekleideter Inder, der bei Wills Eintreten wie auf ein Stichwort hin die Theke zu wischen beginnt. Ein paar indische Teeplantagenbesitzer sitzen an einem Tisch, unterhalten sich auf Englisch und trinken Tee aus englischen Porzellantassen.

Durch offene Hintertür sieht er den Swimmingpool in der Mitte des Innenhofes. Einst luxuriös, steht er nun unbenutzt, das Wasser riecht modrig, die Wände sind mit samtig grünen Algen überzogen. Grace hat zu ihm gesagt, er brauche sich nicht anzumelden, sondern solle gleich zum Zimmer 3 B kommen, also geht er die baufällig wirkende Treppe hinauf, unter dem unverhüllten Blick eines älteren Inders, der in seiner Pagenuniform an einem kleinen Schreibtisch der längst überflüssig gewordenen Rezeption sitzt.

Durch die Augen dieses Mannes gesehen, empfindet er sich als das, was er ist: ein Mann in den mittleren Jahren, auf dem Weg zu einer heimlichen Affäre. Aber sein Herz klopft nicht weniger heftig als früher, wenn er sich in ein Liebesabenteuer stürzte. Er entdeckt sogar eine Spur der gleichen Hoffnung.

Grace öffnet die Tür. Sie trägt dunkle Capri-Hosen und ein eng anliegendes weißes Seidentop, das ihre Figur betont – eine sehr viel weiblichere Figur, als er sich vorgestellt hat. Sie hat sich absichtlich verführerisch gekleidet und eine Spur roten Lippenstift aufgelegt.

Das Zimmer ist geräumig, und man ahnt noch etwas von dem früheren Glanz. In einer Ecke steht ein Mahagonischreibtisch mit einem Computer, eine kleine Lampe mit biegbarem Hals beleuchtet einen Stapel Papier, als hätte sie gearbeitet, bevor er gekommen ist. Überall bemerkt er kleine Hinweise auf ihren Stil – weiße Rosen in einer Vase, zwanzig Bücherstapel auf dem Fußboden; die dunkelblaue Seidenrobe, die er in ihrem Badezimmer berührt hat, liegt jetzt hier über einer Stuhllehne.

Auf dem Bett, einem Himmelbett aus Mahagoni, liegt eine plüschige weiße Tagesdecke. Er fragt sich, ob der Nachmittag dort enden wird, stellt sich ihre ineinander verschlungenen nackten Körper vor.

Grace setzt sich in den einen der beiden roten Sessel und fordert ihn auf, im anderen Platz zu nehmen. Sie hat ein Tablett mit kleinen Sandwiches ohne Kruste kommen lassen, dazu eine große Flasche Mineralwasser. Sie sind beide befangen und gleichen plötzlich zwei Schauspielern auf der Bühne, die kaum Zeit zum Proben hatten. Es ist still im Zimmer, man hört nur das heisere Krächzen der Krähen auf den Platanen rings um den Swimmingpool.

Dass sie nervös ist, ist nicht zu übersehen. Sie streicht sich die blonden Haare hinters Ohr und schlägt die Beine übereinander. Sie sieht ihn an und lächelt vieldeutig, ein Lächeln, das zusammen mit ihrem Blick zu verstehen gibt, dass ihr die Peinlichkeit der ganzen Situation – für sie, für ihn – durchaus bewusst ist.

«War das nicht schrecklich, als Vikram hereingekommen ist», sagt sie.

«Ja, schrecklich», wiederholt er, aber man hört in seiner Stimme das unterdrückte Grinsen.

Sie füllt zwei Gläser mit Mineralwasser, hält erst das eine, dann das andere hoch. «Na ja, also, ich finde, das hier ist eher, sagen wir mal, milde, und das hier ist sehr viel … kräftiger.»

Sie biegt sich vor Lachen. Auch er lacht über ihre Imitation seines kläglichen Versuchs, Vikrams Teesorten zu charakterisieren. Sofort ist das peinliche Gefühl wie weggeblasen. Grace steht auf und stellt den Deckenventilator an. Sie bewegt sich jetzt völlig unbefangen.

«Ich komme leider nicht oft genug hierher», sagt sie zu Will. «Aber das hier ist *mein* Zimmer. Es kostet nur zwanzig Dollar im Monat. Ich würde gern auch manchmal hier schlafen, aber das geht nicht, weil Vikram mich nachts braucht.»

Überraschenderweise erzählt sie ihm in der nächsten Stunde viel von sich, mehr, als er erwartet hätte. Sie redet unangestrengt, lebhaft. Aber trotzdem wirkt alles, was sie sagt, leicht gehetzt, als könnte für all die Wörter, die sie sagen will, die Zeit nicht reichen.

Sie war sieben Jahren mit Vikram verheiratet, erzählt sie. Nicht glücklich, aber auch nicht unglücklich. Sie waren ein Paar wie viele andere, abgestumpft durch den Ehealltag. Aber bei den Dreharbeiten zu ihrem zweiten Film, *And Some Chose to Forget,* verliebte sie sich in einen ihrer Schauspieler, in einen Mann namens Louis. Sie habe gedacht, er sei der Mann, auf den sie ihr ganzes Leben gewartet hatte, sagt sie und verdreht dabei die Augen, als hätte sie sich derart alberne Gedanken für immer aus dem Kopf geschlagen.

Einen Monat später beschloss sie, Vikram zu verlassen. Er trauerte ihr fast zwei Jahre lang nach, was ihr immer noch eine gewisse Genugtuung zu verschaffen scheint. Er rief sie jeden Morgen an, um sie aufzuwecken, jeden Abend, um ihr gute Nacht zu sagen. Wenn sie krank war, schlief er oft neben ihrem Bett. Sie lebte zwei Jahre mit Louis zusammen, ging aber oft mit Vikram zum Essen aus. Das waren zwei der glücklichsten Jahre ihres Lebens (sie gebe es nur ungern zu, sagt sie, aber es habe ihr gefallen, zwei Männer gleichzeitig zu haben), aber dann wurde sie schwanger, und Louis machte sich aus dem Staub.

«Er ging zur Tür hinaus und ist nie zurückgekommen», sagt sie. «Und dann habe ich vier Monate später das Kind verloren, einen Jungen, und Vikram hatte inzwischen eine andere gefunden. Damals hat Stella sich intensiv um mich gekümmert. Ein Jahr später bin ich allein nach Paris gezogen und habe ein Drehbuch geschrieben, das keiner haben wollte. Ich hatte kein Geld und musste als Übersetzerin arbeiten. Dann rief mich Vikram an und hat mir erzählt, dass er krank ist, und ich bin nach Indien gereist.»

Sie seufzt, als wollte sie sagen: «So, jetzt weißt du Bescheid.» Und plötzlich überkommt sie eine tiefe Trauer: Ihr Gesicht erschlafft, einen Moment lang scheint das Alter durch, sie errötet und senkt den Blick auf ihre Hände.

«Liebe bedeutet nicht viel», sagt sie. «Man darf nie auf sie zählen.»

Er glaubt ihr nicht und vermutet, dass sie sich gern vom Gegenteil überzeugen ließe, dabei weiß er selbst nicht genau, ob sie nicht vielleicht Recht hat.

Trotzdem, oder vielleicht gerade deswegen, schläft er mit ihr. Sie gibt sich ihm nicht so sehr hin, als dass sie ihn an ihrem Körper teilhaben lässt. Ihr Körper gehört ganz ihr, das spürt er, und das gefällt ihm, ohne dass er genau weiß, warum. Er will nicht, dass jemand ihm zu viel schenkt, er will nichts haben, was ihm gar nicht gehört. Aber dass die Liebe mit ihr alle seine Erwartungen übertrifft, darauf ist er nicht gefasst, und danach ist er den Tränen nahe.

Es gibt einen Moment, an den er später immer wieder denken muss – als er sich über sie beugt und ihre Blicke sich treffen. Eine Begegnung der Seelen, denkt er, körperlos, er hat keinen Begriff dafür, weiß nur, dass ihre Vereinzelung in jenen Momenten aufgehoben wird. Und wieder ist da dieses Gefühl – das wunderbare Gefühl, dass die Einsamkeit zu Ende ist.

Als er nach Hause kommt, liegt Mim völlig entkräftet im Bett. Er weiß, es hat nichts damit zu tun, dass er mit Grace geschlafen hat, aber es erinnert ihn an seine Kindheit, an damals, als seine Mutter ihn mit Heather Holden im Park gesehen hat und im Bett lag, als er nach Hause kam.

Die Diener geraten völlig außer sich, als sie Mim sehen: Ihr Kopf ist nach hinten gekippt, ihr Mund steht offen, ihre Lippen sind ausgetrocknet, sie atmet keuchend. Will schickt Latisha los, sie soll Dr. Chaund holen, und setzt sich zu Mim ans Bett. Von Medizin versteht er nicht viel, aber er weiß immerhin, wie man den Zeigefinger auf die Innenseite des Handgelenks legen muss, um den Puls zu fühlen.

«Dein Puls ist viel zu schnell», sagt er.

Sie fasst sich ganz langsam an die Stirn und wischt den Schweiß weg. «Ganz was Neues!», sagt sie. Wie ein kleines Bündel liegt sie unter der Bettdecke.

«Kommt das öfter vor?»

«Seit Jahren», antwortet sie.

Noch einmal legt er den Finger auf ihren Puls und zählt mit. Gleichzeitig verfolgt er den Sekundenzeiger an seiner Armbanduhr und rechnet aus, dass sie einen Puls von 118 hat.

«Seit wann?», fragt er.

«Seit sie mich in Auschwitz von meinen Eltern getrennt haben.»

Es ist das erste Mal, dass sie den Holocaust erwähnt. Dass sie dies tut, während er ihr den Puls fühlt, berührt ihn tief.

Mim versucht sich zu entspannen, sie dreht langsam den Kopf auf dem Kissen hin und her, eine Bewegung, die er von älteren Menschen im Krankenhaus kennt, wenn sie unruhig sind.

«Der Chauffeur hat mir erzählt, du hättest ihn zurückgeschickt», sagt sie.

«Ich wollte nicht, dass er auf mich warten muss», antwortet Will.

«Er kann warten. Er hat ja sonst nichts zu tun. Wir sind hier in Indien. Wenn er nicht in der Stadt wartet, kommt er nach Hause und wartet stattdessen hier. Das spielt doch keine Rolle! Aber du solltest keine Rikscha nehmen. Das ist viel zu gefährlich. Du bist Ausländer, genau wie ich.»

Er widerspricht ihr nicht.

Mim mustert ihn einen Augenblick, und plötzlich sieht man es ihrem Blick an – sie begreift, wo er gewesen ist. Sie schüttelt den Kopf. Er weiß nicht, was ihn verraten hat. Vielleicht seine unbeschwerte Stimmung. Vielleicht ein kaum wahrnehmbarer Ausdruck in seinen Augen, als sie das Thema Rikscha angesprochen hat, die flüchtig darin aufscheinende Erinnerung an sein Schäferstündchen.

Er steht mit Latisha am Fußende von Mims Bett, als Dr. Chaund kommt. Sie schauen zu, wie er sie abhört und ihren Blutdruck misst.

«Die Malaria hat sie geschwächt», sagt er. «Außerdem hat sie viel zu hohen Blutdruck.»

Der Arzt zeigt Will, wie man den Blutdruck misst und den Puls fühlt. Das muss er jetzt dreimal am Tag tun. Er ist nicht besonders erpicht darauf, diese Aufgabe zu übernehmen – sie erinnert ihn viel zu sehr daran, wie er seine Mutter gepflegt hat, nachdem sein Vater gestorben war. Das ruft ein Gefühl der Klaustrophobie, ja fast der Panik hervor. Andererseits möchte er Mim gern etwas Gutes tun. Aber er braucht sich nichts vorzumachen: Er verlängert seinen Aufenthalt, um seine Affäre ausleben zu können.

Er begleitet Dr. Chaund nach draußen. Als sie auf die Veranda treten, schlägt ihnen die drückende Hitze entgegen.

«Vielen Dank», sagt Will.

Der Arzt reicht ihm die Hand. «Keine Ursache.» Er steigt aufs Fahrrad und will losfahren. Seine Stirn ist schon jetzt schweißnass.

«Ich höre, Sie sind ein Experte für Umweltzerstörung», sagt er.

«Na ja – ich schreibe ein Buch darüber», antwortet Will.

«Der gelähmte Junge im Krankenhaus interessiert sich brennend für dieses Thema und würde gern mehr darüber erfahren. Er heißt Ramu.»

«Spricht er Englisch?»

«Nein, aber ich, und ich bin ein guter Dolmetscher.» Der Arzt lächelt. «Kommen Sie mal vorbei?»

«Selbstverständlich!», sagt Will. «Ich komme gern.» Wie hätte er ihm diese Bitte abschlagen können? Er spürt einen Kloß in der Kehle, wenn er daran denkt, wie viel das für den Jungen bedeuten könnte.

Er schaut Dr. Chaund nach, dann geht er zurück in Mims Zimmer und setzt sich zu ihr ans Bett, während sie einen Kräutertee trinkt, den der Arzt ihr verschrieben hat.

«Du triffst dich mit Grace in ihrem Zimmer im Countryclub», sagt sie. Es hört sich an, als hätte sie gerade erst begriffen, was sich abgespielt hat.

Mim spricht immer sehr offen mit ihm über andere, hat sich aber noch nie in seine Angelegenheiten eingemischt. Es gibt eine Grenze zwischen ihnen, die sie beide bisher nicht überschritten haben. Weil er sie pflegt, fühlt sie sich wohl berechtigt, diese unausgesprochene Vereinbarung zu brechen. Er fragt sich, was er nun wohl zu hören bekommen wird.

«Ja», gibt er zu.

«Ich weiß, dass sie dort ein Zimmer gemietet hat. Angeblich geht sie dorthin, um zu schreiben, allerdings nur selten. Jetzt sagt sie zu Hause wahrscheinlich, ihr falle plötzlich so viel ein.»

«Kann sein», sagt er.

Nun ist es also heraus. Umso besser! Will hat keine Lust, herumzuschleichen wie ein Schuljunge.

Mim sagt kein Wort, als Grace am nächsten Nachmittag anruft. Stumm verlässt Will eine Stunde später das Haus. Während er hinten in der Rikscha sitzt, findet er, dass das Leben sich lohnt – und sei es auch nur wegen solcher Augenblicke. Er geht am viel sagenden Blick des Pagen vorbei und eilt die morsche Treppe des ehemaligen Countryclubs hinauf.

Als er die Tür öffnet, kommt sie ihm entgegengerannt und wirft sich in seine Arme. Es ist lange her, dass ihn jemand so begrüßt hat, und er akzeptiert das Neue, das Aufregende daran ohne Frage.

Ebenso begierig auf eine Wiederholung wie sie, lässt er sich mit ihr aufs Bett fallen. In den letzten Jahren hat es in seinem Leben nichts gegeben, was er mit dieser Lust, mit diesem plötzlich erwachten Begehren vergleichen könnte. Und wenn sich ihre Lebendigkeit mit seiner verbindet, entsteht etwas, das zehnmal so stark ist. Es ist noch schöner als am Vortag. Sie ist als Geliebte alles andere als gehemmt und reagiert schnell auf seine Berührungen.

Danach erforscht sie seinen Körper, streichelt ihn auf eine Art, die er nicht kennt, aber er lässt es zu. Sie liebt die Muskeln unter seiner Haut, folgt ihnen mit den Fingern, ertastet wie eine Blinde, wo der eine Muskel endet und der nächste beginnt. Und sie beißt ihn, beißt in die fleischigen Stellen an den Schultern, in seine Wangen, die empfindliche Haut an der Innenseite der Unterarme. Ganz besonders hat es ihr sein Adamsapfel angetan, sagt sie, dieser harte, runde Stein. Und seine krummen Beine.

Ihm gefallen ihre geschwungenen Schlüsselbeinknochen, er schiebt die Finger darunter, und dann presst er die Finger in die Nischen ihres Beckens. Er legt die Hände auf ihre Schulterblätter und auf ihre spitzen Hüftknochen. Mit den Daumen fährt er ihre Rippen nach, drückt mit den Fingern unter den Rippenbogen, bis sie sagt, dass es ihr wehtut.

Schüchtern gesteht sie ihm, dass sie seit Louis keinen Liebhaber mehr gehabt hat. Da ist sie ganz ähnlich wie er – sie bleibt oft über lange Phasen allein, wenn es nicht passt. Seit Jahren schläft sie mit Büchern auf Louis' Seite des Betts.

Ganz unerwartet beginnt sie zu weinen. In ihrer dunkelblauen Robe sitzt sie neben ihm und schluchzt, die Hände vors Gesicht geschlagen. Es sind nicht nur ein paar Tränen, hervorgerufen von einer flüchtigen Empfindung. Es ist ein tiefes, immer stärker werdendes Schluchzen, und zuerst fühlt sich Will völlig hilflos. Schließlich nimmt er sie in die Arme, und sie weint an seiner Brust.

«Was ist los?», fragt er leise. «Weinst du, weil du mit Büchern im Bett schläfst?»

«Ja», stößt sie hervor. «Aber nicht nur.»

Dieses «Nicht nur» löst eine neue Tränenflut aus. Er drückt sie an sich, spürt, wie ihr Körper zuckt, der noch vor einer halben Stunde vor Lust gebebt hat.

«Was sonst noch?», fragt er.

«Ich bin so froh, dass ich dich kennen gelernt habe, aber ich habe auch ein furchtbar schlechtes Gewissen. Ich meine, Vikram …»

Er drückt sie noch fester an sich, spürt ihre Lippen an seiner

Brust, den feuchten, warmen Atem ihrer Tränen. Er versucht gar nicht, sie zu beruhigen, sondern streicht ihr nur sanft über den Rücken.

Erst als sie aufhört, fragt er sie: «Was sollen wir tun?»

Sie setzt sich gerade hin und schaut ihm in die Augen. Wie schön sie ist mit ihren feuchten Augen, den geschwollenen Lippen. «Ich weiß nicht», sagt sie. «Ich bin in dich verliebt.»

Er fährt mit den Daumen über ihre nassen Wangen.

«Ich liebe dich auch.»

«Es ist nicht unsere Schuld, stimmt's?»

«Ja.»

«Aber es ist unsere Schuld, dass wir miteinander geschlafen haben», sagt sie. «Damit haben wir uns schuldig gemacht.»

«Das stimmt», sagt er.

Sie küsst ihn auf den Mund, und ihre Tränen benetzen sein Gesicht. Dann drückt sie ihre Stirn an seine. In ihren Augen liegt nun wieder Fröhlichkeit, wo eben noch Trauer war. «Es ist alles deine Schuld», sagt sie. «Du hättest an dem Abend nicht in den Banyan-Hain kommen sollen.»

«Du hast zu mir gesagt, ich soll wiederkommen», erwidert er. «An dem Tag, als wir uns das erste Mal gesehen haben, hast du mich zum Auto begleitet und gesagt, ich soll wiederkommen.»

«Ich weiß», sagt sie. «Ich bin einfach ein schwacher Mensch.»

Er weiß nicht weiter. Er will ihr sagen, dass er es gut versteht, wenn eine Frau in ihrer Lage sich nach Liebe und Zuneigung sehnt, und dass es nicht leicht ist, sich um einen Todkranken zu kümmern, aber er findet nicht die richtigen Worte.

«Ich bin auch nicht besser», sagt er schließlich.

Er weiß nicht, was er noch sagen soll, und sie liegen eine Weile stumm nebeneinander. Das Schweigen, ihr Gewicht auf dem Bett, wird immer lastender, bis Grace seine Hand nimmt und sie drückt. Dadurch dass er ihren Händedruck erwidert, zeigt er sein Einverständnis: Sie werden mit ihrer Charakterlosigkeit leben.

«Gestern bin ich die ganze Zeit in meinem Zimmer auf und ab

gegangen und habe gedacht: Ich habe einen Liebhaber, ich habe einen Liebhaber.» Sie schaut ihn an und lächelt. «Wahrscheinlich wirst du mir das Herz brechen.»

Für einen Moment flackert Schmerz in ihren Augen auf, als wäre sie von der Wahrheit dieser Prophezeiung überzeugt. Zärtlich zeichnet Will mit dem Finger die Linie ihres Kinns nach.

«Ich mache als Playboy eine lächerliche Figur», sagt er.

«Wann fährst du nach Kazaringa?», fragt sie leise.

«Ich habe noch keine konkreten Pläne», antwortet er.

«Warum nicht?»

«Deinetwegen.»

Das ist die richtige Antwort, und sie schlafen wieder miteinander, noch leidenschaftlicher als vorhin, sagen sich Dinge, von denen er sich noch heute Morgen nicht hätte vorstellen können, dass er sie je sagen würde, Liebeserklärungen, all die absurden, albernen, liebenswerten Dinge, die man stammelt, wenn man verliebt ist. Vermutlich ist das unvermeidlich, denkt er, und er verzeiht es ihnen.

Als er eine halbe Stunde später in die Auto-Rikscha steigt, wundert er sich darüber, wie intensiv die Liebe in seinem Körper nachklingt – so ähnlich, wie wenn man aus dem Zug steigt und immer noch die Bewegung spürt.

Er isst in fast völligem Schweigen mit Mim zu Abend. Sie billigt seine Affäre nicht, aber sie sagt nur: «Nimm wenigstens keine Rikscha.» Als er entgegnet, Grace habe ihn aus Diskretionsgründen darum gebeten, verdreht sie seufzend die Augen. Er weiß, dass sie sich nicht weiter äußert, weil sie einsam ist und auf keinen Fall möchte, dass er abreist, und das stimmt ihn traurig. Offensichtlich gibt es Zeiten, in denen man seine Prinzipien aufgeben muss, um nicht verlassen zu werden.

Als Stella am Morgen kommt, frühstücken sie zu dritt in Mims Garten. Es ist gar nicht einfach, Mim zum Lachen zu bringen, aber Stella schafft es mühelos. Wills selbstironische Art von Humor kommt bei Mim nicht an, aber Stella ist sich nicht zu schade herumzukaspern, wie eine Bucklige durch den Garten zu stolpern und dabei zu lispeln, damit Mim etwas zu lachen hat.

Er weiß nicht, ob Stella ahnt, was zwischen ihm und Grace vorgefallen ist. Jedenfalls spricht sie das Thema nicht an, und er ebenso wenig. Grace hat ihn darum gebeten. Als sie später in seinem Arbeitszimmer sitzen, unterhalten sie sich über Motorräder. Stella möchte, dass Grace ihr eines kauft.

«Sie will mir nicht mal ein Moped schenken», beschwert sie sich. «Sie hat Angst, dass ich mich damit umbringe. Sie macht sich viel zu viele Sorgen um mich.» Aber es gefällt ihr, dass Grace sich Sorgen um sie macht.

«Warum magst du Motorräder, Stella?», fragt er.

Seine ganze Feindseligkeit ihr gegenüber schmilzt dahin, als sie antwortet: «Motorräder sind einfach das Geilste auf der Welt.»

Ehe sie wieder mit ihrem Fahrrad nach Hause fährt, fragt er sie noch: «Hast du die Sache mit Bhupen geregelt?»

«Ja, klar», antwortet sie. «Alles in Butter.»

Sie weicht seinem Blick aus, also hakt er nach.

«Ehrlich?»

«Ja, klar.»

Er braucht sich also keine Gedanken mehr zu machen.

Am späten Nachmittag geht er durch drei Teegärten zu Dr. Chaunds Krankenhaus. Mim hat ihm die Abkürzung erklärt, und er lernt, worauf man achten muss, um die Gärten voneinander unterscheiden zu können. Nach dem morgendlichen Regen haben die Pflückerinnen ihre aufgespannten Schirme in den Gärten abgestellt. Sie sehen aus wie die billigen schwarzen Regenschirme, die man in New York an jeder Straßenecke kaufen kann, wenn man vom Regen überrascht wird. Einen vertrauten Gegenstand in einer so exotischen Umgebung wieder zu sehen ist irgendwie seltsam, aber auch schön. Von den Wassergräben, die die Gärten umgeben, wird flirrend das Sonnenlicht zurückgeworfen, und die Krähen fliegen wie schwarze Bumerangs vor dem Hintergrund des blauen Himmels hin und her.

Er hat sein Notizbuch dabei, in dem er ein paar Gedanken über das Artensterben aufgeschrieben hat. Heute wird er dem Jungen etwas über Krakatau erzählen, hat er sich vorgenommen.

Dr. Chaund begrüßt ihn sehr herzlich und führt ihn im Krankenhaus herum. Vor allem über den kleinen Raum, in dem unkomplizierte Operationen durchgeführt werden, wundert sich Will. Solche Geräte kennt er nur von Fotos oder aus dem Museum – ein Holztisch, eine Äthermaske, chirurgische Instrumente mit Holzgriffen. Irgendwie tröstet ihn der Anblick. Hier wird nicht alle Energie in den Fortschritt investiert. Hier versucht man, mit dem zurechtzukommen, was man hat.

In den Räumen ruhen ein paar Frauen auf schmalen Betten. Sie winden sich unbehaglich, als sie merken, dass Will vorbeigeht. «Eigentlich fehlt ihnen nichts», erklärt Dr. Chaund. «Sie sind einfach nur erschöpft und brauchen einen Tag Ruhe.»

Ramu wird in einem hölzernen Rollstuhl auf die Veranda geschoben. Wieder staunt Will über den Enthusiasmus des Jungen. Sein Kopf wackelt, das Lächeln auf seinem Gesicht ist verzerrt, aber der Geist in seinem Inneren lodert. Er ist nicht zugedeckt, und Will kann seine mageren Gliedmaßen sehen, Arme und Beine eines Fünfjährigen.

Dr. Chaund holt zwei Stühle, damit sie rechts und links von dem Jungen Platz nehmen können, und nach mühsamem Beginn finden sie schnell ihren Rhythmus: Will sagt ein paar Sätze über Krakatau, Dr. Chaund übersetzt, der Junge stellt Fragen, Will antwortet, Dr. Chaund übersetzt.

Sie werden öfter unterbrochen, weil Leute von den Feldern kommen und über Kopf- oder Magenschmerzen klagen. «Es ist Montag», erklärt Dr. Chaund. «Viele haben das ganze Wochenende getrunken und sind verkatert. Zwischen den Männern hat es Schlägereien gegeben. Das ist jede Woche das Gleiche», sagt er gut gelaunt und entschuldigt sich.

Während Dr. Chaund sich um die Patienten kümmert, zeichnet Will kleine Skizzen für den Jungen – von Krakatau, von Rakata, von fliegenden Farnsporen, von Fregattvögeln und Brennpalmen, von Treibgut, das auf die neue, sterile Insel gespült wird und Pflanzen und Insekten mitbringt.

Trotz der Hitze macht ihm die Sache Spaß. Der Lerneifer des Jungen, sein Wunsch, etwas über einen Ort wie Krakatau zu erfahren, ist erfrischend. Er stellt Fragen über Fragen: Wie haben die Vögel die Insel wieder bevölkert? Wie sind die Farnsporen dorthin gekommen? Will muss genau beschreiben, wie eine Spore von Java zum neu entstandenen Rakata gelangt, wie sie dort im Boden Wurzeln schlägt, wie sie blüht und sich vermehrt. Das Leuchten in seinen Augen, den Augen eines Jungen, der weiß, dass er nirgends auf der Welt je Wurzeln schlagen, sich nie vermehren wird.

Am Nachmittag arbeitet Will, bis Latisha ihn unterbricht. Sie schlingt die Arme um den Bauch und beugt sich vor, um anzudeuten, dass Mim sich übergeben muss. Er eilt in Mims Zimmer. Vor der Badezimmertür bleibt er stehen. Er hört, wie sie würgt – so laut, so jämmerlich, dass er beschließt, an die Tür zu klopfen.

«Brauchst du Hilfe, Mim?», ruft er.

«Nein, nein», antwortet sie.

«Soll ich den Arzt rufen?»

Zwischen den Würgegeräuschen stößt sie ein «Nein!» hervor.

Als sie aus dem Bad kommt, ist sie vollkommen entkräftet, tastet sich zum Bett zurück und bittet Will, die Jalousien zu öffnen und die Sonne hereinzulassen. Das Halbdunkel kann sie nicht ertragen.

«Bist du sicher, dass du keine Hilfe brauchst?», fragt er noch einmal.

Sie versichert ihm, ihr fehle nichts und er solle nicht so viel Aufhebens machen. Sie müsse sich öfter übergeben, das habe gar nichts zu bedeuten. Aber ihm erscheint das alles nicht so harmlos. Er würde lieber den Arzt rufen. Vielleicht hat die Übelkeit ja etwas mit der Malaria zu tun. Aber Mim sagt, nein, das komme einfach manchmal vor.

«Was hat Harold getan, wenn du dich übergeben musstest?», möchte Will wissen.

«Nichts», antwortet sie. «Was hätte er schon tun sollen? Er hat sich daran gewöhnt, genau wie ich.»

Das findet Will unmöglich. Harold war mit einer Frau verheiratet, deren Herz raste, die sich immer wieder übergeben musste. Und dann so zu tun, als wäre nichts. Er stellt sich vor, wie Harold die Zeitung liest, die Achseln zuckt, wenn er hört, wie sich seine Frau im Badezimmer übergibt, und denkt: «Ach, jetzt geht's schon wieder los.» Aber andererseits kann man wirklich nichts tun.

Trotzdem bleibt Will noch eine Weile bei Mim. Das Würgegeräusch war lautstark und durchdringend, er kann es nicht vergessen. Sicher hat es mit den Erlebnissen zu tun, die sie nie wird abschütteln können. Aber sie findet seine Besorgnis lästig. Es ist nichts weiter als ein Krampf, sagt sie, ein vorübergehendes Unwohlsein, mit dem sie längst umzugehen gelernt hat.

«Du kannst ruhig wieder gehen, Will», sagt sie. «Ich komme schon zurecht.» Sie beugt sich vor und küsst ihn auf die Stirn.

Am späten Nachmittag hat sie sich wieder erholt und ist draußen im Garten, bei ihren Blumen. Sie züchtet Rosen, aber der Gärtner darf ihre Rosen nicht anfassen. Ein großer Sonnenhut überschattet ihr Gesicht; ihre kleinen, zarten Hände – die Hände einer Geigerin, denkt Will – sind ständig in Bewegung. Er steht am Fenster und schaut ihr zu. Vermutlich ist es genauso, wie sie sagt – das alles geht schon lange so, nicht erst seit seiner Ankunft, aber er hat es erst jetzt gemerkt, seit der Malaria, seit er dieses intime Verhältnis zu ihrem Körper entwickelt hat. Sonst wäre er ihr nie so nahe gekommen.

Als Grace anruft, geht er weg. Mim sagt nichts; es ist, als hätte sie sich schon daran gewöhnt. Vermutlich besteht nun so etwas wie eine stillschweigende Übereinkunft zwischen ihnen – er wird sich an ihre Brechanfälle gewöhnen, sie wird sich an seine Affäre gewöhnen. Sie sagt auch nichts wegen der Rikscha, aber spätestens in einer Stunde, wenn der Fahrer mit dem Wagen zurückkommt, wird sie wissen, dass er wieder eine genommen hat.

Grace trägt schicke Matrosenhosen und ein weißes Top, dazu elegante italienische Sandalen. Wie jung sie sich in seinen Armen anfühlt, wie vital und kraftvoll. Mims Alter, ihre Gebrechlichkeit, sind ihm unter die Haut gegangen.

Sie lieben sich nicht mit der gleichen wilden Leidenschaft wie am Tag zuvor, sondern langsam, fast feierlich, als würden sie sich jetzt erst der wahren Bedeutung, des eigentlichen Wesens ihrer Liebe bewusst, das weit über körperliche Lust hinausgeht.

Danach bestellt Grace etwas beim Zimmerservice, und eine Viertelstunde später bringt ihnen der Page ein Tablett mit Obst, Keksen und Tee. Grace redet nicht von ihrem schlechten Gewissen oder von Vikram, sondern sagt nur, dass sie heute mehr Zeit hat: «Ich habe den Priester von unserem Tempel gebeten, Vikram die Upanischaden zu lehren.»

Den ganzen Nachmittag liegen sie auf dem Bett und reden. Die Sonne wandert von der rechten Seite des Zimmers zur linken: zuerst ein glühendes Lichtdreieck, dann eine weiche, unscharfe Lichtpfütze. Grace streckt sich neben ihm aus, stützt sich auf den einen Ellbogen, dann auf den anderen und stellt ihm endlose Fragen. Wie war es, in Manhattan aufzuwachsen? Wie war deine Mutter? Wie hat dein Zimmer ausgesehen? Wo stand dein Bett? Was für Sachen hast du gesammelt? Und so weiter und so fort. Wenn er zu wenig erzählt, unterbricht sie ihn und sagt: «Nein, geh nochmal zurück. Erzähl mir alles.»

Merkwürdig, diese Liebe zum Detail. So extrem hat er das selten erlebt, aber nichts ist so verführerisch wie gebannte Aufmerksamkeit, und so forscht er in seinem Gedächtnis nach den kleinen Einzelheiten, nach denen es sie verlangt.

Fast alles an ihr erscheint ihm wie ein Wunder – die Art, wie sie sich die blonden Haare hinters Ohr streicht, die Art, wie sie durchs Zimmer geht, gemächlich, träge, als wüsste sie gar nicht, was Hektik bedeutet, die Art, wie sie auf dem Sessel sitzt und ein Bein über die Lehne legt oder die Knie an die Brust zieht oder die Beine unterschlägt. Sie besitzt eine ungekünstelte Anmut, und er fühlt sich so unwiderstehlich zu ihr hingezogen, dass es ihn selbst überrascht. Selten hat ihn jemand oder etwas so unmittelbar berührt.

Nischenbildung ist ein Anpassungsphänomen. Sie ist besonders bemerkenswert, wenn sie sich zwischen Arten ereignet, die dieselben Vorfahren haben (nachdem sie zu verschiedenen Zeiten geographisch voneinander getrennt waren, entwickelten sie sich zu verschiedenen Arten). Wenn sie im gleichen Gebiet leben – d. h. koexistieren, ohne sich die Nahrungsquellen streitig zu machen –, bedeutet das, dass sie ein System der Nischenbildung entwickelt haben.

Die drei Arten von Bambus-Lemuren auf der Insel Madagaskar sind ein Beispiel für diese Form von Nischenbildung. In seinem Buch «The Song of the Dodo» spekuliert David Quammen darüber, wie es dazu gekommen sein könnte: Der sanfte Bambus-Lemur gelangte vermutlich als erster nach Madagaskar. Er ernährte sich vor allem von einer Bambuspflanze namens C. perrieri. Der große Bambus-Lemur, der sich möglicherweise in einem anderen Teil der Insel entwickelt hatte, kam später, und obwohl er größer war, befand er sich als Neuankömmling im Nachteil. Er konnte den sanften Bambus-Lemur nicht aus seiner Nische verdrängen. Weil der große Bambus-Lemur jedoch stärkere Kiefer und Zähne hatte, passte er sich an, indem er sich von der härteren großen Bambuspflanze namens C. viguieri ernährte. Die Pflanze wiederum passte sich ihrerseits an: Um den Attacken des großen Bambus-Lemuren standzuhalten, produzierte sie in ihren verletzlichsten Teilen Zyanid.

Als der goldene Bambus-Lemur kam, sah er sich der Konkurrenz des sanften Bambus-Lemuren und des großen Bambus-Lemuren gegenüber. Da er die beiden nicht aus ihren jeweiligen Nischen verdrängen konnte, passte er sich an und fraß die zarten Blätter der Bambuspflanze C. viguieri, die voller Zyanid waren, aber etwas anderes gab es für ihn nicht.

Bemerkenswert an diesem Beispiel, und sei es noch so spekulativ, ist das zugrunde liegende Muster, das es verdeutlicht: die verschiedenen unwahrscheinlichen Mittel, zu denen die Natur greift, um sich zu erhalten; die un-

vorhersehbaren, jeder Vernunft zuwiderlaufenden Abweichungen innerhalb eines festen Musters, wie zum Beispiel die Nischenbildung, als gäbe es im tiefsten Inneren einen Willen, eine besinnungslose, blinde Entschlossenheit, nötigenfalls von den Resten zu überleben.

Anmerkungen zum Artensterben von Will Mendelsohn

10

Er trifft sich etwa viermal in der Woche mit Grace im Zimmer 3 B. Manchmal – selten – kann er nicht weg, wenn sie anruft, aber gelegentlich meint er, nein sagen zu müssen, um nicht den Eindruck zu erwecken, er tanze nach ihrer Pfeife. Wenn er Zeit hat, eilt er durch die Straßen von Dibrugarh, um nach einem Mitbringsel für sie zu suchen – Blumen vom Markt, Obst. Sein Wunsch, ihr etwas zu schenken, erstaunt ihn. Eigentlich ist er nicht der Typ Mann, der eine Frau mit Geschenken verwöhnt.

Er lässt sich von Mims Chauffeur in die Stadt bringen, dann nimmt er eine Auto-Rikscha zum Countryclub und geht unter dem unverwandten Blick des Pagen, der hinter seinem Schreibtisch sitzt, die Treppe hinauf. Will fragt sich, warum Vikram noch nichts erfahren hat; eigentlich läge das nahe, denn er ist Mitglied des Clubs, und jeder kennt ihn, aber vermutlich will niemand einem Todkranken hinterbringen, dass seine Frau eine Affäre hat.

Er erlaubt sich den Luxus, jeden Augenblick seines Lebens zu genießen. Er kann sich nicht erinnern, je so glücklich gewesen zu sein. Die Frage, ob dieses Glück von Dauer sein wird oder nicht, stellt er sich gar nicht. An die Zukunft verschwendet er keinen Gedanken.

Er entdeckt bei Grace viele seiner eigenen Empfindlichkeiten. Ihre inneren Welten spiegeln sich gegenseitig wider, und zeitweilig ist das Verständnis zwischen ihnen so unmittelbar, dass Worte überflüssig werden. Ihre Traumata und die daraus erwachsenen Probleme gleichen sich so stark, dass er machmal das Gefühl hat, sie sind Bruder und Schwester. Alle Beziehungen, die er bisher hatte, verblassen im Vergleich.

Er erzählt ihr, dass er nach dem Tod seines Vaters für seine Mutter sorgen musste; sie erzählt ihm, dass ihr Vater ihr seine Kümmernisse anvertraut hat.

«Mir tut die Schulter so weh», habe seine Mutter gesagt. «Im Finger fängt es an, es ist ein stechender Schmerz, der wie ein Blitz durch das Handgelenk und den Ellbogen bis hinauf in die Schulter schießt, und da nistet er sich im Knochen ein und frisst sich tief ins Mark. Als würden tausend Mäuse mit spitzen Zähnen an meinem Kreuz herumknabbern.»

«Mein Vater hat mich immer in seinen Metallbetrieb mitgenommen», erzählt Grace. «Ich habe dann brav auf einer Bank gesessen, und er hat mir erklärt, dass er sich als Versager fühlt. Eigentlich hatte er Überseedampfer bauen wollen, und jetzt hatte er eine Metallwerkstatt und zwei Kinder. Er hat dann immer seine großen Hände vors Gesicht geschlagen und ganz schrill und jämmerlich geweint. Das ging mir durch und durch. Ich habe versucht ihn zu trösten, habe gesagt: ‹Aber du bist kein Versager, Dad. Du hast doch diese Werkstatt, und eines Tages baust du bestimmt auch große Schiffe.› Meine Stimme war ganz hoch, wie bei einem Mädchen im Kinderchor.»

Aber erst an dem Nachmittag, an dem sie ihm die Geschichte ihrer Mutter erzählt, wird ihm klar, worin die Wurzel ihrer Verwandtschaft liegt.

«Meine Mutter ist nach Paris gegangen, weil sie Opernsängerin werden wollte», beginnt sie. «Sie hat einen Mann namens Claude Chabon geheiratet. Als die Wehrmacht Frankreich besetzte, war sie Madame Chabon und wohnte in der Rue Saint-Denis. Claude war in der Résistance. Am 14. Mai 1943 wurde er in der Rue Saint-Denis verhaftet, und meine Mutter hat im Juli 1944 erfahren, dass sie ihn umgebracht haben. Im August 1944 lernte sie Ed Tubor kennen. Den Nachnamen haben seine Verwandten aus dem Mittleren Westen Tu-ber ausgesprochen, während Vera immer Tu-bor gesagt hat. Sie hat ihn an dem Tag kennen gelernt, als Paris befreit wurde und de Gaulle an der Spitze einer Parade die Champs-Élysées hinuntermarschierte. Ed war Matrose, und sein Ehrgeiz, große Schiffe zu bauen, beeindruckte meine Mutter. Sie kannten sich erst einen Monat, als sie in einem kleinen Dorf in Südfrankreich geheiratet haben, in Cornillion Confoux, und angeblich wurde ich in der Hochzeitsnacht gezeugt, auf einem alten Eisenbett. Ed hat Vera in die Vereinigten Staaten mitgenommen, und dort hat er einen kleinen Metallbetrieb gegründet und Teile für die Schiffe hergestellt, die er eigentlich selbst bauen wollte.»

Es ist ein seltsamer Augenblick, als sie sagt: «Bei uns zu Hause ging es zu wie in Frankreich unter der deutschen Besatzung. Meine Mutter hat mit mir und meiner kleinen Schwester Deutsch und Französisch geredet. Alles hat sie aufbewahrt, und sie hat uns immer wieder die Geschichte von Claude Chabon erzählt, immer wieder: Sie ist jeden Tag ins Gefängnis gegangen, um zu fragen, ob ihm etwas zugestoßen sei. Sie ist zu den Bahngleisen hinuntergeklettert, weil die Gefangenen Zettel aus den Zügen warfen, auf denen stand, wo sie hingebracht werden sollten, und sie hoffte, dort auch eine Nachricht von Claude zu finden. Jeden Tag hat sie mit seiner Mutter geredet. Sie hieß Renée und wohnte in einer kleinen Stadt namens Soissons. Im Juli 1944, nach der Landung der Alliierten in der Normandie, ist meine Mutter nach Soissons gefahren, weil Renée schwer krank war. Sie musste in die Stadt, um Insulin für ihre Schwiegermutter zu besorgen, und wurde unterwegs von einem deutschen Konvoi mitgenommen, und als sie zurückkam, war die alte Frau gestorben. Und danach erfuhr sie dann, dass Claude erschossen worden war.»

Will ist verblüfft. Das Ganze klingt mehr oder weniger wie seine eigene Geschichte: Eine Mutter, die in der Zeit gefangen, eine Mutter, die heftig in einer bestimmten längst vergangenen Zeit erstarrt ist. Und zwar nicht irgendeiner Zeit, sondern der Zeit des Krieges, einer Zeit, die sie beide erlebt haben, wenn auch räumlich weit voneinander entfernt – Grace' Mutter im besetzten Frankreich, seine Mutter in einem Konzentrationslager.

Er will diese Ähnlichkeit nicht überbewerten; er möchte ihr

nicht eine Bedeutung beimessen, die sie vielleicht gar nicht hat. Trotzdem findet er die Parallelität frappierend.

Natürlich gibt es auch Ereignisse in Grace' Leben, zu denen er in seinem keine Entsprechung findet. Nichts, was er erlebt hat, ist auch nur entfernt mit der Geschichte vergleichbar, die Grace von ihrem Vater erzählt, der in ihrem Kummer über ihre Trennungen (zuerst Louis, dann Vikram, dann das Kind) eine günstige Gelegenheit sah und sie in ein Restaurant einlud, wo er ihr eröffnete, dass er seine Affäre mit Mrs. Henry gar nicht beendet habe. Er wolle unbedingt, dass Grace sie kennen lerne.

Als Grace entsetzt erwiderte, sie finde diesen Vorschlag geschmacklos und wolle nie mehr etwas davon hören, sagte er: «Du bist sowieso nicht meine Tochter. Deine Mutter war schon schwanger, als ich sie geheiratet habe.»

«*Eisig* ist nicht das richtige Wort für seinen Blick, weil Eis viel zu hell, viel zu durchsichtig ist», sagt Grace. «Ich habe einmal eine Fledermaus gesehen, die in einem Glasbehälter gefangen war – an die hat mich sein Gesicht erinnert.»

Sie steht vom Bett auf, als wäre das, was sie gerade erzählt hat, völlig belanglos. Sie zieht ihre blaue Seidenrobe über, geht zum Tisch und öffnet eine Flasche Mineralwasser.

«Und – bist du seine Tochter?»

«Nein», antwortet sie. Er hört das Wasser gluckern, während sie mit dem Rücken zu ihm zwei Gläser füllt.

«Wessen Tochter bist du?»

«Das weiß ich nicht.»

«Hast du deine Mutter gefragt?»

«Ich habe meiner Mutter von dem Gespräch erzählt. Dann habe ich einen Brief bekommen, und daraufhin bin ich nach Paris gegangen.»

An den Brief hat er überhaupt nicht mehr gedacht. Er geht nicht mehr in den Bungalow, wo Stella davon anfangen könnte.

Grace kommt wieder zum Bett und reicht ihm ein Glas Mineralwasser, trinkt selbst einen Schluck.

«Was hat es mit diesem Brief auf sich?», fragt er.

«Eigentlich gar nichts.» Als sie aufblickt, liegt Trauer in ihren Augen. Zärtlich berührt er ihre Wange, fragt, was los sei, aber sie entzieht sich ihm und setzt sich in den Sessel.

«Was ist dann passiert?»

«Meine Eltern haben sich scheiden lassen. Mein Vater ist weggezogen, ich weiß nicht, wohin, und meine Mutter ist eine Weile herumgereist. Danach war sie längere Zeit in einem Sanatorium.»

«Hast du Kontakt mit ihr?»

«Ja, hin und wieder», antwortet sie. Plötzlich legt sich eine unheimliche Stille über den Raum. Will spürt, dass Grace ihm etwas Wichtiges vorenthält.

«Ich weiß, es ist lächerlich», sagt er, «aber es kränkt mich ein bisschen, dass du Stella den Brief gezeigt hast und mir nicht einmal erzählen willst, was darin steht.»

«Glaub mir – es waren sehr ungewöhnliche Umstände, unter denen ich Stella den Brief gezeigt habe.»

Sie erzählt ihm davon – nicht von dem Brief, sondern von den Umständen, unter denen sie ihn Stella gegeben hat, als wollte sie ihn davon ablenken.

Es war in Paris. Sie lebte in einer kleinen Mietwohnung am Montparnasse, am Boulevard Edgar Quinet, beginnt sie. Die Wohnung hatte sie genommen, weil die Fenster auf einen Markt hinausgingen. Sie stellte ihren Tisch an eins der Fenster und schrieb ihr Drehbuch zu Ende, ein Roadmovie über einen schwarzen Mann und eine weiße Frau, die gemeinsam vor der Polizei fliehen. Das Sonnenlicht schien erst am Spätnachmittag ins Zimmer und lag bläulich grau in den Ecken, wie schlafende Hunde.

Nachts ging sie am Seineufer entlang, als würde sie von einer unsichtbaren Schnur gezogen, die alle Lebewesen lenkte. Es war eine Leine, von der man erst etwas merkt, wenn man sich an den Rändern des Lebens bewegt.

Paris sollte die Vergangenheit verdrängen, aber wenn sie im Jardin du Luxembourg auf einer Bank saß, waren die Erinnerungen nie fern. Immer zog sich ein klar erkennbarer Pfad von der Geburt bis zu der Bank in diesem Pariser Park. Damals hatte sie gedacht: Jetzt könnte ich sterben.

Als sie die Einsamkeit nicht mehr ertragen konnte, rief sie Stella an und lud sie ein, über Weihnachten zu ihr nach Paris zu kommen. Sie hatte ihr nicht gesagt, warum sie nach Frankreich gegangen war. Stella war einverstanden, also kaufte ihr Grace ein Flugticket und räumte eine Schublade in ihrer Kommode frei.

An Heiligabend gingen sie gemeinsam in den Gottesdienst in Notre-Dame. Durch die kalte Nachtluft spazierten sie die Seine entlang; es regnete, ein kühler Nieselregen, der wie Dampf anmutete. In der Kirche schoben sie sich mit den anderen Leuten das Seitenschiff entlang und blieben im Querschiff stehen, legten den Kopf in den Nacken, um in die Apsis hinaufzuschauen. Schließlich setzten sie sich ganz hinten auf einen der Klappstühle.

Vielleicht lag es an dem Dröhnen in der Kathedrale, daran, wie jede Stimme, jeder Schritt, vom Gemäuer zurückgeworfen wurde und Ton in Ton verschmolz, dass ihre Gedanken zu wandern begannen, denn plötzlich versetzte die Gestalt des Gekreuzigten sie regelrecht in Erregung. Sie war schockiert – damit hatte sie nicht gerechnet. Die geschwungene Form des vom hängenden Gewicht gekrümmten Körpers im Todeskampf erschien ihr erotisch. Seine Nacktheit weckte eine Sehnsucht in ihr.

Sie beugte sich zu Stella. «Ich bin scharf auf Jesus», flüsterte sie ihr zu.

Nach kurzem Schweigen wisperte Stella zurück: «Mir würde Maria besser gefallen.»

Sie beugten sich vor, konnten ihr Lachen nicht unterdrücken und mussten die Kirche verlassen, sich zwischen den Leuten in der inneren Vorhalle durchzwängen. Draußen hielten sie sich lachend an dem Geländer am Fluss fest, Stella darüber gebeugt, Grace zurückgelehnt. Ihr Gelächter war viel zu laut für Paris; es war aufdringlich und hemmungslos und schallte bis ans andere Ufer der

Seine. Es war ein dem Ernst der Stunde nicht angemessenes Gelächter, es störte die feierliche Stimmung, es durchbrach die hoheitsvolle Stille von Notre-Dame: Es verhöhnte die große Kathedrale.

Aber es schweißte Grace und Stella zusammen. Jetzt war alles gut. Gemeinsam gingen sie durch die glitschigen, nassen Straßen zu Fuß nach Hause, gute Freundinnen.

Es war früh am Abend, als Stella anfing, sich mit Grace' Körper zu beschäftigen. Sie begann bei den Füßen und arbeitete sich langsam nach oben, sie massierte ihre Muskeln, drückte den Schmerz weg, der sich im bleichen Hohlraum der Knochen angestaut hatte. Mit spitzen Ellbogen holte sie ihn heraus. Sie rollte sich wie ein Wellholz über Grace' Körper, ruhte sich in der Vertiefung ihres Rückens und der kleinen Grube der Kniekehlen aus. Dann kniete sie sich neben sie und fuhr mit den Fingerspitzen über ihren ganzen Körper, so zart, dass Grace eine Gänsehaut bekam, und als sie den Kopf drehte und mit den Haaren über Grace' nackte Arme und Beine und über ihren nackten Rücken strich, da begann Grace zu weinen. Seit Monaten hatte niemand sie mehr angefasst.

«Warum bist du weggegangen?», fragte Stella.

Da drückte Grace ihr den Brief in die Hand.

«Was steht in dem Brief?», fragt Will.

Das Telefon auf dem Schreibtisch klingelt, und Grace nimmt den Hörer ab.

Er denkt über die Geschichte nach, während Grace nach unten geht, um eine Rechnung zu begleichen. Vom Fenster aus kann er sehen, wie sie sich im Hof mit dem Pagen unterhält. Er hat das Gefühl, dass sie ihm durch ihre Weigerung, von dem Brief zu erzählen, etwas ungeheuer Wichtiges verschweigt. Vielleicht kommt dieses Gefühl daher, dass er sie heimlich beobachtet, dass er nicht versteht, was unten gesprochen wird. Er denkt an ihre Worte von vorhin: «Jetzt könnte ich sterben.»

Bisher hat er selten Gelegenheit gehabt, sie von fern zu sehen, sie wahrzunehmen, ohne dass sie es wusste. Sie treffen sich nur noch hier in diesem Zimmer, nie unten in der Halle oder in Dibrugarh. Sie ist ihm viel zu wichtig geworden, denkt er. Inzwischen erzählen sie einander die entlegensten Kleinigkeiten, Gedankenbruchstücke, von denen er nie gedacht hätte, dass er sie jemandem mitteilen würde. Er hat so etwas noch nie erlebt, und mittlerweile hat er das Gefühl, nicht mehr ohne diese Erfahrung leben zu können. Er hat ihr von seinem größten Schmerz erzählt – dass sein Buch verbrannt ist, dass seine Frau ihn verlassen hat –, und sie hat ihm zugehört. Ihre Aufmerksamkeit ist wie die Sommersonne, intensiv, unmittelbar. Es gelingt ihr, so ausschließlich für ihn da zu sein, dass er immer wieder zu ihr kommt und mehr davon möchte. Wahrscheinlich ist das der Grund, weshalb Stella nach Indien gereist ist und weshalb Vikram sie wiederhaben wollte. Aufmerksamkeit ist unbezahlbar.

Er braucht sie – und diesen Gedanken kann er kaum ertragen.

Als sie ins Zimmer zurückkommt, legt sie einen Zettel in ihr Notizbuch. Er ist seltsam misstrauisch, als steckte sie irgendwie mit dem Pagen unter einer Decke. Vielleicht gibt sie ihm Geld, damit er Vikram nichts erzählt.

«Worum ging es?», fragt er.

Der Page habe ihr, wie verlangt, eine von der Miete getrennte Rechnung für den Zimmerservice gegeben, erklärt sie. Als sie ins Bad geht, kann er sich nicht beherrschen. Er schaut in ihr Notizbuch und liest den Zettel. Was sie gesagt hat, stimmt – es ist eine Rechnung für den Zimmerservice.

Was er von ihr weiß, beschränkt sich auf dieses Zimmer. Aber das kann nicht die ganze Wirklichkeit sein. Wie wäre es, wenn sie einmal etwas ganz Normales tun würden, zum Beispiel auf dem Markt einkaufen gehen oder gemeinsam am Frühstückstisch sitzen und die Zeitung lesen? Er würde sie gern morgens aufstehen und sich abends ins Bett legen sehen, ihr dabei zusehen, wie sie sich im Garten über die Blumen beugt, aber das geht nicht.

Er führt zwei Leben, genau wie sie, oder vielmehr ein zweigeteiltes Leben. Der eine Teil findet in diesem Zimmer statt, der andere bei Mim. Grace schenkt er seine Gedanken, seinen Körper, seine Gefühle. Mim schenkt er den Alltag.

Als sie aus dem Bad kommt, fragt er sie noch einmal: «Was stand in dem Brief?»

«Das ist unwichtig», antwortet sie.

11

Er verbringt seine Zeit damit, in den Countryclub zu fahren, sich mit Stella zu treffen, sich um Mim zu kümmern und einmal in der Woche mit Ramu über das Artensterben zu reden. Die medizinischen Instrumente, die er bei Mim benutzt, nehmen eine ganz neue Aura an. Er genießt es geradezu, wenn er sich die Stöpsel des Stethoskops in die Ohren steckt und den schwarzen Plastikpumpball in die Hand nimmt, dazu die dunkle Manschette, den kalten Höraufsatz, den er in ihre Armbeuge legt. Er wartet schon auf die Geräusche, auf das Zischen, das Anschwellen der Manschette, und dann die Krönung, Mims Herzschlag, das Pochen in seinen Ohren, das dazugehörige Zucken auf dem Manometer.

Es macht ihm Spaß, die Elixiere zu mischen, die der Arzt empfohlen hat, und er schaut zufrieden zu, wenn Mim sie trinkt und ihm dann das leere Glas reicht. Er notiert Pulsfrequenz und Blutdruck und sieht es als Leistung an, dass unter seiner Pflege ihr Herzschlag sich verlangsamt und ihr Blutdruck sinkt.

Einmal in der Woche geht er am späten Vormittag zu Ramu und spricht mit ihm eine Stunde lang über das Artensterben. Gelegentlich bittet auch Dr. Chaund ihn um Hilfe: einmal gibt er den Arbeitern die Auffrischung für ihre Kinderlähmungsimpfung, ein anderes Mal rasiert er Kindern, die Läuse haben, den Kopf und bestäubt anschließend ihre kahlen Schädel mit Puder.

Am Spätnachmittag, nachdem er mehrere Stunden mit Grace verbracht hat, trifft er sich oft mit Stella in der Stadt. Sie wird zu der Gefährtin, die Grace nicht sein kann; sie streifen gemeinsam durch die engen Gassen, vorbei an Geschäften mit Saris, Plastikeimern und elektrischen Geräten. Stella kennt viele Ladenbesitzer – Menschen,

Wirklichkeiten, die er ohne sie nie kennen lernen würde. Auf dem Markt wählen sie das beste Obst aus, sie sitzen in einem kleinen Restaurant und bewundern die Kellner, die barfuß bedienen. Manchmal reden sie über Dinge, über die sich junge Männer unterhalten – Motorräder, Autos und Schusswaffen, und nach und nach gewöhnt Will sich daran, dass Stella sich für solche Sachen interessiert.

In einem schwachen Augenblick kauft er ihr ein kleines blaues Moped, auf das sie schon vor Wochen ein Auge geworfen hat und das Grace ihr nicht kaufen will. Es ist leicht, Stellas Vater zu spielen, ihren großen Bruder, ihren wohlhabenden Freund aus der Kindheit. Sie leistet keinen Widerstand. Gelegentlich passiert es ihm, dass er anfängt, ihre Papiere zu ordnen, ihren Geldbeutel für sie einzustecken, damit sie ihn nicht verliert, ihr kleine Geschenke zu kaufen, bei denen ihre Augen aufleuchten, Dinge, von denen er genau weiß, dass sie nach ein paar Stunden jeden Wert für sie verlieren werden.

Grace hat ihn immer wieder gebeten, Stella nichts von ihrer Affäre zu erzählen, und daran hält er sich. Stella glaubt offenbar, dass Grace an ihrem Drehbuch schreibt, wenn sie in den Countryclub geht. Er wüsste gern, wie sie es sich erklärt, dass er immer noch in Dibrugarh ist und bei Mim wohnt, aber er fragt sie nicht. Stella redet fast nie von Grace, außer im Zusammenhang mit dem gemeinsamen Drehbuch. Es ist zugleich eine Quelle der Frustration und der Freude. Freude, wenn Grace Zeit dafür findet, Frustration, wenn sie nicht dazu kommt. Will erfährt, dass Stella eine Frau namens Miranda spielen soll, die nicht nur aus fahrenden Zügen springt und durch Flüsse watet, in denen es von Alligatoren nur so wimmelt, sondern auch jedes Mal gewinnt, wenn sie mit einem Mann kämpfen muss. Grace spricht nie über das Drehbuch.

Mit seiner Arbeit kommt er mittlerweile gut voran. Er hat Grace gestanden, dass er für den Zustand der Welt, und dementsprechend auch für seine Arbeit, wenig Hoffnung hat, und er hat ihr auch von der Offenbarung erzählt, die er vor den Höhlen der Vanikoro-Salanganen auf Guam hatte, aber sie hat nur geantwortet: «Ach, Unsinn – du kannst doch gar nicht wissen, was kommt. Das weiß niemand.»

Zwei kurze Sätze, beiläufig hingeworfen, aber irgendwie tun sie ihre Wirkung, und er fängt wieder an zu schreiben. Er schreibt jetzt mit leichterer Hand, fast humorvoll. Sie liest die neuen Seiten durch und gibt sie ihm am nächsten Tag mit Anmerkungen und Verbesserungsvorschlägen zurück. Er folgt ihrem Gekritzel an den Rändern der Seite, der Richtung ihrer klugen Gedanken. Zu seinem Erstaunen stellt er fest, dass ihre Ideen besser sind als das, was er geschrieben hat, und übernimmt sie bereitwillig.

Er kann nicht mehr für sich selbst schreiben, also schreibt er für sie. Es ist simpel, ja sentimental, denkt er, aber bisher hat keine Methode so gut funktioniert. Und als er eine Postkarte von Rita bekommt, auf der sie ihm mitteilt, eine Schlange, die braune Nachtbaumnatter, *B. irregularis*, sei am Aussterben der Vögel auf Guam schuld, sieht er sich gezwungen, seine Offenbarung vor den Höhlen der Vanikoro-Salanganen noch einmal zu überdenken. Statt die Welt als ein Gewebe zu sehen, das von einer dunklen, geheimnisvollen Hand aufgetrennt wird, sieht er jetzt die dünnen braunen Schlangen vor sich, die durch den Dschungel gleiten und die Vogeleier verschlingen, weil sie Hunger haben. Auch mit Ramu spricht er jetzt optimistischer über die Zukunft der Welt.

Er arbeitet öfter in ihrem Zimmer im Countryclub, manchmal schläft er sogar dort. Mit der Zeit sammeln sich dort Kleidungsstücke von ihm an. Der Page diskutiert mit ihm über alles Mögliche, wie mit einem regulären Gast. Das Dienstmädchen hat sich schon so an ihn gewöhnt, dass sie ihm Lassies zu trinken bringt, wenn er dort arbeitet. Sie wäscht seine Kleidung, als würde er offiziell dort wohnen.

Wenn er mit Grace zusammen ist, erfüllt ihn oft eine seltsame Dankbarkeit, wie sie, so stellt er sich vor, vielleicht ein zum Tode Verurteilter empfindet.

Er bildet sich nicht ein, dass Grace die Traumfrau aller Männer ist. Er idealisiert sie nicht, er sieht durchaus auch ihre Schwächen. Sie steuert auf die Wechseljahre zu, ihre Figur ist nicht mehr jugendlich; sie weint zu rasch; sie ist zu großzügig gegenüber den Bediensteten und schenkt ihnen manchmal Dinge, die ihm gehören; sie stochert zu sehr in seinen Gefühlen herum – aber trotzdem ist sie es, die er haben will. Wenn sie verspielter Stimmung ist, zeigen ihre Augen ein übermütiges, dunkles Blitzen, das er über alles liebt. Noch nie ist ihm jemand so nah gekommen, noch nie hat jemand sein Leben so bereichert. Er trägt in der Hosentasche Dinge mit sich herum, die sie ihm geschenkt hat – einen runden Stein aus ihrem Garten, ein Amulett, das der Priester ihr einmal überreicht hat.

Nachts wacht er manchmal mit rasendem Herzklopfen auf. Dann erfüllt ihn eine dunkle Angst, namenlos und nie zuvor erlebt, und er muss das Licht anknipsen und warten, bis die Attacke vorbeigeht. Er hat Angst, dass er sentimental geworden ist – etwas, was er an anderen immer gehasst hat. Die Angst, dass er so tief gesunken ist, dass er alles nimmt, was er kriegen kann: die Stunden mit Grace, die Vikram ihm zugesteht, Mims Herzschlag, Stellas Sehnsucht nach einem Vater. In diesen Momenten des Grauens erscheint ihm alles, was er für sich zusammengetragen hat, wie Brosamen, die er gierig aufliest. Geht es für ihn nur noch darum, sich nicht aus dem Leben drängen zu lassen?

Er gleicht einem Insekt, das der Wind zufällig auf eine Insel getragen hat, die ihm nicht gehört und wo es die einzige Nische besetzt, die ihm zur Verfügung steht. Das Leben, das er führt, ist nicht real; es ist, als lebte er von geborgter Zeit, wie man sie bei einer Zugreise zwischen Abfahrt und Zielbahnhof bekommt. Das liegt auch an Indien, an diesem trügerischen Land in seinen Lumpen, unter denen ein uraltes Herz schlägt, so anders als alle andern.

12

Als es aufhört zu regnen, geht Will durch die Teegärten zu Dr. Chaunds Krankenstation. Er kommt an der Fabrik vorbei, in der die Teeblätter getrocknet, verarbeitet und in Holzkisten verpackt werden. Er muss dem Manager, Mr. Patel, einen Brief von Mim geben. Als er das Gebäude betritt, sieht er zuerst die Trockengestelle und die riesigen Maschinen, mit denen die Teeblätter zerkleinert werden. Sie werden von Einheimischen bedient, die Lungis tragen, karierte Lendentücher, die wie knielange Röcke um die Hüfte geschlungen werden. Die Männer beachten ihn kaum, als bedürfte seine Anwesenheit keiner Erklärung, als sei seine weiße Haut Berechtigung genug.

Er durchquert einen sonnendurchfluteten Raum, wo ein dunkelhäutiger Mann den losen braunen Tee mit einem Rechen gleichmäßig auf dem weiß gefliesten Fußboden verteilt, damit er dort ein letztes Mal trocknen kann. Der Geruch ist betäubend und erdig, aber angenehm. Vor der Bürotür bleibt Will stehen. Drinnen sieht er zwei junge Männer, die ganz offensichtlich keine Einheimischen sind. Sie sind höchstens zwanzig, wahrscheinlich Studenten, westlich gekleidet. Will klopft leise, und sie blicken erschrocken hoch.

«Ist der Manager da?», fragt er. Ihm fällt ein, dass er sich vielleicht hätte vorstellen sollen.

«Er kommt erst in einer Stunde wieder.»

Die beiden versuchen gar nicht zu vertuschen, was sie tun – der eine steht an einem kleinen Kopiergerät und macht Kopien eines Fotos von Indira Gandhi. Der andere malt ein großes schwarzes X auf jedes Foto. Die ausgestrichenen Bilder liegen zum Trocknen auf dem Boden. Will schließt daraus, dass die beiden zum All Assam

Students Movement gehören, und fragt sich, ob Mim eine Ahnung hat, dass ihr Büro von ihnen benutzt wird.

Er legt den Brief auf Mr. Patels Schreibtisch und geht ins Krankenhaus.

Heute erzählt er dem Jungen etwas über die amerikanischen Wandertauben, seinem ersten Beispiel für das Aussterben bestimmter Tierarten. Bisher hat er vor allem von Nischen, von Spezialisierung auf engem Raum und von Inseln gesprochen. Der Junge hört zu wie bei einer spannenden Geschichte und stellt jede Menge Fragen. Am Ende der Stunde kommen ein paar Frauen mit kranken Kindern, und Dr. Chaund bittet Will, Ramu zurück in sein Zimmer zu schieben und ihn ins Bett zu legen.

«Heben Sie ihn einfach hoch, so etwa», erklärt Dr. Chaund. «Er ist leicht wie eine Feder. Achten Sie darauf, dass seine Hände auf der Decke liegen.»

Will möchte Einwände erheben. Er hat noch nie einen gelähmten Jungen aus seinem Rollstuhl gehoben und scheut sowohl die Verantwortung als auch den intimen Kontakt. Im Übrigen ist er nicht Dr. Chaunds Assistent. Immerhin ist er schon durch die brütende Hitze gelaufen und hat dem Jungen eine Unterrichtsstunde gegeben, zu der er nicht verpflichtet ist. Aber er merkt, dass er sich nicht wehren kann.

Obwohl der Junge kein Wort versteht, redet Will die ganze Zeit auf ihn ein, während er ihn in seinem Rollstuhl ins Zimmer und neben das Bett zurückschiebt. Er wagt es, den gelähmten Körper des Jungen anzufassen, denkt an die Bewegung, die Dr. Chaund ihm vorgemacht hat. Er schiebt einen Arm unter seine Knie, legt ihm den anderen Arm um den Rücken und hebt ihn hoch. Es stimmt, der Junge ist federleicht. Seine Arme und Beine schlackern, als wären sie aus Gummi, aber den Kopf kann er halten. Will hat noch nie irgendjemanden irgendwohin getragen, und nun innerhalb eines Monats zuerst Mim und jetzt diesen armen, zerbrechlichen Jungen.

Will legt ihn aufs Bett, aber seine Beine landen völlig verdreht auf der Matratze, das eine kippt seitlich weg, das andere verhakt sich so, dass er darauf liegt. Will muss sie anfassen, erst das eine, dann das andere, und sie ausgestreckt nebeneinander legen. Er deckt den Jungen mit dem Laken zu und zieht dann seine Arme wieder heraus, um sie seitlich neben ihn zu legen.

Der Junge bewegt den Kopf, jene wippende Bewegung, von der Will inzwischen weiß, dass sie so gut wie alles bedeuten kann. Im Moment heißt sie vermutlich: Vielen, vielen Dank. Dann wieder kann sie ja oder nein oder bitte bedeuten, oder auch ich freue mich, ich bin wütend, ich weiß, ich weiß nicht recht …

Ehe er geht, schaut er noch kurz bei Dr. Chaund vorbei, der in seinem Zimmer kleine Becher mit Hustensaft abmisst.

«Warum sind Mitglieder des All Assam Students Movement im Büro der Teefabrik?»

«Ach, sie kommen und gehen», antwortet Dr. Chaund. «Das gilt für alle Teeplantagen. Die Manager sympathisieren mit ihrer Sache und lassen sie das Telefon benutzen und solche Sachen.»

«Weiß Mim Bescheid?»

«Es ist völlig harmlos», sagt Dr. Chaund. «Sie sind keine Terroristen, sondern sehr demokratisch. Wenn man sich wegen einer Gruppe Sorgen machen muss, dann wegen der Leute von der People's Liberation Army, aber denen begegnen Sie hier in den Teegärten nicht.»

Es wird kühler. Die Sonne ist ein großes Monokel, das von der glatten Wange des blauen Himmels festgehalten wird. In den Gärten sind die Pflückerinnen von den Männern abgelöst worden, die die schwere Arbeit tun: Sie stutzen die Schattenbäume und pflanzen sie um. Der Brahmaputra, der nach dem Monsunregen auf vierzehn Meilen Breite angeschwollen war, ist zurückgegangen und fließt wieder langsamer.

Was Mim schon seit seiner Ankunft prophezeit hat, ist eingetreten: Am 6. Januar beschließt Indira Gandhis Regierung, dass Assam nicht mehr der Zentralregierung unterstehen soll. Es hat einundzwanzig Gesprächsrunden zwischen der Regierung und den Studenten gegeben, die allesamt ergebnislos verlaufen sind. Nun sollen im Februar in Assam drei getrennte Wahlen stattfinden.

Knapp eine Woche nach dieser Entscheidung wird die Kampagne gegen die Bangladeshi plötzlich totgeschwiegen, und es gibt darüber keine Nachrichten, Zeitungsartikel, Anzeigen und Fotos mehr. Studenten werden verhaftet, unter ihnen auch der Vorsitzende des All Assam Students Movement, Profulla Mahanta. Will ist erstaunt, wohingegen Mim sich nicht weiter aufregt. Erst als es die ersten Bombenattentate gibt und Brücken in die Luft gesprengt werden, fängt ihr Herz wieder an zu rasen. Zwar übernimmt keine politische Gruppe offiziell die Verantwortung, aber Mim ist fest davon überzeugt, dass die People's Liberation Army hinter den Anschlägen steckt.

Eine Woche später wird zwei Tage lang gestreikt: Das Telefon funktioniert nicht, immer wieder fällt der Strom aus. Sämtliche Geschäfte und Schulen sind geschlossen. Ein kleiner Bahnhof im Norden Assams wird in Brand gesteckt, eine Lokomotive entgleist, Holzbrücken werden attackiert. In der Stadt fällt Will die starke Präsenz von Polizei und paramilitärischen Truppen auf. Er ist überrascht, als er hier und da das fotokopierte Konterfei von Indira Gandhi, übermalt mit dem brutalen schwarzen X, an den Wänden sieht. Als er und Mim abends im Schein der Kerosinlampe Canasta spielen, erzählt er ihr endlich, dass er die Studenten im Büro der Teefabrik gesehen hat. «Ich habe beobachtet, dass sie Fotokopien von Indira Gandhi übermalt haben.»

«Ich weiß Bescheid», antwortet sie. Er wundert sich, dass sie noch nie darüber gesprochen hat. «Wir Plantagenbesitzer können es uns nicht erlauben, diese Leute gegen uns aufzubringen. Wir sind völlig machtlos. Aber wegen der Studenten mache ich mir keine großen Gedanken. Mich ängstigt die People's Liberation Army. Das ist eine radikale Gruppe, die jetzt garantiert viel Zulauf hat.

Wenn ich etwas weiß, dann das: Eines Tages werden diese Leute die Plantagenbesitzer angreifen, weil wir wohlhabend sind und weil kein Einziger von uns aus Assam stammt – ich am allerwenigsten.»

13

Als er ein paar Tage später vom Countryclub nach Hause zurückfährt, wird der Verkehr aufgehalten, weil die Polizei jedes Fahrzeug kontrolliert. Die People's Liberation Army hat eine Brücke in die Luft gesprengt. Er sieht Rauchwolken am Horizont, und sein Herz beginnt schneller zu schlagen. Da fällt ihm auf, dass die Männer, die am Straßenrand entlangtrotten, sich ständig umschauen.

Auf dem Rücksitz seiner offenen Rikscha ist er nicht zu übersehen, und sie starren ihn so unverhohlen an, dass es ihm kalt über den Rücken läuft. Er hat keine Ahnung, was die Männer antreibt, die da die Straße entlangwandern – wohin sie gehen, woher sie kommen. Er weiß nicht, welche von ihnen Studenten sind und welche nicht.

Mim regt sich auf, als er ihr die Meldung von dem Bombenanschlag vorliest. Er will sie beruhigen, indem er sie darauf hinweist, dass das alles weit weg ist, aber sie lässt ihn gar nicht richtig zu Wort kommen. Am Abend hat sie auf einmal so starke Schmerzen unter dem rechten Schulterblatt, dass sie den Kopf, den Hals und den rechten Arm nicht mehr bewegen kann. Dreißig Jahre lang ist sie ohne Schmerztabletten ausgekommen, aber jetzt, nach dem Tod ihres Mannes, kann sie das nicht mehr durchhalten.

Es ist die Angst. Sie entsteht in ihrem Herzen, wandert zum Magen und nistet sich manchmal unterm Schulterblatt ein.

Als Will sie zu trösten versucht, faucht sie ihn an: «Frag doch Grace' Ehemann, ob er nervös ist, dann wirst du verstehen, was ich meine.»

Mit ihrer Wortwahl will sie ihn verletzen – *Grace' Ehemann* hat sie gesagt, statt ihn beim Namen zu nennen –, aber später kommt sie in sein Zimmer, um sich zu entschuldigen.

«Es tut mir Leid, Will», sagt sie. «Ich bin nicht mehr ich selbst seit Harolds Tod.»

Sie spielen in ihrem Esszimmer Karten, aber ihre Worte wirken nach. Als Will im Bett liegt, denkt er auf einmal, dass er im Grunde Grace' Mätresse ist. Der Gedanke amüsiert ihn, ist andererseits aber auch beklemmend.

Als er Grace das nächste Mal sieht, sagt er: «Ich bin deine Mätresse», und sie lacht.

«Du kannst gar nicht meine Mätresse sein!», entgegnet sie. «Ich bin die Mätresse. Man kann es drehen und wenden, wie man will, die Mätresse bin immer ich, egal ob du verheiratet bist und eine Frau hast oder ob ich verheiratet bin und einen Mann habe. Ich bin die Mätresse. Männer können nie Mätressen sein. Diese Schande bleibt ihnen erspart.»

«Eine Mätresse ist eine Frau, die ein Verhältnis mit einem verheirateten Mann hat. Man muss den Begriff nur etwas weiter fassen – ich bin ein Mann, der ein Verhältnis mit einer verheirateten Frau hat, also bin ich eine Mätresse.»

«Du bist völlig weltfremd!» Sie lächelt. «In diesem Punkt irrst du dich gewaltig. Die Ehebrecherin bin in jedem Fall ich. Und ich bin auch die Mätresse. Ich bin deine Mätresse. Mein Ehemann bekommt von dir Hörner aufgesetzt, und du bist der Hörneraufsetzer, falls es diesen Ausdruck gibt.»

Er sieht sie an. Was spielt es schon für eine Rolle, wer Hörner aufsetzt und wer die Mätresse ist. «Ich will dich», sagt er. Er zeigt sein Verlangen ganz unverhohlen, und einen Moment lang schämt er sich dafür.

Sie versteht, was er damit sagen will, und weicht vor ihm zurück.

«Gemeinsam wären wir eine Katastrophe», sagt sie. «Wir sind uns viel zu ähnlich.» Ihr Tonfall hat etwas Endgültiges, als hätte sie schon oft darüber nachgedacht und wäre vor längerer Zeit ganz unabhängig von ihm zu diesem Schluss gekommen.

Das tut weh. Er hat natürlich genau das Gegenteil gedacht. Aber jetzt spürt er, dass er gehen muss, also zieht er seine Sandalen an und steht auf.

«Wohin gehst du?»

«Keine Ahnung», sagt er.

«Kommst du wieder?»

«Das weiß ich nicht.» Es stimmt. Er weiß es nicht. Er weiß nur eins: Das, was sie gerade gesagt hat, bedeutet, dass er gehen muss.

Auf der Rückfahrt sitzt er völlig benommen in der Auto-Rikscha. Er kann sich kaum bewegen. Indien zieht an ihm vorüber, wie ein Film, und er ist nichts weiter als eine Pappfigur aus Amerika, die vor diese Kulisse platziert wurde. Die Regeln der Erniedrigung gelten nicht für Frauen, denkt er.

Zu Hause angekommen, erledigt er mechanisch, was erledigt werden muss: Er überprüft Mims Blutdruck, nimmt ihren Puls, mischt ihr das vom Arzt empfohlene Elixier, ein Getränk aus Papaya und zerdrückten Vitamintabletten.

«Du bist früh zurück», sagt Mim.

«Ja», antwortet er, nennt aber keinen Grund.

Mim sitzt am Esstisch. Sie ist immer noch sehr schmal, wirkt aber schon wieder fast wie sie selbst. Jedenfalls zieht sie sich wieder richtig an, hat sogar eine Spur von Lippenstift aufgetragen. Die Diener schleichen nicht mehr auf Zehenspitzen um sie herum, als könnte sie beim geringsten Geräusch zerbrechen.

Er schweigt, während er mit dem schwarzen Gummiball die Manschette aufpumpt. Jetzt ist er ihr Pfleger. Für die eine die Mätresse, für die andere die Krankenschwester. Ist das alles, was für einen Mann seines Alters noch übrig bleibt? Ist das seine Buße – muss er sich vor dem Altar der Frauen verbeugen, weil er bisher entweder vor ihnen geflohen ist oder sie ignoriert hat?

Durch das Stethoskop hört er Mims Herzschlag, verfolgt die Pulsanzeige auf dem Manometer. Es war ein Fehler, die ganze Affäre, denkt er.

«Was ist passiert? Warum bist du so früh nach Hause gekommen?», fragt Mim. Sie kennt seinen Tagesablauf genauso gut wie er ihren.

«Ich habe mich aufgeführt wie ein Idiot», antwortet er.

Nach ihrem Blick zu urteilen, hat sie insgeheim auf diese Einsicht gewartet. Vorsichtig berührt sie seine Hand.

«Mach dir keine Sorgen. Die Liebe macht uns alle zu Idioten. Aber du bist ein vernünftiger Mensch.» Sie streicht sich eine schwarze Haarlocke zurück, die ihr von den Deckenventilatoren in die Stirn gepustet worden ist. «Wir stürzen alle mindestens ein Mal ab.»

Genauso sieht er es auch, während er in den nächsten Stunden am Schreibtisch sitzt und über den letzten Dodo schreibt: als einen Absturz.

Als es später an seiner Tür klopft, glaubt er, dass es Mim ist, die ihn trösten möchte. Aber es ist Aruun. Er schläft im Flur, direkt vor seiner Tür, und wurde offensichtlich aus dem Schlaf gerissen. Er öffnet die Tür nur einen Spaltbreit und blinzelt ins Licht. «Miss Tagore ist hier und möchte Sie sprechen.»

Sofort fängt sein Herz an zu rasen, und er wappnet sich für eine Abschiedsszene, auf die er nicht im Geringsten vorbereitet ist. «Sie soll hereinkommen», sagt er.

Er sieht sofort, dass sein Weggang nicht ohne Wirkung geblieben ist. Sie hat geweint. Ihre Augenlider sind geschwollen, das Weiße ist gerötet, das helle Blau wirkt noch intensiver. Vielleicht hat er das sogar beabsichtigt.

Sie kommt mit einer gewissen Entschlossenheit ins Zimmer, aber er weiß genau, dass sie sich unterlegen fühlt. Sie trägt Schwarz: schwarze Hosen, eine schwarze Bluse, ein schlichtes Paar indische Sandalen.

«Hier arbeitet also Mr. Mendelsohn», sagt sie und schaut sich um. Ihr Blick bleibt an einem Foto hängen, das auf einem kleinen Tischchen steht. Sie geht hin, nimmt es in die Hand. «Das ist bestimmt deine Mutter», sagt sie. «Wem gehört der Hund?»

«Es ist ihr Hund, Sally. Mim hat das Foto hier hingestellt», sagt er. Dann schweigt er. Er muss sich nicht rechtfertigen.

Jetzt studiert Grace die Weltkarte, die Mim hinter seinem Schreibtisch an die Wand gehängt hat. Sie heuchelt lebhaftes Interesse.

«Du willst also demnächst zu neuen Ufern aufbrechen?», fragt sie. Es ist nicht zu übersehen, wie nervös sie ist – sie streicht sich hektisch die Haare hinters Ohr, fingert dauernd an ihrem Hals herum.

«Keine Ahnung», sagt er. Er hat noch keine Pläne gemacht, nicht einmal provisorische.

Dann streckt er die Arme aus und zieht Grace auf seinen Schoß. Sie schmiegt sich an ihn, presst ihr Gesicht an seinen Hals. «Ich habe mich an dich gewöhnt», sagt sie. «Ich möchte nicht, dass du weggehst.»

Mit welcher Treffsicherheit diese Worte die Wunde erreichen, die sie ihm zugefügt hat, und sie heilen! Er durchschaut noch nicht, was für ein Spiel sie spielen, aber dass es ein Spiel ist, das weiß er. Er spürt, dass er schwach wird, dass sein Entschluss, ihr fernzubleiben, sie sich vom Leibe zu halten, ins Wanken gerät. Er steht auf, tritt ans Fenster und sieht, dass draußen im Garten der alte Gärtner seine abendliche Puja verrichtet. Mit kerzengeradem Rücken sitzt er vor der Durga-Statue, die mitten in Mims Garten steht.

«Was soll ich tun?», fragt Grace leise. Sie steht mit hängenden Armen vor ihm, mädchenhaft, hilflos.

Diese Frage hat er nicht erwartet, und eine Sekunde lang überlegt er sich, ob er sie bitten kann, ihren Mann zu verlassen. Aber will er das wirklich? Will er, dass sie ihren todkranken Mann verlässt? Nein, das kann er nicht von ihr verlangen. Und doch ist die Situation unmöglich und war es von Anfang an. Es hätte nur eine Affäre sein sollen – ein schneller Anfang, ein schnelles Ende. Er hätte längst abreisen müssen, aber inzwischen sind viele Wochen vergangen und einen unkomplizierten Schluss kann es nicht mehr geben. Ja, sie haben sich aneinander gewöhnt. Genau da liegt das Problem. Sich zu entwöhnen ist mit Schmerz verbunden.

«Ich weiß es nicht», antwortet er schließlich.

Sie sind beide erleichtert. Im Niemandsland des Nichtwissens können sie überleben. Grace sucht seine Umarmung. Er hat seinen Vorteil verloren, so viel ist sicher. Doch wer trifft eigentlich die Entscheidungen? Er oder sie? Er weiß es nicht und hat es noch nie gewusst.

Sie führt ihn zu seinem Bett, und sie schlafen miteinander, kurz, aber leidenschaftlich. Danach halten sie sich eng umschlungen. Sein Kopf ruht auf ihrer Brust, sie hat die Beine um seine Taille geschlungen, den Arm um seine Schultern gelegt, ihre Hand liegt auf seinem Rücken. Ein tiefes Wohlbehagen erfüllt ihn. Dieses elementare, urmenschliche Gefühl stillt ein Bedürfnis, das nie unerfüllt bleiben sollte. Ihre Situation ist unmöglich, und doch ist dieser Augenblick auf seine Weise absolut vollkommen und zutiefst beglückend.

Als sie geht, ist es schon fast drei Uhr morgens. Will begleitet sie hinaus zu ihrem Wagen. Der Fahrer schläft zusammengerollt auf seinem Sitz, die Füße unters Lenkrad geklemmt. Ein paar Krähen fliegen vom Dachvorsprung auf, als der Wagen losfährt.

Ins Haus zurückgekehrt, hört er Mim in ihrem Zimmer herumkramen. Hoffentlich hat sie nicht mitbekommen, wie er mit Grace geschlafen hat. Wie viel wohl durch die dünnen Wände des Bungalows gedrungen ist? Er darf gar nicht daran denken, an sein tiefes, lustvolles Stöhnen, an ihr weibliches Echo.

Am nächsten Morgen beim Frühstück streicht sich Mim mit heftigen Bewegungen Orangenmarmelade aufs Brot. Sie presst die Lippen aufeinander und hat noch nicht einmal die Zeitung aufgeschlagen.

«Was ist los?», fragt er.

«Es ist mir egal, wenn du eine Affäre hast, solange du sie anderswo auslebst. Aber hier in meinem Haus passt mir das nicht.»

Also hat sie doch etwas gehört. Von einem Gefühl der Beschämung abgesehen, sieht er sich eigentlich nicht im Unrecht. Hat er keine Rechte in Mims Haus? Darf er keine Frau mitbringen? Er hat in dem Zimmer, in dem er wohnt, mit einer Frau, die er liebt, geschlafen – na und? Er hat nicht die Absicht, sich dafür zu entschuldigen.

«Was habt ihr zwei denn nun vor?», erkundigt sich Mim. Mit spitzen Fingern sammelt sie ein paar Krümel vom Tisch und drückt sie auf ihre Lippen.

«Was wir vorhaben?», wiederholt er.

«Ich hatte den Eindruck, dass ihr euch gestern getrennt hattet», sagt sie. «Dann steht sie mitten in der Nacht tränenüberströmt vor der Tür – was soll das?»

Ihre plötzliche Neugier überrascht ihn. Für ihn hatte es so ausgesehen, als seien er und sie zu einer stillschweigenden Übereinkunft gekommen – als Gegenleistung für seine Fürsorge sagt sie nichts mehr über seine Affäre. Aber jetzt hat sie diesen wortlosen Vertrag gebrochen. Muss er sich das gefallen lassen?

Sie verschließt das Marmeladenglas wieder mit dem Glasdeckel; der kleine Löffel rutscht in den dicken orangegelben Glibber. «Hast du vor, ihre Ehe zu zerstören?»

Er starrt sie schweigend an.

«Sie liebt dich, und ihr Mann liegt im Sterben. Du hast nichts in dieser Beziehung verloren.»

«Soll ich abreisen?», fragt er.

Mim streicht sich wieder Marmelade aufs Brot. «Ich frage ja nur, Will. Ich möchte, dass du dir darüber im Klaren bist, was du tust. Du hast dich auf eine sehr unerquickliche Sache eingelassen.»

«Du redest, als würdest du dich auskennen.»

«Ich sage dir, sie wird ihren Mann nicht verlassen. Und falls du hoffst, du könntest sie dazu bewegen, bist du auf dem Holzweg. Hoffnung ist etwas Schreckliches, Will. Du musst diese Hoffnung auf jeden Fall begraben.»

Dieser Satz geht ihm den ganzen Vormittag nicht aus dem Kopf. *Hoffnung ist etwas Schreckliches, Will. Du musst diese Hoffnung auf jeden Fall begraben.* Er hat noch nie richtig darüber nachgedacht, aber es stimmt. Hoffnung ist etwas Schreckliches. Man sollte sie begraben. Aber wie kann man ohne Hoffnung weiterleben? Ist es das, was man letzten Endes lernen muss? Dass es nichts anderes gibt, als ohne Hoffnung weiterzumachen?

Dass seine Affäre sie so stark berührt, hat bestimmt persönliche Gründe. Aber vermutlich wird er nie erfahren, ob es in ihrem Leben einen Mann gab, den sie aus einer Ehe herausholen wollte, oder ob sie selbst die verheiratete Frau war, die nicht aus ihrer Ehe ausbrechen konnte.

Mim, leidenschaftlich verliebt in einen anderen Plantagenbesitzer? Eine jüngere Mim, die sich mitten in der Nacht davonschleicht oder am Nachmittag heimlich verschwindet, eine lebenshungrige Vierzigjährige? Er kann sie sich beim besten Willen nicht als junge Frau vorstellen. Er sieht nur ihren welken Körper vor sich, den er allzu genau kennt. Das Alter ist ekelhaft. Man sollte mit der Liebe abschließen, ehe einen das Alter überfällt.

Er hört, dass sie ihre Unterwäsche im Waschbecken auswäscht – das hat er schon öfter gesehen. Er will dergleichen nicht über sie wissen! Ihm erscheint dieses Wissen unnatürlich – so kennt eine Mutter ihr Kind, eine Krankenschwester ihren Patienten, ein Liebhaber seine Geliebte, ein Folterer sein Opfer. Er ist nichts davon. Er ist ein Freund, mehr nicht.

Vielleicht ist es Zeit, von hier wegzugehen. Die Zeichen sind nicht zu übersehen. Aber er geht nicht. Ein Mann, dessen Bedürfnisse befriedigt werden, hat keine Lust weiterzuziehen. Es spielt auch keine Rolle, dass die Befriedigung seiner Bedürfnisse von verschiedenen Seiten kommt: von einer alten Frau, einer verheirateten Frau und einer Lesbe. Innerlich trifft er diese Unterscheidung nicht – dass er das, was er braucht, nicht von einer Frau bekommt, sondern von dreien.

Was würde ein anderer Mann in seiner Lage tun? Ein anderer Mann würde seine Koffer packen und nach Kazaringa fahren, dort seine zweitägigen Nashorn-Studien durchführen und anschließend, wie geplant, nach Afrika weiterreisen. Aber er ist kein anderer

Mann, er ist er selbst, mit all seinen Brüchen und Verletzungen. Er ist nicht vollständig, nicht perfekt, und die anderen sind es auch nicht, weder Stella noch Mim noch Grace. Wenn das Ende kommt, darf er nicht vergessen, daran zu denken.

Die tasmanischen Aborigines stehen beispielhaft für die Gefahren der Verinselung. Sie waren keine eigene Spezies, sondern eine isolierte Bevölkerungsgruppe, die sich kulturell und genetisch von den Aborigines des australischen Festlandes wegentwickelt hatte.

Zur Zeit der europäischen Invasion gab es nur noch drei- bis viertausend tasmanische Ureinwohner. Sie lebten als Jäger und Sammler in Gemeinschaften von vierzig Personen, die Namen wie Luggermairrernerpairrerbad oder Loontitermairrelehoinner trugen. Ihr wichtigstes Nahrungsmittel war das Känguru.

Auf die Metallgewinnung und -verarbeitung verstanden sie sich nicht; ihre Speere hatten Steinspitzen, ihre Kanus bestanden aus Baumrinde. Sie waren bekannt dafür, dass sie leidenschaftlich gern sangen und tanzten.

Auf die Europäer waren sie nicht im Geringsten vorbereitet.

Truganinis Leben spiegelt die Geschichte der tasmanischen Aborigines wider. Truganini wurde 1812 in die Trawlwooway-Gemeinschaft hineingeboren. Die Europäer kamen ins Land, als sie noch ein Kind war. Zuerst kamen die britischen Robbenfänger, grobe, harte Männer, die sich sofort Aborigine-Frauen als Konkubinen nahmen. Dann wurde eine britische Strafkolonie gegründet.

Die Zahl der Europäer wuchs schnell und übertraf die der Urbevölkerung schon in Truganinis Kindheit. Sie begannen mit Ackerbau, brachten Schafe und Rinder mit. All das wirkte sich negativ auf die Lebensweise der Aborigines aus.

Als sie anfingen, die weißen Eindringlinge zu töten, wurden Maßnahmen ergriffen: Zuerst wurde eine Mission gegründet, die Essen und europäische Kleidung verteilte und eine christliche Erziehung vermitteln sollte. Die Aborigines interessierten sich nicht sonderlich dafür, und als das Morden nicht aufhörte, ging man zu extremeren Maßnahmen über: Man zahlte Kopf-

geld für gefangene Aborigines – fünf Pfund für einen Erwachsenen, zwei Pfund für ein Kind. Später durchkämmte die Black Line, eine Kette von Soldaten, das ganze Land, um sämtliche Eingeborenen, die man fand, zu fangen und zu töten. Nur zwei wurden gefangen, nur zwei wurden erschossen.

Da trat George August Robinson auf den Plan, dem man die Lösung des Aborigines-Problem übertragen hatte. Zuerst legte er am Burning Island Outpost ein Modell-Dorf an. Hier sollten die Aborigines zivilisiert werden. Um den Prozess zu beschleunigen, wurden die Kinder ihren Eltern weggenommen, damit sie wirksamer indoktriniert werden konnten.

Den Aborigines ging es nicht gut. Nicht nur war das Essen von schlechter Qualität, sondern sie waren auch europäischen Krankheiten ausgesetzt, gegen die sie keine natürlichen Abwehrstoffe besaßen. Manche starben, andere gingen einfach weg. Das Modell-Dorf war ein Fehlschlag.

Aber Robinson entwickelte eine neue Idee. Er bediente sich einer Gruppe von Aborigines, die zum Teil konvertiert waren, bei denen er also einen gewissen Erfolg gehabt hatte, und schickte sie durchs Land, damit sie die Übrigen bekehrten. Zu dieser Gruppe gehörte auch Truganini.

Gerechterweise muss man sagen, dass Robinson kein herzloser Mensch war. Er konnte verstehen, dass ein Volk allen Grund zum Hass hatte, nachdem die Kinder mit angesehen hatten, wie ihre Eltern abgeschlachtet wurden, nachdem sie erlebt hatten, wie ihre Verwandten abtransportiert wurden, nachdem ihnen ihr Land weggenommen, ihr wichtigstes Nahrungsmittel – das Känguru – getötet und für eine lächerlich geringe Summe verkauft worden war.

Als eine Art Sühne hatte. Robinson wieder eine Idee mit katastrophalen Auswirkungen: Die Aborigines sollten ihre eigene Insel bekommen. So wurde auf der Gun Carriage Island das erste Aboriginal Establishment gegründet. Robinson wies den Menschen Hütten und kleine Gärten zu. Es dauerte nicht lange, und sie begannen zu sterben.

Das Establishment wurde daraufhin an einen etwas geeigneteren Ort verlegt, nach Flinders Island. Fast drei Jahre lang hielt Robinson unbeirrt an diesem Plan fest. Mit vorgehaltener Pistole wurden die Aborigines auf die Insel gebracht. Die meisten starben schon in den Übergangslagern. Andere schafften es bis Flinders Island und starben dort. Todesursachen waren Grip-

pe, Lungenentzündung, Tuberkulose. Und Verzweiflung. Truganini wurde immer wieder eingesperrt und auf Flinders Island gebracht.

Aus Kostengründen wurde das Establishment wieder auf die Hauptinsel zurückverlegt, nach Oyster Cove. Auch Truganini lebte dort. Oyster Cove bestand aus nichts anderem als schäbigen, kalten, mit Ungeziefer verseuchten Holzbaracken in einem Sumpfgebiet.

Sie starben.

1876 starb Truganini. Sie war angeblich die letzte echte Aborigine unter all denen, die Robinson zu konvertieren versucht hatte. Ihr letzter Wunsch lautete: «Begrabt mich hinter den Bergen.»

Sie wurde begraben, aber nicht hinter den Bergen, sondern diesseits der Berge, auf dem Gelände eines alten Gefängnisses für weibliche Sträflinge. Ihr Leichnam ruhte nicht lange in diesem Grab. Er wurde von der Royal Society of Tasmania exhumiert. Man studierte ihn ausgiebig, dann präparierte man das Skelett und stellte es in einem Museum aus. Es wurde Teil einer Wanderausstellung, und man konnte es bis 1947 im Tasmania Museum besichtigen.

In Wirklichkeit war Truganini aber gar nicht die letzte Aborigine. Eine Frau namens Suki überlebte sie. Suki hatte es geschafft, Robinson zu entkommen. Sie lebte bis 1888.

Anmerkungen zum Artensterben von Will Mendelsohn

14

Abends versammeln sich die Plantagenbesitzer immer in Mims Salon. Die Inder lieben endlose Diskussionen, stellt Will fest. Er hält sich am Rand. Er findet diese Treffen viel zu langwierig und die Präliminarien, den Austausch gesellschaftlicher Höflichkeiten, schwer erträglich. Es gibt eine Spaltung unter den Anwesenden: Manche meinen, die Bangladeshi sollten abgeschoben werden, während andere ihnen nur das Wahlrecht entziehen möchten.

«Ich finde, sie sollten nicht wählen dürfen», ruft einer der indischen Plantagenbesitzer. «Wenn sie wählen, stimmen sie für ihre eigenen Leute, und dann sind wir erledigt, und zwar für immer, sage ich euch! Keiner nimmt mehr Rücksicht auf unsere Belange. Ich finde, man soll ihnen die Bürgerrechte entziehen. Meinetwegen können sie hier bleiben – aber wählen dürfen sie nicht.»

«Das sind doch allesamt illegale Einwanderer, Himmelherrgott!», widerspricht lautstark ein anderer Mann. «Sie müssen abgeschoben werden. Sie sind keine indischen Staatsbürger. Ich finde, sie sollen dorthin zurückgehen, wo sie herkommen. Sie haben doch ihr eigenes Land – und wir haben unseres.»

Es gibt auch ein paar, die, weniger lautstark, keine der beiden Alternativen gutheißen. Aber auch sie befürchten, dass ihre Interessen übergangen werden, falls die Moslems an die Macht kommen.

Mim sagt gar nichts. Besteht ihre Rolle nur darin, ihren Salon zur Verfügung zu stellen und für Essen und Getränke zu sorgen? Sie ist das letzte Überbleibsel der kolonialen Vergangenheit, eine der wenigen Europäerinnen, die noch in einem Teegarten leben. Das begreift Will erst so richtig, als er die Plantagenbesitzer in ihrem Salon sitzen sieht. Sie sind alle Inder, zwar keine Assamesen, aber trotzdem stammen sie aus Indien. Selbst in einem Land, in dem man die Einwohner eines anderen Bundesstaates als Ausländer betrachtet, ist es immer noch besser, Inder zu sein, als Europäer. Mim ist die letzte Vertreterin ihrer Art.

Sie achtet sehr darauf, sich nicht auf eine bestimmte Linie festlegen zu lassen. Wenn sie Stellung bezöge, würde sie zu viel Aufmerksamkeit auf sich lenken, und allen fiele auf, dass sie noch weniger mit Assam zu tun hat als die Bangladeshi. Auf die Frage, was sie von der ganzen Sache halte, antwortet sie zögernd: «Ich bin eher dafür, ihnen das Wahlrecht zu entziehen, als sie zu abzuschieben.» Das Wort abschieben hat bei ihr einen unheimlichen Unterton. Aber vielleicht hat nur er ein Ohr dafür.

Die Gäste sitzen in Mims Sesseln, auf ihren eleganten Sofas, hauptsächlich Männer, aber auch ein paar Ehefrauen, die stumm neben ihren Gatten sitzen. Will und Mim sitzen auf zwei englischen Polstersesseln, aber nicht nebeneinander. Mim mag sich als Außenseiterin fühlen, aber er kommt sich vor wie ein Hochstapler.

Nachdem die Männer gegangen sind, kommt Mim zu ihm ins Zimmer und setzt sich in einen Sessel. Sie schlägt die Beine unter, wärmt sich die Hände an einer heißen Tasse Tee. Es ist ziemlich kühl geworden, und sie zieht ihren Pullover enger um die Schultern. «Ich werde dir etwas sagen, Will», beginnt sie. «Ich habe das noch nie laut gesagt, seit ich in Assam lebe – aber jetzt werde ich es tun. Ich möchte weder, dass die Moslems abgeschoben werden, noch dass man ihnen das Wahlrecht entzieht. Ich bringe es kaum über die Lippen, wenn ich sagen muss, dass man ihnen die Bürgerrechte absprechen soll. Es ist noch keine vierzig Jahre her, da waren diese Menschen alle gleich. Dieser ganze Unsinn, wer ist was, wer ist Jude, Moslem, Hindu!», sagt sie bitter. «Das geht mir gegen den Strich. Sie sind schon lange hier, ja, aber das ist nicht der Grund, weshalb man sie hasst. Man hasst sie, weil sie fleißig sind. Man hasst sie, weil sie es zu etwas gebracht haben, weil sie wohlhabend sind.»

Sie schaut ihn lange an.

«Möchtest du weg von hier?», fragt er sie. Er will sie beschützen, sie ihn Sicherheit bringen, ihr allen Kummer ersparen. Er weiß jetzt, dass sie in Assam eine Seltenheit und dass sie verletzlich ist.

«Nein, ich gehe nicht weg. Hier ist meine Heimat. Wohin soll ich denn gehen?»

Er schlägt Amerika vor, aber sie zuckt die Achseln.

«Eine alte polnische Jüdin, die den größten Teil ihres Lebens in Indien verbracht hat, in Amerika? Was soll ich dort? Wenn du alt bist, wirst du verstehen, was ich meine.» Sie legt den Handrücken an die Stirn, bei ihr eine Geste der Trauer und des Schmerzes.

In der folgenden Woche werden die Wahlen boykottiert. Die Studenten fordern die Bewohner Assams auf, nicht an die Urnen zu gehen, aus Protest dagegen, dass auch die Bangladeshi wählen dürfen. Zuerst hält sich die Gewalt – Angriffe von Hindus auf politische Kandidaten und ihre Sicherheitsleute – in Grenzen, aber es dauert nicht lange, bis Brücken brennen, Telefonverbindungen lahm gelegt, Straßen blockiert werden. Die Moslems nützen die Unruhen aus und greifen assamesische Siedlungen an. In dem Dorf Samaria werden drei assamesische Hindu-Mädchen zu Tode geprügelt und in Stücke gehackt. Mit Äxten bewaffnet, greifen Hunderte Samaria an, als das Gerücht aufkommt, in anderen Teilen des Boko-Gebietes seien Moslems angegriffen worden.

Mim ist mit den Nerven am Ende, und Will muss ihren Puls und ihren Blutdruck wieder öfter kontrollieren. Die Hälfte der Zeit gibt es kein Telefon und keinen Strom.

Jeden Morgen liest ihm Mim Berichte über neue Gräueltaten vor: Bewaffnete Banden töten hundert Menschen in Dörfern im Nordwesten von Assam, in dem Gebiet Ghopar im Distrikt Darrang. In der Gegend von Mangaldai umzingeln moslemische Einwanderer eine Gruppe assamesischer Siedlungen und greifen an. Am zweiten Wahltag wird einer von Indira Gandhis Kandidaten ermordet. Von den Lehmhütten in dem zerstörten Dorf Chamaria, sechzig Meilen von Guwahati, bleiben nur rauchende Ruinen übrig. Siebzigtausend Mann paramilitärische Truppen und zwanzigtausend Polizisten werden angefordert. Trotz dieser Übermacht schaffen sie es nicht, die Gewalt zu beenden. Bei den zweiten Wahlen im Februar werden Soldaten der indischen Armee eingesetzt.

An einem Vormittag Ende Februar muss Mim wieder ins Bett: Sie hat einen Bericht über ein Moslemdorf gelesen, das ohne jede Vorwarnung angegriffen wurde und dessen Einwohner mit Machetenhieben umgebracht wurden.

«Die Polizei vermutet, dass es mehr Opfer gibt, als offiziell berichtet wurde. Noch sind nicht alle Leichen gefunden, weil die Dorfbewohner in die Wälder zu fliehen versuchten und dort ermordet wurden. Es waren vor allem Frauen, Kinder und alte Menschen», sagt sie. «Sie waren völlig auf sich allein gestellt und konnten nicht so schnell laufen.» Sie legt die Zeitung weg und steht auf.

Er findet sie später in ihrem Zimmer. Sie liegt im Bett und hat sich mehrere Kissen in den Rücken gestopft.

«Es macht mich krank, Will», sagt sie.

Die Plantagenbesitzer versammeln sich abends in ihrem Salon, um über die Ereignisse zu diskutieren. Sie kommen immer zahlreicher, manchmal sind es bis zu dreißig Männer. Die Diener müssen zusätzliche Stühle aus dem Esszimmer holen, damit alle Platz finden. Trotz der Ausschreitungen werden die Wahlen abgehalten. Die Männer debattieren bis spät in die Nacht, und Mim sagt so gut wie nichts.

Aber auch nach den Wahlen ebbt die Welle der Gewalt nicht ab. Als die Stimmen ausgezählt werden, gibt es wieder Mord und Totschlag, die Truppen müssen erst im Distrikt Nowgong, dann im Distrikt Goalpara wieder Ruhe und Ordnung herstellen. Jeden Morgen wird über neue Todesfälle berichtet.

Als Aruun ihn eines Nachts aufweckt, glaubt Will zuerst, die Terroristen seien da, wie Mim es vorhergesagt hat. Der junge Mann berührt ihn vorsichtig an der Schulter, Will schlägt die Augen auf. Aruun hält eine Kerosinlampe in der Hand.

«Mr. Mendelsohn», sagt der Junge. «Miss Fars ist hier.»

Aruun, ohnehin stets nervös, wirkt verstört. Dass sie sich in der Nacht begegnen, ist für beide, für Herr und Diener, sehr ungewohnt.

«Ist der Strom wieder ausgefallen?», fragt Will, und Aruun nickt.

Es ist so kalt, dass er einen Pullover überzieht.

Stella sitzt an seinem Schreibtisch, als Will eintritt. Selbst im weichen Lichtschein der Kerosinlampe wirkt sie gehetzt.

«Was ist passiert?», will er wissen. Er setzt sich ihr gegenüber und legt die gefalteten Hände auf den Tisch. Ihm geht die Geduld aus, das spürt er.

«Dieser Bhupen, dieser Dreckskerl!», legt Stella los. «Dieses Arschloch! Diese miese Ratte!»

Er hat sich längst an Stellas Schimpfkanonaden gewöhnt, an ihr fratzenhaft verzerrtes Gesicht, wenn sie wütend ist, der Effekt wird durch die Beleuchtung noch verstärkt, gesteigert, die Falten um ihren Mund und zwischen ihren Augen wirken durch die Schatten noch tiefer.

Er ruft Aruun und bittet ihn, zwei Tassen Tee und ein paar Limcas zu bringen.

Völlig ungeordnet sprudelt alles aus ihr heraus. Will begreift immerhin so viel, dass sie sich während der letzten sechs Stunden am Ufer des Brahmaputra versteckt hat. Selbst in dem spärlichen Licht kann er die Schmutzflecken auf ihren grünen Shorts und auf dem weißen T-Shirt sehen. Durch gezielte Fragen findet er heraus, dass sie Bhupen das Geld nicht gegeben hat. Sie hat Grace um die Summe gebeten, ihr aber nicht die Wahrheit gesagt, sondern behauptet, das Geld sei für einen Buddha-Kopf, den sie von einem Händler hinter dem Markt kaufen wolle, um ihn später in New York weiterzuverkaufen. Aber Grace hat nein gesagt.

«Und dann ist erst mal gar nichts passiert», sagt Stella. «Er hat sich nicht gemeldet. Ich hatte die Sache schon fast vergessen. Aber heute Nachmittag komme ich aus dem Zeitungsladen, und da steht er und wartet auf mich, dieser widerliche kleine Wichser.»

Er sagte: «Guten Tag, Stella.»

«Du bist mir gefolgt!», schimpfte sie los. Am liebsten hätte sie ihn in den Ladeneingang gedrängt, aber die Leute starrten schon her.

«Es ist schon viel länger als eine Woche – und wir hatten ausgemacht, dass wir uns nach einer Woche wieder sehen.»

Bhupen lächelte zugleich höflich und verschlagen.

«Ich hab mir's anders überlegt mit dem Gefangenen», sagte Stella. «Ich habe keine Lust mehr, dabei zu sein.»

«Tut mir Leid, aber dafür ist es jetzt zu spät», entgegnete Bhupen, den Mund immer noch zu einem starren Lächeln verzogen.

«Was soll das heißen, es ist zu spät? Was redest du denn da? Ich will nicht mehr dabei sein, und das Geld kann ich auch nicht beschaffen.» Sie schrie fast, aber der Verkehrslärm verschluckte ihre Stimme.

«Es ist zu spät», wiederholte Bhupen. Kopfschüttelnd schaute er die Straße hinunter, als sähe er dort, was für eine düstere Zukunft sie erwartete. Der Verkehr brauste an ihnen vorbei, ein Gewühl aus klingelnden Fahrrädern und ratternden Auto-Rikschas.

«Hast du Grace gefragt?», fragte Bhupen scheinbar beiläufig.

«Sie will wissen, wofür ich das Geld brauche, und sie gibt es mir nicht, wenn ich es ihr nicht sage, und ich kann es ihr nicht sagen, weil sie es mir dann nicht gibt.»

«Sag ihr doch, du musst dich operieren lassen», schlug Bhupen vor.

Stella hielt sich die Hand über die Augen, um sie vor der Sonne zu schützen.

«Nein, ich werde ihr nicht sagen, dass ich mich operieren lassen muss!», erwiderte sie.

«Aber du fändest es bestimmt traurig, wenn sie nicht mehr da wäre.»

«Warum muss ich dir auf einmal das Geld geben?», schrie Stella. «Ich habe gesagt, ich will nicht dabei sein. Basta! Vergiss es. Es geht nicht!»

«Die Situation hat sich verändert», sagte Bhupen.

Stella starrte ihn an. Was sollte das heißen? Was war plötzlich passiert?

«Ich mache dir einen Vorschlag», sagte Bhupen. «Du hast noch einen Tag, und dann …»

«Was dann?»

«Wenn du bis dahin das Geld nicht beschafft hast, kann ich nicht mehr für die Sicherheit deiner Freundin Grace garantieren.»

Stella fängt an zu weinen. Sie nimmt diese Drohung ernst, und Will muss ihr gut zureden, ihr versichern, es sei höchst zweifelhaft, dass Bhupen Grace etwas antun wird.

«Er spielt mit deiner Angst. Ich kann mir nicht vorstellen, dass er wegen tausend Dollar eine Amerikanerin umbringt.»

«Du kennst ihn nicht», sagt sie. «Er ist böse. Er hat keine Gefühle, ich schwör's!» Sie streckt den Arm aus und fängt an, die längeren Härchen aus dem Unterarm zu zupfen. Er hat sie das schon einmal tun sehen, als sie aufgeregt war, aber bei dieser Beleuchtung wirkt es besonders abseitig.

Vermutlich haben die ganzen Unruhen sie aus dem Gleichgewicht gebracht. Amerikaner kennen so etwas nicht – Amerika ist in seiner Politik eher undramatisch und bis zur Langeweile stabil. «Es herrscht immer noch großes Chaos», sagt er.

«Das ist es nicht. Ich sehe genau, ob ein Mann böse ist oder nicht. Glaub mir, ich kenne die Männer.»

Da will er nicht widersprechen, weil er zu wenig über sie weiß. Trotzdem kann er die Drohung nicht ernst nehmen.

«Er hat in dir das ideale Opfer gefunden, Stella. Deine Angst ist seine große Chance.»

«Ich glaube, er gehört zur People's Liberation Army», sagt sie. «Diese Leute sind Terroristen.»

«Da habe ich meine Zweifel. Und selbst wenn, ist er nicht Aban Bezbaruah! Er kann tausendmal Mitglied der People's Liberation Army sein, er ist trotzdem bloß ein dicklicher kleiner Student, der weit vom Schuss in Dibrugarh lebt, im Hinterzimmer einer Keramikwerkstatt. Wir müssen nicht gleich einen Che Guevara aus ihm machen. Er nutzt die Unruhen nur für seine Zwecke aus.»

Stella zieht ein Bündel Geldscheine aus ihren Shorts und legt es auf den Tisch. Die Scheine sind zerknüllt und feucht. «Ich habe meinen Vater angerufen und ihm gesagt, ich muss mich operieren lassen und er soll mir tausend Dollar schicken», sagt sie. «Den ganzen Tag habe ich gewartet, und er schickt mir nur fünfhundert. Ich könnte ihn erwürgen!»

Sie starren beide auf das Geld, auf dieses Bündel, das nur die Hälfte ist.

«Du kannst es Grace nicht sagen», sagt Will.

«Natürlich nicht», sagt Stella und beginnt zu weinen. «Sie würde mir nie verzeihen. Sie würde mich sofort nach Amerika zurückschicken, und dann wird das Drehbuch nie geschrieben. Ich kann sie unmöglich um das Geld bitten.»

Das Drehbuch ist für sie zum Rettungsanker geworden, zur goldenen Kutsche, die sie vor die Tore Hollywoods bringen wird. Sie starrt ihn an, blinzelt nervös, und in ihrem Schweigen liegt die unausgesprochene Bitte um die restlichen fünfhundert Dollar. Will spürt den Druck der Freundschaft. Die vielen Stunden, die sie gemeinsam verbracht haben, wiegen schwer. Seine Rolle als Ersatzvater hat Konsequenzen.

Er geht in sein Schlafzimmer und holt aus seiner Schublade fünfhundert Dollar in Reiseschecks, und obwohl er es nicht für richtig hält, gibt er ihr das Geld.

«Wie heißt Bhupen?», fragt er sie.

«Bhupen Ram.»

Er schreibt *Bhupen Ram* auf die vorgesehene Linie und überreicht Stella die unterschriebenen Schecks. Er weiß, dass das Geld ihre Abhängigkeit nur verlängern wird, aber die Sache ist ihr über den Kopf gewachsen, und er weiß, dass sie aus eigener Kraft keine Lösung findet. Sie kann ihm nicht mehr in die Augen sehen. Im Grunde ist ihr klar, dass eine Frau ihres Alters sich nicht in eine solche Situation hätte hineinmanövrieren dürfen, und in ihrer Beschämung schafft sie es kaum, sich bei ihm zu bedanken.

Mit gesenktem Kopf schleicht sie davon. Er hört den Motor ihres Mopeds aufheulen, hört, wie der Kies unter den Rädern knirscht, als sie wegfährt. Es war ein Fehler, dass er sie unter seine Fittiche genommen hat.

Am Morgen erzählt ihm Mim, in den Gärten der Tagores sei eine Leiche gefunden worden. Die Nachricht haben die Diener weitergetragen. Sein Herz beginnt zu rasen. Er fürchtet, dass es Grace ist. Stella hat diese Sache vermasselt, und Bhupen hat Grace umgebracht.

«Wer?», fragt er.

«Ein Moslem.»

«Wer war's?»

«Angeblich die People's Liberation Army. Der Moslem ist mit einem Schnellfeuergewehr erschossen worden», sagt sie.

Vielleicht hat Stella doch Recht. Er steht vom Frühstückstisch auf. Das Telefon funktioniert immer noch nicht, also lässt er sich von Mims Chauffeur zu den Tagores fahren.

Während der Wagen über die Straßen holpert, macht er sich Vorwürfe, dass er wieder ins Bett gegangen ist, nachdem Stella weggefahren war. Er hätte sie begleiten sollen! Er hätte darauf bestehen müssen. Es passiert ihm oft, dass er die Dinge treiben lässt, nichts unternimmt, glaubt, das, was passiert, hätte nichts mit ihm zu tun. So war er schon immer, ein Charakterzug, den er an sich noch nie gemocht hat.

Es ist fast sechs Monate her, dass er das letzte Mal im Bungalow war, aber Mims Wagen wird anstandslos durchgelassen. Er mustert den Türstcher daraufhin, ob man ihm vielleicht etwas anmerkt, aber der Mann wirkt nur angeödet, gelangweilt, weil er den ganzen Tag hier sitzen und darauf warten muss, das Tor öffnen und schließen zu dürfen.

Als Will aussteigt, wandert sein Blick sofort hinauf zu Vikrams

Fenster. Aber Vikram ist nicht da. Er geht den Laubengang hinunter, der nun, da der gelbe Hibiskus verblüht ist, nur noch aus einem bleichen Holzgerippe besteht.

Vedeshpra öffnet ihm die Tür, und Will fragt sofort nach Grace und Stella. Zu seiner großen Erleichterung erfährt er, Grace sei im Garten, Stella in der Stadt.

«In der Plantage wurde eine Leiche gefunden?», erkundigt er sich.

«Ja, im elften Garten. Mr. Patel hat die Leiche heute Morgen entdeckt. Es war ein Moslem.»

Also war es tatsächlich ein Moslem. Nicht Grace. Auch nicht Stella. Grace ist in ihrem Garten. Er ist froh darüber, aber trotzdem muss er herausfinden, was es mit der Leiche auf sich hat.

Er geht zum Garten hinter dem Bungalow, mit dem festen Vorsatz, Grace endlich von Stella zu erzählen. Bestimmt hat die Leiche etwas mit Stellas Aktivitäten zu tun. Er hätte Grace von Anfang an informieren sollen, denkt er jetzt, schon als Stella das erste Mal in den Dschungel gegangen ist. Warum er das nicht getan hat, versteht er selbst nicht mehr.

Er überquert die kleine Brücke, die über einen Teich in den Garten führt. Der Himmel ist bedeckt, es ist kühl, und er fröstelt leicht, was ihm hier in Indien bisher selten passiert ist. Den Garten umgibt ein mit Weinranken überwachsenes Gitterwerk, und als er sich dem Tor nähert, hört er Grace' klagende Stimme, dann die leise Antwort eines Mannes. Er kann sich nicht erklären, mit wem sie redet, schiebt die Weinblätter beiseite und späht durch das Gatter. Sie sitzt auf der Steinbank. Er weiß zunächst nicht, wer der Mann neben ihr ist. Ein Inder, jung, mit dunklen Haaren und westlicher Kleidung. Will braucht eine ganze Weile, bis er erkennt, dass es Vikram ist. Er erschrickt, es ist ein richtiger Schock, vergleichbar der Entdeckung, dass jemand, den man für eine Frau gehalten hat, sich plötzlich als Mann entpuppt. Vikram ist nicht mehr der abgemagerte Kranke, den Will im Salon des Bungalows gesehen hat, den man mit Kissen abstützen musste und dessen Hals so dünn war, dass er um ihn ein

Armband hätte tragen können. Nein, dieser Vikram strotzt zwar nicht gerade vor Gesundheit, aber er befindet sich eindeutig auf dem Weg der Besserung. Er sitzt aus eigener Kraft. Sogar sein Haar ist wieder nachgewachsen, ein dichter Wust von glänzendem Schwarz, und obwohl er immer noch mager ist, wirkt er nicht mehr wie vom Tod gezeichnet. Er ist sozusagen von den Toten auferstanden.

Und Grace hat ihm von dieser erstaunlichen Verwandlung nichts erzählt! In all den Wochen, die sie sich im Countryclub getroffen haben, kein einziges Wort davon, dass Vikram von seinem Bett im Obergeschoss des Kleinen Hauses aufgestanden ist und jetzt neben ihr auf dieser Steinbank im Garten sitzen kann. Dabei hat es doch mit Sicherheit Tage gegeben, die gefeiert wurden – der Tag, an dem Vikram die ersten Schritte machte, der Tag, an dem er ohne Hilfe die Treppe im Kleinen Haus hinuntergehen konnte und ins Leben zurückkehrte. Diese Tage müssen unvergesslich gewesen sein! Und dennoch hat sie ihm gegenüber kein Sterbenswörtchen darüber verloren.

Sie weint, offensichtlich wegen der Leiche in ihrem Garten, und Vikram tröstet sie. Will ist verblüfft, wie zärtlich er zu ihr ist. Er legt ihren Arm in seinen Schoß und streichelt methodisch die weiße Haut der Unterseite, fährt immer wieder geübt und sehr einfühlsam mit den Fingerspitzen auf und ab. So etwas hat Will mit Grace nie erlebt. Die Intimität zwischen den beiden versetzt ihm einen Stich: Was er hier sieht, ist ein Ehepaar in seinem Garten, Grace und Vikram Tagore, die einander trösten, weil in ihrem Teegarten ein Toter gefunden wurde.

Er macht auf dem Absatz kehrt, geht mit einem mulmigen Gefühl in der Magengegend zurück zur Vorderseite des Hauses und den kahlen Laubenweg entlang, lässt sich erschöpft auf den Rücksitz von Mims Wagen fallen, ihm ist fast schwindelig. Er kann es nicht fassen, dass Vikram wieder gesund ist und Grace die Kaltblütigkeit besitzt, ihm nichts davon zu erzählen. Das ist ein Verrat, dessen Ausmaß er noch gar nicht einschätzen kann. Ihm war bis jetzt nicht bewusst, wie sehr er sich darauf verlassen hat, dass Vikram sterben würde –

nicht einmal sich selbst gegenüber hat er das zugegeben. Aber insgeheim hat er mit einer baldigen Himmelfahrt gerechnet.

Den ganzen Nachmittag sitzt er in seinem Zimmer und grübelt. Was soll er tun? Er rekonstruiert seine Beziehung mit Grace, ruft sich ins Gedächtnis, was sie gesagt, was sie getan hat. Ihr gemeinsames Leben war eine Fiktion. So auf ein einziges Zimmer beschränkt, besaß es sehr wenig Realität. Deshalb hat er so oft den runden Stein berührt, den Grace ihm geschenkt hat – er war für ihn der Beweis, der Beleg für seine Erfahrung mit Grace. Aber Grace' eigentliches Leben spielt sich in den Teegärten ab, an Vikrams Seite. Seines hingegen bei Mim, zusammen mit Mim und Stella, mit Dr. Chaund und Ramu im kleinen Krankenhaus.

Aruun kommt später und bringt ihm einen Brief, den einer der Tagore-Diener abgegeben hat. Das Telefon funktioniert immer noch nicht, und Grace schickt ihm eine Nachricht. «Vedeshpra hat mir gesagt, dass du heute Morgen da warst und wieder weggegangen bist, ohne mit mir zu sprechen. Was ist los? Komm doch bitte um drei in unser Zimmer. Bis gleich, Grace.»

Es ist gar nicht so leicht, in der Stadt eine Auto-Rikscha zu bekommen. Im Verlauf der Ausschreitungen sind sie irgendwie verschwunden. Überhaupt sind die Straßen auffallend leer, man sieht fast nur junge Männer mit unruhigen, hasserfüllt glimmenden Augen und indische Soldaten. Will muss mit Mims Wagen bis zum Countryclub fahren und den Fahrer bitten, auf ihn zu warten.

Natürlich wird sich der Mann mit dem Pagen und den anderen Nichtstuern unterhalten, die das Personal dieses heruntergekommenen Hauses bilden. Aber das lässt sich nicht ändern.

Als er die Lobby betritt, nickt ihm der Hotelpage zur Begrüßung zu, er erwidert den Gruß. Es ist wie immer. Aber als er sich oben im Zimmer in einen Sessel setzt, klafft sofort ein tiefer Abgrund zwischen ihm und Grace. Er sieht sie an, er hört ihr zu, aber er hat das Gefühl, weit, weit von ihr entfernt zu sein. Ihr geht es nicht anders, sie ist völlig durcheinander wegen der Leiche in ihrem Teegarten und erzählt ihm, sie sei heute Morgen durch die Gärten gegangen.

Auf einem schmalen Pfad zwischen zwei Reihen von Teesträuchern lag der Tote, mit dem Gesicht nach oben, Arme und Beine auf eine Weise verrenkt, die den Tod verriet – der eine Arm berührte einen Teestrauch, der andere lag halb unter seinem Rücken, die Beine waren verdreht, das eine zeigte nach hinten, das andere war am Knie abgeknickt, dies alles auf eine Art, wie sich ein Lebender niemals, nicht einmal im Schlaf, hinlegen würde. Seine Brust war von Kugeln durchlöchert, und wo vorher Haut, Knochen und Organe klar voneinander getrennt gewesen waren, sah man jetzt nur noch ein blutiges Geklumpe. In der Höhle aus Blut und Knochensplittern konnte man ein Stück Herz erkennen. Jemand hatte dem Toten die Augen zugedrückt. Grace stand da, zusammen mit dreißig Pflückerinnen und einem halben Dutzend Verwaltungsleuten, alle fassungslos.

«Vor ein paar Tagen hat Vikram den Verwaltern verboten, den Studenten ihre Bungalows für Versammlungen zur Verfügung zu stellen», sagt Grace. «Mr. Patel sagt, deshalb hätten sie den toten Moslem in den Garten geworfen.»

Sie hat Tränen in den Augen, und er schweigt. Seltsamerweise hat er keine Spur von Mitleid mit ihr, mit ihrer Situation. Normalerweise hätten sie jetzt über alles gesprochen. Erst als er stumm bleibt, merkt sie, wie weit weg er ist.

«Was ist los?», fragt sie ihn. Als er den Blick abwendet, fällt sie vor ihm auf die Knie und flicht ihre Finger durch seine. Er lässt es zu, aber ihre Hand fühlt sich fremd an, und weil er keine Reaktion zeigt, ihre Berührung nicht erwidert, zieht sie ihre Hand wieder zurück. Er sieht sie an und fragt sich, wer sie ist. Vielleicht hat er ihr Eigenschaften beigelegt, die sie gar nicht besitzt.

«Du bist vorbeigekommen – und dann bist du ohne ein Wort wieder weggegangen», sagt sie. Sie hat sich ein Stück von ihm entfernt, ist auf den Knien rückwärts gerutscht.

«Ich habe dich mit deinem Mann im Garten gesehen», sagt er.

Sie hat nicht vermutet, dass das der Grund für sein plötzliches Verschwinden gewesen sein könnte, und starrt traurig auf ihre Hände.

«Du hast mir nichts davon erzählt. Kein Wort!»

«Ich habe gedacht, du willst es nicht wissen.»

«Ich will es nicht wissen, hast du gedacht!», schreit er. «Die ganze Zeit über habe ich geglaubt, ich schlafe mit einer Frau, die bald Witwe wird, und plötzlich finde ich heraus, dass ich für sie nichts weiter bin als ihr Liebhaber, ein Mann für nebenbei. Und immer, wenn sie sich abends von mir verabschiedet, geht sie zu ihrem Mann zurück, der angeblich im Sterben liegt, insgeheim aber wieder gesund wird, und die beiden essen gemütlich miteinander zu Abend und ziehen sich dann in ihre Gemächer zurück!»

«Er ist wieder gesund geworden», sagt sie.

«Ich habe ihn gesund gemacht», entgegnet er. «Ich habe ihn gesund gemacht.» Es tut ihm sofort Leid, dass er das gesagt hat, aber Grace meint: «Das habe ich auch schon gedacht.»

Er steht auf, tritt ans Fenster und schaut zu, wie der Regen in das schlammige Schwimmbecken pladdert. Der sonst so blitzblaue Himmel Indiens ist wolkenverhangen. Will kann sich nicht darüber freuen, dass er Vikram das Leben gerettet hat. Aber er ist auch nicht stolz darauf, dass er insgeheim den Wunsch gehegt hat, Vikram möge einfach abtreten.

«Ich kann es immer noch nicht fassen, dass du mir nichts davon erzählt hast», sagt er. «Das wäre doch das Mindeste gewesen.» Er packt den langen roten Vorhang. Ihr gemeinsames Leben hier in diesem Zimmer scheint wie ausgelöscht, das, was so wunderschön, so beglückend für ihn war, verraten. Seine nächtlichen Ängste waren also doch nicht unbegründet – er ist ein sentimentaler Schlappschwanz, so wie er da am Fenster steht. Wenn er daran denkt, wie sie sich ihm in die Arme geworfen, wie sie sein Gesicht, seinen ganzen Körper geküsst – und ihm die ganze Zeit verheimlicht hat, dass ihr Mann von seinem Krankenbett aufgestanden ist, steigt wilder Jähzorn in ihm auf. Der Bruch ist endgültig, denkt er.

Da hört er ihre Stimme, leise, verzagt. «Ich habe es dir nicht gesagt, weil ich gedacht habe, es regt dich auf.»

Er dreht sich zu ihr um. Sie kniet immer noch auf dem Boden, in der geduckten Pose eines Menschen, der ertappt, der überführt worden ist.

«Du hast es mir nicht gesagt, weil es dir gefallen hat, so wie es war. Ein Ehemann, der dir Sicherheit gibt, und ein Liebhaber, mit dem du dich heimlich in einem Zimmer triffst, als Ausgleich für einen Mann, mit dem du dich zu Tode langweilst, egal ob im Bett oder bei Tisch.»

Sie antwortet nicht, senkt nur den Kopf.

«Ich habe doch gesehen, wie deine Ehe ist», sagt er. «Wenn ich mit euch beiden in einem Zimmer war, warst du im Grunde nur mit mir im Zimmer.»

«Das hat sich verändert, seit er wieder gesund ist. Es ist besser geworden.»

Er schaut ihr unverwandt in die Augen, die ihm jetzt so abartig hell vorkommen, dass es ihm unangenehm ist, diese Augen, in die er stundenlang eintauchen konnte. Er kann sich dem Gedanken nicht mehr verschließen, dass sie zu großer Grausamkeit, zu maßlosem Egoismus imstande ist, eine Frau, vor der er sich schützen muss.

«Dann habe ich also auch deine Ehe gerettet», sagt er. «Ich habe nicht nur dafür gesorgt, dass dein Mann von den Toten aufersteht, sondern auch noch deine Ehe gerettet.»

Sie schweigt.

«Er liegt nicht mehr im Sterben, also verlasse ihn.»

«Ich kann ihn nicht verlassen», sagt sie.

«Warum nicht?»

«Weil ich es schon einmal getan habe, und am Schluss stand ich mit leeren Händen da», sagt sie. «Er hat mich wieder angenommen –»

«Und jetzt betrügst du ihn wieder. Lass ihn los! Du gehörst ihm nicht, und du wirst ihm nie gehören. Siehst du das denn nicht? Es ist nicht fair, es ist grausam, Grace. Es ist unter deiner Würde.»

Grace lässt den Kopf sinken. Ihr heller Nacken wirkt wie ein geknickter Blütenstängel. Wie oft hat er diese weiße Haut geküsst!

«Ich kann dir alles geben, was er dir gibt, und noch mehr.» Sätze wie aus einer billigen Schnulze, aber trotzdem erscheinen sie ihm wahr.

Während er darauf wartet, dass sie etwas sagt, fällt ihm plötzlich auf, wie schön sie ist; er weiß, dass er alles für sie tun würde. Doch als sie schließlich aufblickt, sagt sie nur: «Ich kann nicht.» Instinktiv ist ihm klar, dass es kein ausweichendes *Ich kann nicht* ist, keine Pose, unsicher und leicht umzustoßen, sondern unwiderruflich, unabänderlich, endgültig: *Ich kann nicht.*

Sie wirkt müde, gebrochen. Eine Leiche in ihrem Teegarten – und jetzt das.

Er steht auf, weil er gehen will, aber sie lässt ihn nicht, sie fasst ihn am Handgelenk.

«Du könntest mit mir nicht glücklich werden», sagt sie. «Mein Leben hat seine Spuren hinterlassen. Du hättest bald genug von mir, und dann würdest du mich verlassen, und ich müsste etwas Drastisches tun, zum Beispiel von einer Brücke springen.»

«Aber ich liebe dich! Ich kann mir überhaupt nicht vorstellen, dass ich von dir je genug bekommen könnte! In meinem ganzen Leben habe ich noch nie jemanden so geliebt wie dich.»

«Ich weiß», sagt sie. «Aber du verstehst nicht, worum es geht. Ich bin schon einmal aus meiner Ehe ausgebrochen, und du kannst dir nicht vorstellen, wie das war. Als Louis mich verlassen hat, wusste ich nicht mehr weiter. Ich wusste überhaupt nicht mehr weiter. Ich war am Ende, und deshalb bin ich Stella in die Hände gefallen. Ich kann nicht, Will. Ich kann aus dieser Ehe nicht heraus.»

«Hast du je daran gedacht, wie es wäre, wenn du mit mir zusammenleben würdest?»

Da sagt sie es, ohne zu stocken, ohne zu überlegen:

«Nein.» Ein Blick in ihre Augen verrät ihm etwas, was er gar nicht wissen will: Sie möchte, dass er auf unbestimmte Zeit in Dibrugarh bleibt und sich so lange mit ihr in diesem Zimmer trifft, wie die Intensität ihrer körperlichen Beziehung anhält. Mehr nicht.

Als er die Treppe hinuntergeht, hört er sie weinen, ein Weinen, wie man es nicht oft hört; es kommt aus dem Innersten, ist nicht zu ertragen. Unten in der Lobby ist es immer noch zu hören, und er weiß, der Hotelpage denkt, er habe die Affäre mit Mrs. Tagore beendet und sie mit gebrochenem Herzen zurückgelassen. Er nickt ihm zu, und er tut es in der kühlen Gewissheit, dass er diesen Mann nie wieder sehen, dass er nie wieder unter seinen argwöhnischen Blicken die Treppe hinaufgehen wird.

Auf dem Rücksitz von Mims Ambassador sackt er in sich zusammen, seine Hände zittern. Er nimmt nichts um sich herum wahr und ist ganz verdattert, als der Fahrer von der Straße abbiegt und sie am Ziel sind. Er geht in sein Zimmer, an Aruun vorbei, dessen höfliches Angebot: «Mr. Mendelsohn, hätten Sie gern Ihren Nachmittagstee?» er schroff zurückweist.

Er schließt die Schlafzimmertür hinter sich und setzt sich auf die Bettkante. Sein Herz hämmert, seine Augenlider zucken. Für abrupte Veränderungen ist er nicht geschaffen. Er schlägt die Hände vors Gesicht und weint, der ganze Schmerz bricht aus ihm heraus, hemmungslos. So starke Gefühle ist er nicht gewohnt, sie finden bei ihm kein natürliches Ventil. Es ist, als würde ein Fluss durch einen Gartenschlauch gezwungen.

Gegen Abend funktioniert das Telefon wieder, und während Mim im Garten ihre Rosenbüsche stutzt, ruft er verschiedene Fluggesellschaften an. Es gibt tatsächlich wieder Flüge, er bucht für den nächsten Morgen eine Maschine nach Guwahati. Spontan entschließt er sich, auch noch den Flug nach Kenia drei Tage später zu reservieren.

Er hat Angst davor, Mim seine Entscheidung zu offenbaren, geht aber dennoch hinaus in den Garten und setzt sich auf die Marmorbank. Mim trägt einen Sari, als wollte sie ihr Recht, in Assam zu bleiben, unterstreichen und ihre Fremdheit ausradieren. Es ist so kühl draußen, dass er zittert. Der Himmel, der zumeist von strahlend fröhlichem Blau war, ist immer noch bedeckt, der Wind treibt dunkle Wolkenfetzen vor sich her. Die Krähen sind jetzt weniger zahlreich und krächzen kläglich, während sie zwischen den Rosensträuchern hin und her hüpfen. Leise sagt Will zu Mim, dass es Zeit für ihn sei zu gehen. «Ich habe deine Gastfreundschaft lange genug in Anspruch genommen», sagt er, als wäre das der Grund seiner Abreise.

Sie legt ihre Gartenschere weg und fasst sich mit der Hand ans Herz. Ihre Augen sind dunkel vor Schmerz. Ihr Gesicht erschlafft, die Schatten unter den Wangenknochen vertiefen sich, ihre Lippen springen auf. «Oh, Will», sagt sie mit einem tiefen Seufzer.

Sie streicht sich ein paar Haarsträhnen aus dem Gesicht. «Du kannst jetzt nicht gehen. Es gibt immer noch Ausschreitungen. Die Wahlen sind zwar vorbei, aber die Probleme sind noch lange nicht behoben. Es ist viel zu gefährlich, wenn du jetzt abreist. Warum diese plötzliche Eile?»

Soll er es ihr sagen? Er schaut auf den Boden, dann erwidert er ihren Blick. Ihre Pupillen sind zwei glühende Punkte, die tief in den Augenhöhlen brennen. «Du hattest Recht, was Mrs. Tagore betrifft», sagt er. «Es ist aus.» Er lächelt verlegen. Ihre Augen zerschmelzen vor kaum erträglichem Mitleid. Als sie seine Hand berührt und sagt, es tue ihr Leid, weiß er, dass sie es ernst meint.

«Aber du kannst trotzdem nicht weggehen, Will.»

Kurz wendet er den Blick ab, kämpft gegen eine Welle von Schuldgefühlen. Er erwägt, doch zu bleiben und sich um Mim zu kümmern, bis sich die Lage beruhigt hat, aber der Drang, von hier wegzugehen, ist so stark, dass er bei der Vorstellung, noch länger zu bleiben, sofort in Panik gerät. Schnell beschwichtigt er sich mit dem Gedanken, dass er gut zu Mim war, überaus großzügig, und dass er ihr nichts schuldig ist.

«Ich muss fort», sagt er. Erst als er sich mit zitternder Hand an die Kehle fasst, begreift sie, wie aufgewühlt er ist. Er schämt sich, murmelt eine höfliche Entschuldigung und geht.

Als sie später in sein Zimmer kommt, hält sie sich sehr zurück. Während er seine Koffer packt, sitzt sie auf dem großen Stuhl neben dem Bett, eine kleine, zarte Gestalt, die in dem großen Teakholzstuhl mit den riesigen Armlehnen noch zerbrechlicher wirkt.

Sie nestelt an ihren Armringen, die die tätowierte Nummer an ihrem Handgelenk verdecken. «Ich weiß, wie das ist, wenn man enttäuscht wird, Will, aber jetzt ist wirklich nicht der richtige Zeitpunkt, um in Indien herumzureisen. Vergiss nicht, du bist Ausländer, genau wie ich. Die Situation ist sehr unsicher; es könnte dir etwas zustoßen. Bleib lieber noch ein paar Wochen hier und geh ihr aus dem Weg. Niemand sagt, dass du sie sehen musst. Ihre Plantage ist meilenweit von hier entfernt. Warte einfach noch ein paar Wochen, bis der ganze Spuk vorüber ist.»

Mim zuliebe müsste er bleiben, aber sein Entschluss steht fest. Er flieht nicht nur vor Grace, sondern auch vor der Blindheit der Leidenschaft, vor den Demütigungen, die eine Affäre mit sich bringt – die Lügen, der Verrat, die Heimlichtuerei, die trügerischen Hoffnungen.

Geknickt verlässt Mim das Zimmer. Später essen sie schweigend zu Abend. Nach dem Essen bringt Will Latisha bei, wie sie Mims Blutdruck und Puls messen und die Zahlen in die Tabelle eintragen muss, die er geführt hat. Mim sitzt geduldig auf ihrem Bett, nimmt ergeben hin, dass sie wieder einen Menschen verliert, sie streckt den Arm aus, während Will und Latisha die Manschette anlegen und wieder abnehmen und das Metallplättchen in die Ellbogenbeuge legen, immer wieder, bis das Mädchen den Vorgang begriffen hat. Zum Glück beherrscht Mim die Sprache der Einheimischen einigermaßen, sonst könnte sich Will gar nicht verständlich machen. Er bedauert es aufrichtig, dass er nun alles abgeben muss – das Stethoskop, die Blutdruckmanschette, seine Uhr mit dem Sekundenzeiger, die Zutaten für Mims Elixiere, die säuberlich geführten Tabellen.

Er weiß, Mim fühlt sich im Stich gelassen, zurückgewiesen, als wäre er ihr Liebhaber. Sie sagt nichts mehr und kommt den ganzen Abend nicht zu ihm ins Zimmer, wie um ihn zu bestrafen. Er nimmt die Weltkarte von der Wand und rollt sie auf, und als er später Mims Blutdruck messen und ihren Heiltee machen will, hat Latisha schon alles erledigt. Das leere Glas steht als Beweis auf dem Nachttisch.

«Mim», sagt er. «Es tut mir Leid.»

«Ich weiß», sagt sie. «Mir tut es genauso Leid. Du wirst mir fehlen. Du bist mir sehr ans Herz gewachsen.» Er ist überrascht, als er ihre Tränen sieht. Während der Malaria oder wenn sie sich übergeben musste oder ihr Herz raste und der Blutdruck nach oben schnellte – nie hat sie geweint, aber jetzt weint sie, und er hält ihre Hand, die er vielleicht besser als nötig kennt. Er sieht, welchen Schmerz er ihr zufügt. Sie wird leiden, wenn er weg ist.

15

Spätabends hört Will, dass die Haustür geöffnet wird. Als er dann eine Frauenstimme hört, erschrickt er – ihm bleibt nicht genug Zeit, um sich auf sie einzustellen! Er hat nicht im Traum gedacht, dass sie kommen würde, nicht darauf gehofft, nicht damit gerechnet, und er wundert sich, wie wild sein Herz schlägt. Er steht auf, stopft sich das Hemd in die Hose und streicht sich die Haare glatt. Er weiß nicht, wie er sich verhalten soll, geht schnell an den Schreibtisch und tut so, als würde er seine Papiere ordnen.

Wenn eine zuvor nicht vorhandene Hoffnung geweckt und augenblicklich wieder zerschlagen wird, ist die Enttäuschung am schlimmsten: Es ist Stella. Was für ein jäher Absturz! Stella steht da, als wollte sie sich über seine Illusionen lustig machen, als wollte sie ihm die Vergeblichkeit allen Hoffens vor Augen führen.

Er ist davon überzeugt, dass man ihm ansehen kann, was er erwartet hat, also handelt er rasch, bittet sie herein, bietet ihr einen Stuhl an seinem Tisch an.

«Dann stimmt es also!», sagt sie. «Du reist ab.»

Seine Koffer sagen alles. Und die Weltkarte, die halb zusammengerollt auf dem Fußboden liegt.

Grace muss ihr etwas erzählt haben. Und nun nimmt er den Blick in Stellas Augen wahr – eine seltsame Mischung aus Mitleid und Bedauern. Für sie ist er jetzt einerseits ein ausgeschalteter Rivale, aber andererseits verliert sie einen Freund.

«Wohin gehst du?», will sie wissen.

«Erst ein paar Tage nach Kazaringa», antwortet er. «Und dann nach Afrika.»

Aruun bringt ein Tablett mit Tee, und sie schauen schweigend zu, wie er die Teetassen auf den Tisch stellt, dazu eine blaue Zuckerschale und ein passendes Milchkännchen.

«Ich nehme an, die Sache mit Bhupen ist geregelt?», sagt Will.

Sie beugt sich hinunter, um ihre Schnürsenkel zu binden. «Nein, nicht so richtig.» Als sie sich wieder aufrichtet, weicht sie seinem Blick aus.

«Was ist passiert?»

Sie rupft an ihrer Serviette herum, dann sieht sie ihn an. «Ich brauche noch mehr Geld», sagt sie.

Seine Enttäuschung wird nur noch größer.

«Diesmal sind es viertausend Dollar.»

Sie rührt hektisch ihren Tee um und trinkt einen Schluck, ohne zu merken, was sie tut. Will spürt, dass sich ihr Denken auf einen einzigen schmalen Strang verengt hat, eine so unbedingte Hoffnung, dass daneben nichts anderes mehr Platz hat.

Wieder muss er sich ihre Geschichte anhören.

Stella brachte Bhupen das Geld nicht früh am Morgen, wie er es verlangt hatte, sondern später, nachdem die Leiche des Moslems schon entdeckt worden war. Sie wartete den ganzen Tag auf ihn, pendelte zwischen der Keramikwerkstatt, in der Bhupen für einen alten Mann namens Hazaracki arbeitete, und dem Stadtzentrum hin und her. Erst vor einer knappen Stunde fand sie ihn, und sie redeten vor der Werkstatt miteinander, während der alte Mann oben ins Bett ging.

«Das war der Gefangene, den ihr da in den Garten geworfen habt, stimmt's?», sagte Stella mit kaum unterdrückter Wut.

«Du musst leiser sprechen, Stella», erwiderte Bhupen. «Der alte Mann da oben hört sehr gut.»

«Es war der Gefangene, stimmt's?», flüsterte sie laut.

Und Bhupen antwortete: «Ich weiß nicht, wovon du redest.»

«Der Moslem, den ihr mir im Dschungel gezeigt habt, lag heute Morgen tot im Teegarten.»

«Woher willst du das wissen?»

«Ich habe sein Gesicht erkannt», sagte sie. «Und ich weiß auch noch, was er anhatte.»

«In Indien sehen viele Leute einander ähnlich, vor allem für westliche Augen, und viele tragen ähnliche Kleidung. Die eigentliche Frage ist doch: Hast du das Geld, Stella?»

Stella griff in die Tasche ihrer Shorts, holte die Rupien und die Reiseschecks hervor und warf sie Bhupen vor die Füße. Ohne ein Zeichen von Verärgerung bückte sich Bhupen, um die verstreuten Scheine einzusammeln.

«Das reicht nicht», sagte er. «Du hast mich nicht verstanden. Es geht nicht mehr um tausend Dollar – jetzt geht es um fünftausend. Du hast mir das Geld nicht rechtzeitig gebracht, also bin ich gezwungen, die Summe zu erhöhen.»

«Das kannst du doch nicht machen!», schrie Stella.

«Pssst!», zischte er und legte den Finger auf die Lippen. «In Indien ist der Zinssatz sehr hoch.»

«Warum tust du das? Du weißt genau, dass ich kein Geld habe, und trotzdem lässt du mich nicht in Ruhe! Ich habe dir doch nichts getan!» Sie keuchte vor Wut.

«Flüsse treten über die Ufer, Menschen sterben», sagte Bhupen. «Erzähl deine Geschichte doch der Polizei!» Und dann lachte er, ein hohles, höhnisches Lachen.

«Ich kann unmöglich noch viertausend Dollar auftreiben», wisperte sie. «Schon die tausend habe ich kaum zusammengekriegt.»

«Ich nehme das hier schon mal mit», sagte er und steckte die Scheine in die Tasche. «Aber wenn du mir nicht morgen früh um elf das restliche Geld bringst, wird deine Freundin nicht mehr zu Hause auf dich warten.»

Stella wartet darauf, dass Will etwas sagt, aber er schweigt, angewidert von der Schäbigkeit der Menschen, der allem zugrunde liegenden Erbärmlichkeit, der Schändlichkeit ihres Tuns: Das In-Stücke-Hacken von Menschen, dann eine Leiche im Teegarten, eine

Todesdrohung gegen Grace, ein Ehebruch, der ein schlechtes Ende genommen hat.

Es wundert ihn, wie leicht diese grauenvollen Dinge Stella über die Lippen kommen, als wären sie so sehr Teil ihres Alltags, dass es ihr ganz normal erscheint, darüber zu reden. Er sieht sie an, sieht die hochgezogenen Schultern, die braunen Augen, angstvoll aufgerissen und gleichzeitig auf einen einzigen Gedanken fixiert, so monoman, dass er ihn fast hören kann, wie einen Zug, der beharrlich über die Gleise rattert.

«Ich zahle alles zurück», sagt Stella. «Versprochen!»

«Du weißt doch selbst, dass das nicht stimmt, Stella», entgegnet er. Es ist absurd, so zu tun, als würde sie das Geld je zurückzahlen.

«Doch, ehrlich!»

Er reibt sich die Augen mit den Zeigefingern.

«Ich habe den Brief», sagt sie plötzlich. «Den Brief, von dem Grace dir nichts sagen will.» Ihre plumpen Finger umschließen den Henkel der feinen Teetasse, und sie führt sie an die Lippen. Will erschrickt, als er ihren über dem Rand der Teetasse lauernden Blick sieht, den Blick eines wilden Tieres in der Falle.

Sie zieht den Brief aus der Tasche und legt ihn neben Wills Teetasse. Das soll wohl heißen, dass sie ihm für das Geld den Brief geben will. Der Brief ist feucht, die Kante, an der er geöffnet wurde, leicht gezackt. Der Absender lautet *MSMH, Vera Tubor, Marcy, New York.* Er stammt also von Grace' Mutter.

«Steck ihn wieder weg», sagt er leise. Stella nimmt den Brief an sich und stopft ihn in die Hosentasche. Wieder einmal hat sie, wie schon so oft, in seinen Augen gegen alle Regeln von Anstand und Würde verstoßen.

«Warum willst du Grace verraten?», fragt er sie.

«Sie nutzt andere Menschen doch nur aus», erwidert Stella bitter.

«Zu dir ist sie gut.»

Stella steckt sich ein Stück Keks in den Mund. «Ich habe die ganze Zeit gedacht, sie arbeitet an dem Drehbuch, wenn sie im Countryclub war.»

Sie fixiert ihn mit zusammengekniffenen Augen. Jetzt ist er wieder ihr Rivale. Zumindest vorläufig. Sie hat offensichtlich herausgefunden, dass Grace sich im Countryclub mit ihm getroffen hat, statt an dem Drehbuch zu arbeiten. Wie hat sie das erfahren? Hat Grace es ihr erzählt, oder ist sie von selbst dahinter gekommen?

«Ich hätte dir sagen können, dass sie Vikram nie verlassen wird», sagt Stella. «Du hättest sie erleben sollen ohne ihn, damals in Paris, nachdem Louis sie verlassen hat. Kein besonders schöner Anblick!»

Grace hat sich also Stella anvertraut. Wieder zittern Will die Hände, und er legt sie vorsichtshalber in den Schoß. Dabei hat er doch gedacht, er könnte Verluste inzwischen besser verkraften, es würde umso leichter, je mehr man verliert, aber das Gegenteil ist der Fall.

Als sie in Mims Ambassador sitzen, um zu Bhupen zu fahren, sagen sie beide kein Wort. Stella schweigt, damit er es sich nicht anders überlegt – sie will nichts tun oder sagen, was ihn davon abbringen könnte, die Sache für sie zu regeln. Will hat keine Ahnung, was er zu diesem jungen Mann sagen soll.

Zum lauten Geräusch der wenig effektiven Scheibenwischer trommelt der Regen gegen die Windschutzscheibe, und Will stellt sich unwillkürlich die Frage, wie er in diese absurde Situation geraten konnte. Hier sitzt er, mit gebrochenem Herzen, neben Stella im Auto, um sich mit einem kleinen Gangster zu treffen. Müsste er nicht etwas ganz anderes tun? Mit seinen Kindern im Garten herumrennen? Mit seiner Ehefrau am Küchentisch sitzen? In der angenehmen Atmosphäre seines eigenen Arbeitszimmers an seinem Buch schreiben?

Aber andererseits hat die Geschichte eine eigenartige Symmetrie. Es war Stella, die ihm gegen Geld verraten hat, dass Grace im Banyan-Hain ist, und mit diesem Geld hat sie ihren Besuch im Dschungel bezahlt. Jetzt sind er und Stella wieder auf ihre Ursünde zurückgeworfen, und Grace ist mit ihrem Ehemann in den Hintergrund ihres Teegartens gerückt, unerreichbar, so wie sie ihm erschien, als Stella das erste Mal ihren Namen erwähnte.

«Hast du Angst?», fragt ihn Stella.

«Nein. Du hast gesagt, er ist klein und dicklich. Stimmt's?»

«Ja, stimmt.»

«Deshalb habe ich keine Angst.»

«Was hast du vor?», will Stella wissen. «Willst du ihn zusammenschlagen?»

«Juden schlagen niemanden zusammen», erwidert er. Sie kichert nervös.

Bhupen ist überrascht darüber, dass Stella ihn mitbringt. Will hat die Rolle von Stellas Vater übernommen, und sofort fällt die ganze Großspurigkeit, die Bhupen sonst Stella gegenüber an den Tag legt, in sich zusammen. Seine Augen flackern unsicher, als sie Wills Blick begegnen.

Schweigend führt er sie durch die Werkstatt, in der die stumpfen Tongestalten unzähliger Durga-Statuen in allen Größen herumstehen, und bringt sie in den kleinen Lagerraum dahinter. Aus dem Zustand des Raums schließt Will, dass Bhupen hier allein wohnt, zwischen Kisten mit Ton und Plastikdosen mit Farbe.

Stella setzt sich auf eine der Kisten, ihre Turnschuhe berühren den Boden. Will stellt sich neben sie, während Bhupen mit verschränkten Armen an der Wand lehnt. Er versteckt sich jetzt hinter einer aufgesetzten Ernsthaftigkeit, die bei einem Mann seines Alters nie echt sein kann.

Eine nackte Glühbirne hängt von der Decke und wirft einen Lichtkreis von etwa anderthalb Metern Durchmesser. Am Rand liegt die dünne Matte, auf der Bhupen schläft.

Als Will sich Bhupen im Lichtschein näher anschaut, kann er sich nicht vorstellen, dass das der Mann sein soll, der Stella so terrorisiert. Er ist weich und fleischig, fast wie ein Teenager, mit Resten von Akne am Kinn und auf der Stirn. Er hat große braune Rehaugen mit mädchenhaften Wimpern. Wie Stella in diesen Augen den Geist des Bösen entdeckt haben will, ist ihm schleierhaft.

Aber andererseits fällt es ihm nicht schwer, sich in Bhupen hineinzuversetzen. Er hat Stellas Angst ausgenutzt, ihre mangelnde Erfahrung im Umgang mit Männern, die nichts zu verlieren haben. Durchaus denkbar, dass er gar nichts mit der People's Liberation Army zu tun hat. Vielleicht hat er nur die Gelegenheit beim Schopf ergriffen, dieser komischen jungen Frau, die hundert Dollar dafür bezahlt, um im Dschungel mit einem Schnellfeuergewehr schießen zu dürfen, noch mehr Geld aus der Nase zu ziehen. Mag sein, dass er einfach nur ein armer Junge ist, der in einem Land, in dem ein armer Junge eigentlich keine Chance hat, seine Zukunftsaussichten ein bisschen verbessern wollte.

Will sagt: «Bhupen, Stella hat dir das Geld gegeben, also lass sie in Ruhe.»

Bhupen antwortet nicht. Er versucht es mit asiatischer Unergründlichkeit, die aber nicht sehr überzeugend wirkt.

«Sie hat kein Geld», fährt Will fort. «Das Geld, das sie dir gegeben hat, musste sie sich leihen. Es reicht – du hast sie genug ausgequetscht, jetzt ist Schluss.»

Bhupens Blick schweift ab, als würde er aus dem Fenster schauen, und er blinzelt hektisch.

«Ich will dir noch etwas sagen», meint Will. «Ich kenne den General der indischen Armee. Ich brauche nur zum Telefonhörer zu greifen, und du kannst alle deine Zukunftspläne für immer begraben.»

Zu seinem Erstaunen macht es ihm Spaß, Bhupen zu drohen, und er hätte weitergemacht, wenn Bhupen nicht nachgegeben hätte. Zuerst lässt er die Schultern hängen, dann verschwindet der trotzige Blick aus seinen Augen und macht einer feuchten, kindlichen Angst Platz.

«Gut, einverstanden», sagt Bhupen.

«Vielen Dank», sagt Will und reicht ihm die Hand. Bhupen öffnet die Tür, Will legt Stella schützend den Arm um die Schulter und führt sie durch die Werkstatt hinaus ins Freie.

Auf der Rückfahrt bedankt sich Stella überschwänglich. Sie nimmt sogar seine Hand und küsst sie, nennt ihn den einzigen jüdischen *Bad Boy*, dem sie je begegnet ist. Aus irgendeinem Grund fasst er das als Kompliment auf. Er weiß selbst nicht genau, warum. Vielleicht braucht er jedes Kompliment, das er kriegen kann.

Eine Weile herrscht triumphierendes Schweigen. Will genießt seinen Erfolg. Er muss zugeben, dass es ihm gefallen hat, den pummeligen kleinen Mann einzuschüchtern. Wenn nötig, hätte er ihn sogar an die Wand gedrückt und ihm den Unterarm gegen die Kehle gepresst.

Plötzlich sagt Stella: «Sie liebt dich wirklich, falls dir das irgendwie weiterhilft.»

«Nein, es hilft mir nicht weiter.»

«Ich habe dir von Anfang an gesagt, dass sie *sehr* verheiratet ist.»

Er hätte nie gedacht, dass er sich einmal im gleichen Boot mit Stella wieder finden und an dem gleichen Kummer, der gleichen Enttäuschung mit derselben Frau leiden würde. Man weiß eben nie, welche Demütigungen das Leben bereithält.

Stella ist ihm so dankbar für das, was er getan hat, dass sie ihm beim Packen hilft. Sie stellt sich dabei genauso ungeschickt an wie bei der Bewältigung ihrer Angelegenheiten und packt Sachen ein, die ihm gar nicht gehören – Mims Bücher über den Zweiten Weltkrieg, einen kleinen Elfenbeinzahn, eine silberne Flasche, die Mim als Dekoration aufgestellt hat. Will nimmt sich vor, später alles wieder auszupacken, weiß aber jetzt schon, dass er es bestimmt vergisst. In Gedanken ist er weit, weit weg und erledigt mechanisch, was erledigt werden muss.

Stella dagegen zeigt die Überdrehtheit eines Menschen, der von etwas Quälendem erlöst worden ist. Sie redet ohne Punkt und Komma, plappert alles heraus, was ihr in den Sinn kommt. Sie erzählt ihm, Grace habe oben in ihrem Zimmer geweint, angeblich wegen der Leiche im Garten. Vikram habe nicht gewusst, wie er sie trösten sollte, und sei schließlich, auf seinen Stock gestützt, mit gandhiartigen Schritten durch den Garten spaziert.

«Sie ist oben in ihrem Zimmer und hat fürchterliche Kopfschmerzen», sagt Stella, «glaub mir, ich werde mir noch einiges über dich anhören müssen. Sie kann Vikram nicht verlassen, weil sie feige

Nachdem Stella gegangen ist, ist ihm übel. Worte haben es an sich, dass sie von dem Diffamierten abprallen und wieder zurückkriechen in den Mund, aus dem sie gekommen sind. Und seine Gefühle für Grace sind dadurch auch nicht schwächer geworden; die Hoffnung, Stellas Tiraden könnten das bewirken, war vergeblich.

Er fühlt sich verloren, wie an einem Seil gezogen, das er nicht loslassen kann und will.

Morgens frühstückt er das letzte Mal mit Mim. Indira Gandhi habe vor, nach Assam zu kommen, erzählt sie ihm. «Sie macht die Studenten für die Massaker verantwortlich. Und die Studenten ihrerseits geben Indira Gandhi die Schuld.» Sie legt die Zeitung beiseite. «Du musst mir versprechen, dass du gut auf dich aufpasst, Will. Geh nicht auf die Straße, bleib in deinem Hotelzimmer.»

Er verspricht es ihr.

Mim begleitet ihn zum Auto. Ehe er einsteigt, schlingt sie die Arme um ihn, und er drückt sie an sich, klein und zerbrechlich, wie sie ist. «Ich danke dir für alles, Mim», flüstert er.

«Ich danke *dir*», wispert sie.

Als er sich durch Mims dritten Teegarten zum Krankenhaus fahren lässt – ein Weg, den er oft zu Fuß gegangen ist –, spürt er einen Kloß in der Kehle. Die Luft vibriert nicht mehr, die Frauen in ihren bunten Saris arbeiten zurzeit nicht, das Grün der Sträucher ist verschwunden, sie sind zurückgestutzt worden, Reihen von Graubraun.

Dr. Chaund ist im Behandlungszimmer und verbindet gerade einen jungen Einheimischen, der am Abend vorher bei einer Schlägerei verletzt worden ist. «Seine Freundin hat anscheinend einen anderen, und da hat er den Kopf verloren», sagt Dr. Chaund.

Will weiß nicht, wie er sich von Ramu verabschieden soll. Er kann ihm nicht die Hand schütteln, ihn nicht umarmen; der Junge liegt reglos im Bett. Schließlich küsst er ihn auf die Stirn. Der Junge saugt die Lippen nach innen und wippt verloren mit dem Kopf, als wollte er sagen: Ich bin traurig, aber es ist okay.

Aufgrund der wirtschaftlichen Anreize der Freihandelszone wurden große Teile des brasilianischen Regenwaldes gerodet, um Weideland für Vieh zu gewinnen. Eine Bodenrechtsbestimmung, die für eine ganze Reihe von Viehfarmen galt, sah vor, dass fünfzig Prozent des Waldbestandes jeder Fazenda erhalten bleiben mussten.

Ein Wissenschaftler namens Lovejoy hatte eine glänzende Idee: In Zusammenarbeit mit den Viehfarmern ließ sich die zwangsläufig erfolgende Verinselung zum Experiment gestalten: die Vernichtung von Wald, zu der es nun kommen musste, ließ sich nach bestimmten Mustern systematisch aufteilen: ein größerer Rest hier, ein kleinerer Rest dort, alles andere Rodung. Daraus ließen sich Lehren nicht nur für das Amazonasgebiet, sondern für die ganze Welt ziehen, die eine ähnliche Fragmentierung in weit größerem Maßstab erlebte.

Reservat Nr. 1202 war ein relativ kleines Gebiet von insgesamt zehn Hektar Größe. Unmittelbar nach der Verinselung verlor das Reservat die großen Raubtiere – den Marguay, den Jaguar und den Puma. Dann verschwanden das Wild, das Weißbart-Pekari und andere kleine Beutetiere. Das Reservat war zu klein, um diesen großen Säugetieren den Schutz und die Nahrung zu bieten, die sie brauchten.

Die Vogelpopulation ging zurück, darunter besonders die Ameisen fressenden Vögel. Sie brauchten zum Leben viele Ameisenkolonien, und in dem kleinen, isolierten, zehn Hektar großen Gebiet gab es davon schlicht nicht genug. Nach sechs Monaten Isolierung hatten die Vögel sämtliche Ameisen gefressen, und es dauerte nicht lange, bis sie wie diese ausgestorben waren.

Unter der ungewohnt starken Einwirkung von Sonne und Wind verkümmerten die Bäume an den Rändern der Reservate. Ihre Blätter verdorrten, und da ihre schwachen Wurzelstrukturen den Elementen wenig entgegenzusetzen hatten, begannen sie abzusterben und umzustürzen. Manchmal riss ein umstürzender Baum einen anderen mit sich. So entstanden große Breschen im Wald. Heiße Winde reduzierten die Feuchtigkeit und erhöhten die Temperatur innerhalb des Reservats. Die Laubschicht auf dem Boden des Waldes trocknete aus, die Tiere und Pflanzen, die nicht an Hitze und Licht gewohnt waren, wurden weniger. Nach einer Weile stieg die Anzahl der noch stehenden toten Bäume im Inneren des Zehn-Hektar-Reservats enorm an.

Nach und nach brach das Ökosystem auf den zehn Hektar zusammen, das komplizierte System wechselseitiger Abhängigkeiten kollabierte, ein Dominoeffekt, durch den eine Spezies nach der anderen der Vernichtung anheim fiel. Eine Kettenreaktion des Aussterbens.

Anmerkungen zum Artensterben von Will Mendelsohn

16

Im Flugzeug nach Guwahati fühlt er sich müde, bleischwer, sein Verstand hat sich von seinen Emotionen abgespalten, eine Strategie, die er unbewusst anwendet, wenn er völlig durcheinander ist. Er merkt es erst, als er versucht, seinen Gefühlen für Grace nachzuspüren, und es ihm nicht gelingt. Er schafft es nicht einmal, sich ihr Gesicht ins Gedächtnis zu rufen. Was Stella über sie gesagt hat, schiebt sich seltsamerweise vor alles, und er sieht nur noch die Frau, die, voll gepumpt mit Schlaftabletten, durch die Nacht taumelt, die Frau, die lügt. Aus irgendeinem Grund fällt ihm ein, wie sie ihn manchmal gebeten hat, für sie die Namen verschiedener Pflanzen zu nennen, die er auswendig kennt, wie sie nebeneinander auf dem Bett lagen und er die Litanei herunterbetete: «Es gibt Götterbaum und Sumpfzypresse, Kassie und Trompetenbaum, Zitterpappel und Upasbaum, Wolliger Schneeball und Schwarzlinde, Cyclamen, Rittersporn, Campanula und Caltha palustris», während sie ihm hingerissen lauschte. Spielte er da nur die Rolle des kleinen Jungen, der für seine Mama ein Gedicht aufsagt?

In Guwahati angekommen, findet er wegen der Unruhen weder einen Privatwagen noch ein Taxi. Er muss mit dem überfüllten Bus zum Stadtrand von Guwahati fahren, zu einem Motel, das sich in der Nähe des Reservats befindet. Er ist der einzige westliche Ausländer im Bus, und ohne den Schutz von Mims Wagen, ohne die Distanz, die selbst eine Auto-Rikscha gewährt, empfindet er es plötzlich als beunruhigend, so viele Blicke gleichzeitig auf sich zu spüren, jede seiner Bewegungen registriert zu sehen. Die Blicke sind alles andere als diskret. Die Menschen starren ihn unverhohlen an, mustern ihn von oben bis unten, ohne jede Spur von Verlegenheit.

Um den forschenden Blicken auszuweichen, schaut er aus dem Fenster, aber der Anblick der zerstörten Dörfer, der eingestürzten, von einem nächtlichen Überfall noch schwelenden Hütten ist auch nicht gerade ermunternd. Aufgedunsene Leichen treiben dunkel im satten Grün der Reisfelder, über ihnen kreisen die Geier. Als er eine Gruppe von Flüchtlingen, einige verstümmelt und mit verbundenen Gliedmaßen, mit ihren mageren Kühen am Straßenrand entlangtrotten sieht, geht ihm auf, wie schmal die Trennungslinie zwischen den Verletzten und den Unversehrten ist.

Vielleicht hat Mim Recht gehabt. Vielleicht hat er zu überstürzt gehandelt. Es wäre nicht das erste Mal in seinem Leben; mehrere impulsive Entscheidungen fallen ihm ein, die ihm alle kein Glück gebracht haben. Das ärgert ihn – der Gedanke, dass er sich wieder einmal eine unnötige Last aufgebürdet hat.

Er nimmt sich ein Zimmer in einem schmuddeligen Motel am Stadtrand von Guwahati, das dazu führt, dass er sich noch weiter von seinen Gefühlen entfernt: Es hat keine Atmosphäre, verströmt nur Hoffnungslosigkeit. Ein klappriges, schmales Bett, das sich durchbiegt, wenn man sich darauf setzt, ein Korbstuhl, ein Schreibtisch, die beide aussehen wie von einem billigen Möbelmarkt. Die Wände sind senffarben gestrichen, von den Fußleisten steigt spinnwebartig feuchter schwarzer Schimmel hoch. Zu beiden Seiten der Tür sind riesige Schmutzflecken an der Wand, als wäre eine grobschlächtige Schmutzgestalt immer wieder daran vorbeigestreift. Er öffnet das Fenster, um den muffigen Geruch zu vertreiben, und sofort dringt von der Straße unten eine dichte Staubwolke herein.

Er sehnt sich nach den sauberen Zimmern in Mims Haus, nach Aruun, seinem Diener. Sie stehen jetzt für alles, was er verloren hat und was er wiederhaben will. Er vermisst sogar Stella, ihre selbstverständliche Freundschaft. Doch beim Gedanken an Grace empfindet er immer noch nichts.

Den ganzen Tag über fühlt er sich weit weg von allem. Er nimmt einen Mietwagen, lässt sich nach Kazaringa fahren und muss gemeinsam mit Colonel Bandoptai auf einem Elefantenrücken durch das Elefantengras zu einer Stelle reiten, wo ein getötetes Nashorn liegt. Seine Nase ist zerstückelt, weil das Horn abgetrennt wurde, der Kadaver schon von Geiern ausgeschlachtet und von Fliegen wimmelnd. Will und der Colonel steigen nicht von ihren Elefanten, sondern bleiben oben sitzen und betrachten das tote Tier aus der Distanz.

Er stellt dem Colonel die erforderlichen Fragen und erfährt, dass das Nashorn mit einer AK-47 von einem Wilderer getötet wurde, einem der vielen Angehörigen des Bodo-Stammes, die sich der People's Liberation Army von Assam angeschlossen haben.

«Mit dem Geld, das sie dabei herausschlagen, finanzieren sie ihre Revolution, mein Lieber.» Colonel Bandoptai ist ein Mann in den mittleren Jahren, mit einem kleinen Schmerbauch und dem feinen Stirnhaar eines Kahlwerdenden.

«Wie schaffen sie es, in das Reservat einzudringen?»

«Es gibt nicht genügend Wachpersonal, mein Bester. Sie dürfen nicht vergessen: Wir sind hier in Indien.»

«Warum werden den Nashörnern nicht systematisch die Hörner entfernt? Wenn sie keine Hörner haben, dann sind sie für die Bodos nicht mehr interessant.»

«Ja, das klingt sehr vernünftig, Mr. Mendelsohn, nur sind solche rationalen Überlegungen in Indien leider völlig bedeutungslos. Aber was wissen Sie schon von Indien?» Er sagt dies mit einer Verachtung, die man fast mit Händen greifen kann. Will versteht ihn, weil er seine Augen sieht: Sie sind dunkel, klein und abweisend, sie kennen keine Träume. Wenn er seine Rolle wenigstens genießen würde – hoch oben auf dem Rücken eines Elefanten sein, ständig *mein Lieber* und *mein Bester* im Mund führend –, aber Will sieht einen Mann, der sich tief in sein Innerstes zurückgezogen hat und alle zwischenmenschlichen Kontakte nur als lästige Pflichtübung betrachtet.

Schweigend treten sie den Rückweg durch das Elefantengras an, Will schaukelt vorwärts und rückwärts, während sein Tier träge dahintrottet. Angesichts der jüngsten Ereignisse erscheinen ihm sein Besuch im Reservat und die Sorge um die Nashörner wie eine sentimentale Marotte.

Als er wieder im Hotelzimmer ist, trübt sich seine Laune noch mehr. Die hässliche Umgebung steigert seine düstere Stimmung noch. Er wäscht sich Hände und Gesicht in dem winzigen Badezimmer und legt sich dann auf das wackelige Bett, das ihm vorkommt, als bestünde es aus verstärkter Pappe unter einem mit Sägemehl gefüllten Sack als Matratze. Er spürt, wie sich eine Depression ankündigt, ein dunkler Schlund, den er, wenn er nichts dagegen unternimmt, hinabsausen wird, und dort werden sich seine Gedanken immer mehr verengen, bis er schließlich keinen Ausweg mehr sieht.

Also rappelt er sich hoch, klappt seinen Koffer auf, holt seine Unterlagen heraus und zieht die Schreibmaschine unter dem Schreibtisch hervor. Er ordnet seine Papiere, öffnet den schwarzen Schreibmaschinenkasten und findet Grace' Brief, der unter der Walze klemmt. Stella muss ihn dort versteckt haben! Will zieht ihn heraus und liest die Adresse. *Grace Tagore, 302 West 12th Street, Apt. 18 D, New York, New York 10014*. Der Absender lautet *MSMH, Vera Tubor, Marcy, New York.* Er geht die verschiedenen Möglichkeiten durch: Er kann den Brief lesen, er kann ihn beiseite legen, er kann ihn zerreißen und die Schnipsel das Klo hinunterspülen.

Er weiß bereits, dass er den Brief lesen wird, und redet sich ein, er sei nicht mehr moralisch verpflichtet, es nicht zu tun. Er hat sich nicht um den Brief bemüht, er hat nichts dafür bezahlt. Im Gegenteil, er hat alles in seiner Macht Stehende getan, um ihn nicht lesen zu müssen. Aber nun liegt er hier vor ihm.

Er schiebt die Lektüre aber noch auf und geht erst einmal hinunter auf die zerfurchte Straße, die nach Guwahati hineinführt. Auf beiden Seiten stehen Buden, die Zuckerrohrsaft, Kokosnussmilch, Obst und Paan anbieten. Er kauft sich eine kalte Limca. Einen Ellbogen auf die blaue Theke der Bude gestützt, trinkt er sie und betrachtet dabei den endlosen Menschenstrom, der an ihm vorbeizieht, zu Fuß, mit dem Fahrrad, in Rikschas, in überfüllten Dieselbussen. Man hat den Eindruck, als würden all diese Menschen von einer unsichtbaren Hand zu einem fernen Herzen gezogen.

In sein Zimmer zurückgekehrt, knipst er die Schreibtischlampe an und macht es sich in dem Korbsessel bequem, ehe er den Brief aus dem Umschlag zieht. Sein Herz klopft, weil er genau weiß, dass ihn nichts Gutes erwartet – egal, was es ist. Er redet sich ein, dass er den Brief jetzt lesen wird, um die Frau, an der er so sehr hängt, zu entlarven. Aber er weiß gleichzeitig, dass das nicht stimmt – er liest ihn, weil es *ihr* Brief ist, weil ihm sonst nichts von ihr geblieben ist. Er liest ihn, weil er ohne sie verwaist ist.

Liebe Grace,
es gibt etwas, das ich noch keiner Menschenseele erzählt habe. Es ist am 17. Juni 1944 passiert, als ich nach Soissons gegangen bin, um Renée zu pflegen. Es war genau elf Tage, nachdem die Alliierten in der Normandie gelandet waren.

Am 16. Juni organisierte ich eine Mitfahrgelegenheit zu Claudes Mutter. Es ging ihr sehr schlecht, als ich kam – sie hatte Geschwüre an Füßen und Beinen, und sie hatte überhaupt kein Insulin mehr. Ich bekam kein Auto, also musste ich am nächsten Morgen die fünf Meilen in die Stadt zu Fuß gehen.

Nach ein, zwei Meilen hielt neben mir ein Lastwagen mit deutschen Soldaten. Einer der Soldaten fragte mich, wohin ich wolle. Ich sagte, ich sei auf dem Weg nach Soissons, um Medikamente für meine Schwiegermutter zu kaufen, und sie boten an, mich mitzunehmen. Ich wollte nicht einsteigen, aber sie waren hartnäckig. Sie hatten keine bösen Absichten, sie wollten nur ein hübsches junges Mädchen bei sich haben, das Deutsch sprach.

Sie waren jung, höchstens neunzehn oder zwanzig, und sie wirkten alle sehr demoralisiert. Ich glaube, sie wussten, dass der Krieg für sie verloren war.

Als sie hörten, dass ich Opernsängerin bin, baten sie mich, etwas für sie zu singen. Ich hatte schon eine ganze Weile, nämlich seit Claudes Verhaftung, nicht mehr gesungen, und ich hatte mich geweigert, Wagner zu singen, seit die Deutschen Frankreich besetzt hatten, weil ich wusste, dass Wagner, wie allgemein bekannt, Hitlers Lieblingskomponist war. Aber sie wollten Wagner hören, also sang ich Wagner für sie, und zwar ein paar Takte aus *«Dich, teure Halle, grüß ich wieder»* aus dem Tannhäuser.

Der Lastwagen wurde von einem Wagen mit lauter SS-Offizieren angehalten. Wir bekamen den Befehl, an den Straßenrand zu fahren und dort zu warten, bis die Wagenkolonne vorbeigefahren sei. Ein paar Minuten später sahen wir die Wagen die Straße entlangkommen. Plötzlich entstand eine allgemeine Unruhe. Die Soldaten glaubten, es sei die Wagenkolonne des Führers, aber niemand konnte es mit Bestimmtheit sagen. Rasch stellten sie sich am Straßenrand auf, Schulter an Schulter, und salutierten, und in letzter Minute wurde ich aus dem Laster gezerrt und musste mich zwischen sie stellen. «Sing Wagner!», sagte einer der Soldaten. Ein anderer forderte mich ebenfalls dazu auf. Sie waren alle begeistert. Also sang ich eine Arie aus *Parsifal*.

Als die Kolonne uns erreichte, verlangsamte sie das Tempo, aber man konnte unmöglich erkennen, wer in den Wagen saß. Mehrere Soldaten behaupteten, sie hätten den Führer gesehen, aber ich hatte ihn nicht erkannt.

Drei, vier Minuten später, vielleicht waren es auch zehn, kam einer der Wagen zurück und hielt neben uns. Das Fenster auf der Beifahrerseite wurde heruntergekurbelt, und ein SS-Offizier rief: «Wir wollen das Mädchen, das so schön Wagner singt.» Und er deutete auf mich. Keine Frage – ich musste mitgehen.

Vorne im Wagen saßen zwei Offiziere. Sie gehörten zum SS-Führerbegleitkommando. Den Mann am Steuer konnte ich nicht richtig sehen. Der andere drehte sich zu mir um. Er hatte ein schmales Gesicht und wirkte sehr hungrig. Er war nicht älter als dreißig. Er sagte: «Wenn genügend Zeit bleibt, möchte der Führer, dass Sie für ihn singen.»

Wir fuhren zu dem Bunker in der Nähe von Margival, nördlich von Soissons. In der ganzen Gegend wimmelte es von SS-Offizieren des Begleitkommandos. Hitler traf sich in diesem Bunker mit

Feldmarschall Rommel und Feldmarschall Rundstedt – was ich damals natürlich nicht wusste. Ganz kurzfristig war eine Besprechung einberufen worden.

Der SS-Offizier mit dem schmalen Gesicht führte mich in den Bunker. Wir gingen einen langen Gang hinunter und betraten dann ein kleines Zimmer. Ich kann mich gar nicht richtig daran erinnern. Ich hatte große Angst und weiß nur noch, dass meine weißen Sandalen neben den groben schwarzen Stiefeln des SS-Offiziers sehr seltsam aussahen.

In dem Zimmer standen ein schmales Bett, ein Schreibtisch und ein Stuhl. Nebenan war ein Badezimmer. Der SS-Offizier meinte, ich solle es mir bequem machen. «Es kann eine Weile dauern», sagte er. «Möglicherweise passt es zeitlich gar nicht.» Aber ich solle mir auf alle Fälle schon überlegen, was ich singen könnte.

Er wirkte irgendwie verlegen und zögerte kurz, als wollte er noch etwas hinzufügen, aber dann ging er ohne weitere Worte.

Ich fing an, mich leise einzusingen. Ich weiß nicht, wie lange ich in dem Zimmer auf und ab ging und vor mich hin sang. Es kam mir vor wie Stunden, aber ich kann es wirklich nicht sagen. Als niemand auftauchte, dachte ich schon, ich hätte Glück gehabt und wäre drumherum gekommen, für den Führer singen zu müssen.

Aber dann ging die Tür auf. Ich sah zwei SS-Offiziere vor mir, einer davon war der mit dem schmalen Gesicht, und ich dachte eigentlich, sie würden mir sagen, ich könne jetzt gehen. Ich wollte schon aufatmen, doch dann kam noch jemand herein. Es war der Führer. Die Tür schloss sich hinter ihm. Ich erkannte ihn natürlich sofort, aber ich konnte es trotzdem nicht glauben. Die ganze Situation erschien mir völlig unwirklich. Wie war es möglich? Aber er stand leibhaftig vor mir, in der Uniform der deutschen Wehrmacht.

Er wirkte so nervös und angespannt, dass ich auf merkwürdige Weise plötzlich ganz ruhig wurde. Instinktiv wich ich zurück, trat ans Fußende des Bettes, während er auf dem Stuhl am Schreibtisch Platz nahm. Als er mich anschaute, genierte ich mich auf einmal schrecklich und senkte den Blick.

«Du hast große Ähnlichkeit mit meiner Nichte Geli», sagte er. «Bemerkenswert, wirklich bemerkenswert.» Seine Stimme war leise, fast sanft.

Da hob ich kurz den Blick, und mir fiel auf, wie hell seine blauen Augen waren. Ich dachte, dass er eigentlich gar nicht aussah wie ein Machtmensch. Er wirkte eher mitgenommen, alt, krank. Er wirkte geradezu klein, wie er da gebeugt auf dem Stuhl saß. Ich konnte mir beim besten Willen nicht vorstellen, wie er es geschafft hatte, so viel Elend über die Welt zu bringen. Dann befahl er plötzlich: «Sing! Bitte, sing!», fast so, als hätte er meine Gedanken gelesen.

Ich sang die Eröffnungsarie aus *Tristan und Isolde*: Isolde befindet sich mit Brangäne auf dem Vorderdeck von Tristans Schiff und schaut hinaus aufs Meer. *Entartet Geschlecht! Unwert der Ahnen!* ... Er zog eine Dose aus seiner Hosentasche, nahm ein paar kleine schwarze Pillen heraus und schluckte sie schnell, während ich weitersang.

Dann betrachtete er mich unverwandt, und als ich die Arie zu Ende gesungen hatte, sagte er: «In ein paar Wochen ist der Albtraum vorüber. Es wird sich herausstellen, dass Rommel Unrecht hat. Die Lage ist keineswegs hoffnungslos.»

Er stand auf und begann, im Zimmer auf und ab zu gehen. Aufgebracht redete er darüber, dass Rommel ihn betrogen habe, dass er überall nur noch von Feiglingen umgeben sei. Er hatte etwas, was einen in seinen Bann schlug, was einen erschreckte und zugleich erregte – die wild gestikulierenden Hände, der suggestive Tonfall. Was über ihn gesagt wurde, stimmte – er besaß hypnotische Kräfte.

Doch dann sagte er plötzlich, ich solle weitersingen, und ich entschied mich für Isoldes letzte Arie. Sie beginnt piano, mit den Worten *Mild und leise*, und hatte eine seltsame Wirkung auf ihn.

Eine Weile stand er nur da und schaute mich an, aber sein Blick wurde immer besessener, ekstatischer.

Schließlich sagte er: «Du bist meine Geli!» Zuerst sagte er es ganz leise, aber dann wiederholte er es immer drängender: «Du bist meine Geli. Du bist meine Geli!» Ich wusste damals nicht, dass Geli die einzige Frau war, die er je geliebt hatte. Sie hatte sich viele Jahre vorher seinetwegen das Leben genommen.

Er ergriff meine Hände. Er packte sie fest. Seine Stimme war leise, aber trotzdem merkwürdig schroff. «Du bist ein Zeichen göttlicher Vorsehung», sagte er. «Ich bin umzingelt von Lügnern und Feiglingen. Aber du bist der Beweis dafür, dass das Schicksal mich für diese Mission auserwählt hat.» In seiner dunkelsten Stunde sei ich ihm geschickt worden – er habe es gleich gewusst, als er meine Stimme am Straßenrand gehört habe.

Er sank zu Boden und zog mich auf die Knie. «Du bist der Beweis dafür, dass das Schicksal mich für diese Mission auserwählt hat», wiederholte er. Seine Augen flackerten. Seine Hände fühlten sich an wie glühendes Eisen, als sie meine Arme hinaufwanderten. «Du bist meine Geli», keuchte er. Er küsste mich auf den Hals, auf die Wangen, während ich immer weiter sang. Als er mich auf den Boden drückte und sich auf mich legte, sang ich: *«Fühlt und seht ihr's nicht? Höre ich nur diese Weise, die so wundervoll und leise …»* Ich sang die ganze Zeit. Danach stand er auf. Er sagte kein Wort, zog seine Kleidung zurecht, und als ich mich aufrichtete, fiel schon die Tür ins Schloss.

Erst da bekam ich Angst. Ich hatte Angst, sie würden mich erschießen. Bestimmt bedauerte er es schon, dass er sich einen Augenblick lang hatte gehen lassen, und gab jetzt den Befehl zu meiner Hinrichtung.

Als ich von den SS-Offizieren hinausgeführt wurde, war es schon fast dunkel. Ich war froh, dass der Offizier mit dem schmalen Gesicht dabei war. Ich fragte ihn, was sie mit mir vorhätten, aber er antwortete nicht. Als ich noch einmal nachhakte, sagte der Offizier am Steuer, ich solle endlich den Mund halten.

Sie hielten an einer verlassenen Straße und sagten zu mir, ich solle in Richtung Wald laufen, ohne mich umzudrehen. Ich war fest davon überzeugt, dass sie mich erschießen würden, sobald ich ihnen den Rücken zuwandte. Etwas anderes kam mir gar nicht in den Sinn. Ich wusste, dass sie den Befehl hatten, mich zu töten. Aber ich ging trotzdem los, ich ging immer weiter, und die ganze Zeit dachte ich: Jetzt erschießen sie mich. Tatsächlich hörte ich einen Schuss, aber er traf mich nicht, und ich habe nie erfahren, warum ich verschont blieb. Ich weiß es bis heute nicht.

Mutter.

Will legt den Brief auf den Tisch, wo er im Zugwind des Deckenventilators unruhig flattert. Seine Schläfen pochen. Was Grace und Stella und Mim in seinem Leben zu suchen haben und warum ihm dieser Brief in die Hände gefallen ist, weiß er nicht. Aber es kommt ihm vor, als wären dunklere Mächte am Werk als nur der Zufall, als wäre da etwas, wofür es keine Erklärung gibt. Als Verhöhnung seines ganzen bisherigen Lebens hätte es nicht perfekter inszeniert sein können.

Er geht wieder nach draußen. Hier, am Rand von Guwahati, gibt es keinen elektrischen Strom, die Händler haben Kerosinlampen angezündet, die an Haken in den Buden hängen und mit einem Licht, das jedes Zeitgefühl verwirrt, die Süßigkeiten, die Zigaretten, die Obsttürme und die Gewürzpyramiden beleuchten.

Er kauft ein Glas gesüßten Tee von einem barfüßigen Jungen, der mit einem Metallhalter für sechs Gläser durch die Menge wandert und laut *«Chai, chai, chai!»* ruft. Der Junge gleicht, während er stehen bleibt und wartet, bis Will ausgetrunken hat, einem kleinen braunen Kranich, einen staubigen Fuß auf den anderen gestellt, den Kopf im Nacken.

Will gibt ihm das leere Glas zurück. Ihn quält eine innere Unruhe. Liegt das an dem Brief? An dem, was er impliziert – wenn es auch noch so weit hergeholt scheint? Es ist vollkommen absurd, zum Lachen, dass Grace diesen Quatsch auch nur andeutungsweise ernst nehmen konnte!

Er überquert die Straße, muss einem Ochsenkarren ausweichen, eine Auto-Rikscha saust vorbei, deren Hupe wie eine quakende Ente klingt. Da fallen ihm die Worte wieder ein, die ihm damals so unverständlich erschienen. *Es geht nicht, dass du mit ihm zusammen bist. Darf ich denn nicht mit ihm Tee trinken? Bin ich nicht zuerst und vor allem ein Mensch?*

Hat Stella sie mit dieser Idee tyrannisiert? Er denkt daran, wie Stella im Stechschritt vor Grace auf und ab paradierte, er denkt an den traurigen Ausdruck in Grace' Augen, als Stella den Hitlergruß nachahmte und «Heil Hitler» bellte. War das ihre Argumentation: Weil sie möglicherweise ein Kind Adolf Hitlers ist, darf sie niemals mit ihm, einem Juden, zusammenleben?

Seine Rastlosigkeit steigert sich noch, als er sich in den Strom von Menschen einfädelt, die am Straßenrand entlanggehen. Was für ein eigenartiges Geschöpf das wäre: die Tochter von Adolf Hitler. Er stellt sie sich in einem Käfig vor, von den Leuten begafft. Würde man alle ihre Schwächen, ihren ganzen Charakter nur noch darauf zurückführen?

Warum trifft es ausgerechnet ihn?, fragt er sich, als er wieder in seinem Zimmer ist. Müßige, glatte Antworten gehen ihm durch den Kopf: Es ist die Strafe dafür, dass er die Kultur seiner Vorfahren nie richtig angenommen hat; er ist ein Jude, dem der Holocaust nicht genug bedeutet. Schließlich hat er als kleiner Junge das Gedicht geschrieben: *Wenn Mutter keine Jüdin wär', Dann wär' ihr Leben öd' und leer.* Aber er glaubt nicht an das göttliche Strafgericht, so wenig wie er an die göttliche Vorsehung glaubt. Und selbst wenn er an ein Gericht glauben würde, warum hätte die Strafe ihn treffen sollen? Seine Sünden sind gering, wenig bemerkenswert, ja langweilig. Untreue, Eitelkeit, Wollust, Habgier in mehr oder weniger kleinen Dosen.

Vielleicht soll es ja auch keine Strafe sein, sondern eine Warnung, sich fern zu halten, eine Ermahnung, auf keinen Fall zu dieser Frau zurückzukehren. Aber er glaubt auch nicht an göttliche Warnungen, so wenig wie an Vorzeichen.

Es könnte ja auch sein, dass es gar nichts zu bedeuten hat. Nicht allen Ereignissen in seinem Leben konnte er immer eine Bedeutung zuordnen. Manchmal widerfährt ihm irgendetwas, er glaubt einen diffusen Sinn darin zu erkennen, der dann aber im Strudel des Lebens wieder verloren geht, ehe er ihn so richtig zu fassen bekommt. Stattdessen scheint vieles völlig beliebig, ein Spiel des Zufalls, eine merkwürdige Verquickung der Umstände, die keine Logik hat, ein unwahrscheinliches Zusammentreffen verschiedener Faktoren. In der Natur gibt es solche Zufälle in Hülle und Fülle.

Als er aus dem Koffer, den Stella gepackt hat, die Bücher herausholt, ist es schon spät. Seine Hände zittern, als er in Hans Speidels Buch *Invasion 1944* einen Bericht über den Vormittag findet, den Grace' Mutter beschreibt. Beim Lesen hämmert sein Herz stetig gegen sein Brustbein. Es stimmt: Am 17. Juni 1944 hat im deutschen Bunker bei Margival eine hastig einberufene Besprechung stattgefunden. Der Führerbunker enthielt zu ebener Erde einen geräumigen Arbeitsraum, Schlafzimmer mit Bad und besondere für Arbeit und Ruhe eingerichtete Luftschutzräume.

Hitler war am Morgen eingetroffen, in Begleitung von Generaloberst Jodl und seiner nächsten Umgebung. Er war von Berchtesgaden nach Metz geflogen, und von dort waren sie alle ins Hauptquartier gefahren worden. Das ganze Gebiet war durch das SS-Führerbegleitkommando hermetisch nach außen abgeriegelt.

«Er sah fahl und übernächtigt aus», schrieb Speidel. «Nervös spielte er mit seiner Brille und mit Bleistiften aller Farben, die er zwischen den Fingern hielt. Er saß als Einziger, gebeugt auf einem Hocker, während die Feldmarschälle standen. Seine frühere Suggestivkraft schien geschwunden.»

Er sprach mit erhobener Stimme sein Missfallen über die geglückte Landung der Alliierten aus. Die Schuld daran gab er den örtlichen Kommandeuren. Feldmarschall Rommel erklärte Hitler mit schonungsloser Offenheit, der Kampf gegen die Alliierten sei aussichtslos – sie besäßen die Übermacht, zu Lande, zu Wasser und in der Luft. Hitler beharrte darauf, dass die V-Waffe, deren Einsatz am

16. Juni begonnen hatte, gegen England die kriegsentscheidende Wirkung haben werde.

Als gemeldet wurde, dass sich feindliche Fliegerverbände näherten, musste die Abschlussbesprechung in den Luftschutzraum des Führerbunkers verlegt werden. In dem engen Raum waren nur Hitler, Rommel und Rundstedt mit ihren Stabschefs anwesend, sowie General Schmundt.

Hier nutzt Rommel die Gelegenheit, Hitler zur Beendigung des Krieges zu drängen. «Kümmern Sie sich nicht um den Weitergang des Krieges, sondern um Ihre Invasionsfront», schnitt ihm Hitler das Wort ab.

Speidel schrieb: «Die Unterredung hatte von 9 bis 16 Uhr gedauert. Sie wurde nur durch ein Eintopfessen im engsten Kreis unterbrochen, bei dem Hitler einen vorgekosteten, gehäuften Teller mit Reis und Gemüsen verschlang. Vor seinem Platz waren Pillen und Likörgläser mit verschiedenen Medizinen aufgereiht, die er wechselnd nahm. Hinter seinem Stuhl wachten zwei SS-Männer.»

Mehr berichtet Speidel nicht über diesen Tag. In seinem Buch füllt das Treffen nicht einmal zehn Seiten. Ein kleines, bedeutungsloses Ereignis in der Geschichte des Nationalsozialismus. In dem anderen Buch, das Stella aus Versehen in seinen Koffer gepackt hat, *Aufstieg und Fall des Dritten Reiches*, wird das Treffen ebenfalls erwähnt, aber nur ganz am Rand.

Will versucht sich auszumalen, dass während dieser Unterredung in einem Nebenzimmer ein junges Mädchen wartete, das Wagner singen konnte. Wenn es stimmte, dann musste man annehmen, dass Hitler irgendwann zu seinen SS-Offizieren gesagt hatte, sie sollten zurückfahren und das Mädchen holen, das an der Straße gestanden und gesungen hatte. Wann konnte er diese Anweisung gegeben haben? An der Tür, ehe er den Bunker betrat? Auf dem Flur, kurz bevor er das Arbeitszimmer betrat? Während der Besprechung? Und wie war er vorgegangen? Hatte er es seinem Fahrer ganz nebenbei signalisiert? Hatte er es auf dem Flur jemandem zugeflüstert? Oder dem SS-Offizier unter dem Tisch einen Zettel zugeschoben?

Hatte Hitler während der Sitzung beschlossen, dass er das Mädchen singen hören wollte? Und wenn ja, wann? Ehe Rommel ihm mitteilte, der Kampf gegen die Alliierten sei aussichtslos? Nachdem er mit der V-Waffe argumentiert hatte, die gegen England den Ausschlag geben sollte? Oder noch später, nachdem sie die Besprechung in den Luftschutzkeller verlegt hatten und Rommel ihm dringend nahe gelegt hatte, den Krieg zu beenden?

Unter welchem Vorwand hatte er sich von der Besprechung entfernt? Dass er auf die Toilette gehen müsse? Dass er frische Luft brauche? Hatten er und die SS-Offiziere gemeinsam den Raum verlassen und waren, statt aufs Klo oder an die frische Luft zu gehen, den Flur hinuntergeeilt, zu dem kleinen Kabuff, in dem die junge Opernsängerin wartete? Hatten sie einen vielsagenden Blick gewechselt, sich zugezwinkert, wie Verschwörer, als würden sie den Feldmarschällen ein Schnippchen schlagen? Oder war es diskreter abgelaufen?

War es überhaupt vorstellbar, dass Hitler sich aus dem Zimmer entfernte, um eine Frau singen zu hören, während er sich mitten in einer Unterredung von äußerster Wichtigkeit befand, die die größten Konsequenzen hatte? Konnte in einer Phase so extremer Belastung etwas derart Ungewöhnliches geschehen?

Und wie lange war er abwesend? Zehn Minuten? Eine Viertelstunde? Hätte Speidel das nicht erwähnt? Schließlich hatte er es für nötig befunden, detailliert das Mittagessen zu beschreiben, samt den Pillen und Gläsern, die Hitler um seinen Teller herum arrangiert hatte.

Und bei alledem war noch gar nicht berücksichtigt, in welcher körperlichen Verfassung sich Hitler befand. Er war krank, und zwar so krank, dass er alle möglichen Medikamente einnehmen musste, von denen sicherlich das eine oder andere seinen Sexualtrieb gedämpft und seine Potenz reduziert haben mochte. War es nicht höchst unwahrscheinlich, dass ein Mensch, der körperlich so heruntergekommen und emotional so angespannt war, sich auf eine sexuelle Begegnung mit einer Unbekannten einlassen wollte? Erst recht ein Mann, der sein Leben lang alles daransetzte, sich prinzipiell von Frauen fern zu halten, ein Mann, der sich seinem Volk als ein weltferner Mensch präsentierte, dem an Eroberungen nichts lag? Ein Mann, der darauf achtete, dass man ihn nicht in Gesellschaft unverheirateter Frauen antraf, zu denen er sich sexuell hingezogen fühlen könnte? Wäre ein Mann, der wie er am Rand des Abgrunds stand, überhaupt zu der Form von Ekstase fähig gewesen, wie Vera sie beschrieb, und sei es auch nur für einen Augenblick?

Wenn nicht, was konnte dann eine Mutter dazu bewegen, ihrer Tochter so eine Lüge aufzutischen?

Will versucht, sich Vera vorzustellen, eine junge Frau, höchstens zwei- oder dreiundzwanzig, in den Wirren des Krieges. Wie verloren sie sich gefühlt haben musste: Sie hatte ihren Ehemann verloren, sie lebte in einem besetzten Land, das nicht ihre Heimat war. Vielleicht war sie tatsächlich außerhalb von Soissons von deutschen Soldaten aufgelesen worden, wie sie behauptete. Vielleicht war tatsächlich Hitlers Wagenkolonne vorbeigefahren. Vielleicht war es spät geworden und in dem allgemeinen Chaos zu einer flüchtigen Liaison mit einem deutschen Soldaten gekommen, die ihr insgeheim Lust bereitete und für die sie sich folglich abgrundtief schämte. Ihre Schwiegermutter wartete auf sie. Ihr Mann war höchstwahrscheinlich tot. Vielleicht hatte sich die Wirklichkeit in ihrem Kopf verschoben.

Vielleicht hatte für diese wenigen Stunden ein nie zuvor oder danach erlebter psychischer Bruch stattgefunden, vielleicht hatte sich alles vermischt, und sie hatte aus den verschiedenen Bruchstücken – Hitlers Wagenkolonne, ihr Gesang, der junge Soldat – die Geschichte zusammengesetzt, die sie später ihrer Tochter schrieb. Vielleicht musste sie einen Kontext schaffen, innerhalb dessen ihre Affäre weniger verwerflich erschien. Vielleicht war Grace' Vater einfach nur ein junger deutscher Soldat, achtzehn oder neunzehn Jahre alt.

Will stellt sich vor, wie Grace diesen Brief bekommt und voller Panik nach Paris aufbricht. Sie weiß nicht, ob es stimmt, aber selbst wenn es nicht stimmt – ihre Mutter hat ihr diesen Brief geschrieben. Der Gedanke erdrückt sie, die von ihren vielen Trennungen – dem Verlust ihres Liebhabers, dann ihres Mannes, dann des ungeborenen Kindes – ohnehin schwer mitgenommen ist. Der Mann, den sie ihr ganzes Leben über als ihren Vater betrachtete, hat ihr eröffnet, dass er es nicht ist. Es wundert Will nicht, dass sie in dieser Verfassung Stella in die Hände fällt, in den Bann eines Astrologen gerät. Er kann sich vorstellen, wie sie diesem Mann gegenübersitzt, ihn fragt, wer sie ist, ob sie eine Zukunft hat oder ob sie ihrem Leben lieber gleich ein Ende setzen soll.

Die halbe Nacht liegt er wach. Obwohl er nicht glaubt, was in dem Brief steht, setzt er sich dem Gedanken aus: Ich habe mit Hitlers Tochter geschlafen. Ich liebe Hitlers Tochter. Alle Variationen dieses Themas probiert er durch, bis er nichts mehr dabei empfindet. Vielleicht kommt das Grauen erst später. Er wartet eine Weile, aber nichts passiert. An seinen Gefühlen für Grace hat sich nichts geändert. Es ist nur die Vorstellung, die er abstoßend findet. Nicht die Frau. Der Gedanke an ihren Körper erregt ihn immer noch, und ohne Vorwarnung überschwemmen ihn plötzlich die Erinnerungen; ein tiefes Verlangen packt ihn, so drängend, so überwältigend, dass er nicht weiß, wohin mit sich. Er sehnt sich nach ihrem Lachen, er sehnt sich danach, ihre Schenkel zu berühren, die innere Nähe zu empfinden, die so sehr Teil seines Lebens geworden ist.

Er versucht sich klar zu machen, was der Brief in ihm auslöst, aber es bleibt vage, diffus, er bekommt es nicht zu fassen. Schließlich beruhigt ihn ein ganz schlichter Gedanke: Wir können uns nicht aussuchen, in wen wir uns verlieben.

17

Am nächsten Morgen stellt er fest, dass er gar nicht von Assam weg kann, selbst wenn er wollte. Die Flughäfen sind wieder geschlossen. Es gibt auch keine Telefonverbindungen. Mr. Patel, der Besitzer des Motels, meint, das könne einige Tage dauern.

«Was ist passiert?», fragt Will.

«Ein moslemischer Mob hat Chamaria zerstört, ein kleines Dorf, sechzig Meilen von hier. Diese Moslems gehören alle abgeschoben.»

Will hat keine Lust, wieder hinauf in sein Zimmer zu gehen, zurück in die Verzweiflung, also setzt er sich in die kleine Empfangshalle. Sie ist nichts als ein fensterloser Betonkasten, ungemütlich, mit ein paar weißen Plastikstühlen und einem bunten Perlenvorhang in der Tür.

Mr. Patel ist Mitte fünfzig, hat einen kleinen Bauch und trägt eine schwarze Brille mit dicken Gläsern, die an den Gelenken mit Klebeband repariert ist. Er beugt sich über seinen Tresen, sichtlich erfreut darüber, dass er Gesellschaft hat.

«Aber das war bestimmt die Vergeltung für den Angriff der Assamesen am Samstag», sagt Will.

«Die Moslems haben vielen Assamesen ihre Reisfarmen weggenommen!», erklärt Mr. Patel. «Sie raffen alles an sich, und die Reisbauern sind ruiniert. Vollkommen ruiniert. Diese Moslems haben doch ihr eigenes Land! Ich sage immer: Sie sollen dorthin zurückgehen und dort leben. Sie sind unsere Feinde. Warum wollen sie überhaupt bei uns leben, wenn sie unsere Feinde sind?»

«Vielleicht gibt es so etwas wie Feinde gar nicht», entgegnet Will.

«Was reden Sie da für einen Unsinn», sagt Mr. Patel. Aber Wills

Bemerkung bringt ihn in Fahrt. Wie alle Inder diskutiert er gern, und nun steht er auf und ruft seiner Frau zu, sie solle ihnen Tee bringen.

«Natürlich gibt es so etwas wie Feinde!», fährt er fort. «Ich habe mein ganzes Leben in Indien gelebt. Ich kenne den Feind! Die Moslems mit ihrem rachsüchtigen Gott, die sind der Feind!»

«Und wenn Feindschaft einfach nur eine Vorstellung ist, die Menschen irgendwie brauchen?», wendet Will ein. «Vielleicht hält es uns einfach das Leben schön übersichtlich, wenn der eine ein Feind ist und der andere nicht. Die Vorstellung der Feindschaft erfüllt vermutlich viele Zwecke.»

«Ein Feind ist keine Vorstellung, mein lieber Freund», sagt Mr. Patel. «Ein Feind ist ein Feind, und wenn Sie glauben, das ist nur eine Vorstellung, dann werden Sie es eines Tages mit dem Leben bezahlen müssen. Der Feind wird kommen, und dann haben Sie zwar immer noch Ihre Vorstellung, aber Ihr Leben sind Sie los.»

«Ein Feind, die Vorstellung eines Feindes, hindert uns daran, der Tatsache ins Auge zu sehen, dass unsere Art zu leben nicht unbedingt die einzig richtige ist. Durch die Feindbilder wird die ganze Welt in klare Kategorien eingeteilt. Sonst würde womöglich alles vermischt! Wenn dieser Mensch nicht mein Feind ist, dann ist seinesgleichen auch nicht mein Feind, und das wiederum heißt, ich muss womöglich alle einbeziehen, kann nicht mehr behaupten, dass ich besser bin als sie, sondern muss mich damit abfinden, dass ich genau wie alle anderen bin und überhaupt nichts Besonderes.»

«Ach, du lieber Gott, Sie reden ja wie dieser Gandhi, dieser Holzkopf!», ruft Mr. Patel. Aber er ist begeistert. Als seine Frau den Tee bringt, kommt er hinter seinem Tresen hervor und setzt sich auf den Plastikstuhl neben Will.

«Sie sind schon zu lange in Indien, mein Herr. Die Sonne hat Ihr Gehirn angegriffen! Natürlich haben wir Feinde. Sie können es drehen, wie Sie wollen, aber daran gibt es nichts zu rütteln. Sagen Sie doch den Juden, die Nazis seien nicht ihre Feinde gewesen. Sagen Sie den Indern überall in Indien, dass die Briten nicht ihre Feinde waren! Aber Sie sind Amerikaner. Die Amerikaner sind verweichlicht, weil bei ihnen nicht viel los ist.»

«Ich will nicht behaupten, dass die Menschen keine Feinde haben oder sich keine Feinde schaffen. Ich möchte nur die These aufstellen, dass sie nicht von Natur aus Feinde sind. Wenn man Menschen zu Feinden erklärt, heißt das, man schiebt sie von sich weg, man hält sie in Schach, und auf diese Weise schützt man seine Identität. Man schafft sich Feinde, um die eigene Identität aufrechtzuerhalten. Wenn man selbst alles richtig macht, dann muss man nie nachgeben. Wenn die Moslems meine Feinde sind, dann brauche ich nichts an ihnen zu akzeptieren. Was sie sagen, was sie tun, wie sie sind, kann ich automatisch ablehnen. Ich muss mich gar nicht mit ihnen beschäftigen. Langer Rede kurzer Sinn: Das Konzept der Feindschaft ist sehr praktisch, weil es der Stabilisierung des eigenen Ego dient.»

«Was heißt hier Stabilisierung des Ego? Ein Mensch wird mein Feind, wenn er versucht, mir etwas wegzunehmen, was ihm nicht gehört. Da kommt einer aus Bangladesh, vertreibt mich von meiner Farm, nimmt mir mein Reisfeld weg, ich und meine Kinder hungern – dieser Mensch ist mein Feind!»

«Dieser Mensch ist ein Verbrecher und sollte vor Gericht gestellt werden. Es gibt Gesetze, die so etwas verbieten.»

«Mein Gott, in welcher Welt leben Sie!»

So geht es stundenlang hin und her, bis sie beide genug davon haben und Will wieder in sein Zimmer geht.

Er setzt sich an den Schreibtisch und arbeitet den ganzen Nachmittag lustlos und ohne großes Interesse an dem Thema der allopatrischen Artbildung: das Phänomen, dass eine Art sich in zwei verschiedene Arten teilt, während die beiden Gruppen von Individuen an zwei verschiedenen Orten leben.

Mr. Patel hat eine Frau eingestellt, eine rundliche Inderin mittleren Alters, die ihm Mittagessen und Abendessen bringt und seine Kleidung wäscht. Mit leichten, schnellen Schritten geht sie durch sein Zimmer und stellt den Metallteller mit seinem Essen auf den

Nachttisch neben dem Bett. Jede ihrer Bewegungen wird von einem leisen Klingeln begleitet – wie viele Inderinnen hat sie ihre Schlüssel an das Ende ihres Saris gebunden. Will freut sich immer, wenn sie kommt.

Am frühen Abend geht er am Straßenrand entlang, vorbei an den verschiedenen Buden, schlängelt sich zwischen Fußgängern und Ochsenkarren durch und ist sich dabei seines Andersseins deutlicher als sonst bewusst. Er versucht auszumachen, welche der Passanten Bangladeshi sind, welche Assamesen. Von den körperlichen Merkmalen her unterscheiden sie sich so wenig, dass man sich eigentlich nur an der Kleidung orientieren kann. Jemand hat ihm erklärt, Moslems trügen Vollbärte und dunkle Kleidung, Hindus dagegen Schnurrbärte und weiße Kleidung.

Da ihn die Anliegen der beiden Seiten nicht direkt betreffen, erscheinen ihm die Probleme nicht so dringend, nicht so allumfassend. Er sieht sie aus einer anderen Perspektive. Es handelt sich hier nicht um eine Artbildung. Ein Mann, der die Entwicklung der Arten studiert, weiß genau, dass die Menschen, gleich welcher Hautfarbe oder Religion, niemals Mitglieder verschiedener Spezies sein werden.

An einer belebten Kreuzung bleibt er stehen. Der Verkehrspolizist, ein kleiner, kompakter Mann, ganz in Weiß gekleidet, steht auf einem Zementblock mitten auf der Kreuzung und regelt mit müden, routinierten Gesten den Verkehr. In der staubigen Luft wirkt er wie eine hell schimmernde Marionette.

Will blickt sich um und bemerkt vor einem Zeitungsstand eine Gruppe junger Männer. Sie beobachten ihn mit aufdringlichen, gelassenen Blicken, und Will fragt sich, wessen Augen ihn da anstarren und was sie in ihm sehen. Einen Ausländer? Einen Juden? Sie sind Assamesen, Hindus. Sie tragen die weiße Korta, enge weiße Hosen, Schnurrbärte. Will spürt eine atmosphärische Spannung in der Luft, als könnte jeden Augenblick etwas passieren – er fühlt sich nicht sicher, ähnlich wie im Dschungel, wenn Panther in der Nähe waren.

Er wendet sich ab, und im nächsten Moment trifft ihn ein Stein am rechten Ohr. Schockwellen jagen durch seinen Körper, und er stöhnt unwillkürlich auf. Seine Hand fährt ans Ohr, und er dreht sich zu den jungen Männern um, weil er Angst hat, sie könnten sich gleich auf ihn stürzen. Ihre Reglosigkeit ist ihm unerklärlich. Ihre schwarzen Augen sind wie Fenster, in denen ein ihm unbekanntes dunkles Licht lodert.

Da ruft jemand: *«Ghar jao, Futo!»* Er versteht nicht, was das bedeutet, biegt aber rasch in eine Gasse ein, die so eng ist, dass kein Auto durchkommt. Ein Blick zurück zeigt ihm, dass drei der jungen Männer hinter ihm herrennen. Die anderen Passanten bleiben stehen und starren ihm nach, während er die holperige Gasse hinunterrennt, die in den am Brahmaputra entlangführenden Weg mündet. Bis auf ein paar an Pfähle gebundene Ziegen in graslosen Gärten ist der Ort völlig verlassen.

Er klettert die Uferböschung hinauf, rutscht auf der anderen Seite, wo er sich verstecken kann, herunter und ringt mit laut hämmerndem Herzschlag nach Atem. Sein Ohr pocht, und als er es anfasst, rinnt ihm ein warmer Blutstrom über die Finger.

Er hört die jungen Männer näher kommen. Schnell rappelt er sich hoch, rennt, so schnell er kann, geduckt über die harte Böschung hinunter zum Fluss und stolpert über die verwesenden Überreste einer Kuh, die in einer Mulde vor sich hinmodern.

Mit dem Gesicht schlägt er gegen die vorstehende Schulter, seine Hand versinkt in glitschigen Innereien. Hunderte von Fliegen schwirren hoch, surren ihm um Nase, Mund und Ohren. Ein ekelhafter Verwesungsgeruch umgibt ihn. Er zwingt sich, still zu liegen, versucht krampfhaft, durch den dichten, brummenden Fliegenschwarm hindurch etwas zu erkennen, blinzelt hektisch und atmet flach durch die gespitzten Lippen. Während die Männer näher kommen, tastet er in seiner Panik nach einem Knochen, den er als Waffe verwenden kann. Aber seine Verfolger weichen vor der toten Kuh zurück, ziehen ihre Hemden über die Nase, sehen ihn nicht. Hinter ihnen kommt ein barfüßiger kleiner Junge, der eine Ziege an einem Strick hinter sich herzieht. Will beobachtet, wie der Junge gut fünf Meter von ihm entfernt die Uferböschung hinaufklettert und dann auf der anderen Seite wieder verschwindet, wie der Mast eines Schiffs am Horizont.

Mühsam erhebt er sich. In Sekundenschnelle haben sich die Fliegen wieder über den Kadaver hergemacht. Er starrt wie gelähmt auf das tote Tier hinunter, das Mondlicht spiegelt sich in dem glasigen, halb zerfressenen Auge, und es kommt ihm vor, als würde dieses Auge direkt durch ihn hindurchschauen. Von Grauen gepackt, prallt er zurück, rennt hinunter zum Fluss und rührt hektisch mit den Händen im Wasser, um die Kuhinnereien abzuspülen. Er schlägt sich auf die Hosen, aufs Hemd, streicht mit nassen Händen über seine Kleidung, damit ja nichts an ihm kleben bleibt, aber irgendwie genügt ihm das nicht, sodass er schließlich in den Fluss watet, sich niederkauert und erneut abwäscht.

Aus einer der Hütten hört er das hohe, näselnde Schluchzen einer Sitar. Als die Musik verstummt, hört er das laute Brummen der Fliegen und schüttelt sich. Überall bedrohliche Vorzeichen.

Ihm bleibt nichts anderes übrig, als zur Straße zurückzugehen und eine Auto-Rikscha zu nehmen. Mit seinem blutigen Ohr und den nassen Kleidern lenkt er jetzt noch mehr Aufmerksamkeit auf sich, aber niemand spricht ihn an.

Oben in seinem Zimmer wäscht er sich noch einmal und reinigt sein Ohr. Die Verletzung ist unbedeutend, nur eine kleine Schnittwunde, eine minimale Schwellung, kaum größer als eine Murmel. Aber er ist schwer mitgenommen und sitzt mindestens eine Stunde lang auf seinem Bett, ohne sich zu rühren. Warum haben die Männer ihn angegriffen? Vielleicht ist er in dem allgemeinen Durcheinander nur zufällig zur Zielscheibe ihrer Aggressionen geworden. Mehr steckt wahrscheinlich nicht dahinter, aber verstört ist er trotzdem.

Der Vorfall lässt ihn umso heftiger an Grace denken. Auf einmal erscheint ihm der Verlust unermesslich, und wie ein Kind weint er sich in den Schlaf.

18

Dröhnende Schritte auf den Zementstufen des Motels wecken Will auf. Er schreckt hoch. Dieses Geräusch kennt er nur aus Filmen – das Geräusch von SA-Leuten, die mitten in der Nacht kommen. Es ist unverkennbar. Irgendwie weiß er, dass die Schritte ihm gelten – eine jener unerklärlichen, augenblicklichen Gewissheiten. Hektisch zieht er seine Schuhe an.

Es bleibt ihm nicht einmal genug Zeit, um sein Hemd aus dem Badezimmer zu holen, wo er es zum Trocknen aufgehängt hat. Die Tür wird eingetreten, knallt wie ein gefällter Baum auf den Boden, vier Männer stürmen herein. Sie tragen Khaki-Uniformen und schwarze Springerstiefel. Blitzschnell umstellen sie ihn.

In der Hektik registriert er nur ihre dunklen Unterarme, ihre Waffen, ihre rabenschwarzen Augen.

«Was geht hier vor sich?», fragt er. Sein Herz hämmert.

«Ihren Pass!», brüllt der Lieutenant. Er steht direkt vor Will, ein Mann von Mitte fünfzig, mit einem Walross-Schnauzbart und einer großen Nickelbrille.

Die Soldaten treten einen Schritt zurück und bilden einen lockeren Kreis um ihn, die Gewehre geschultert, während Will auf dem Bett sitzt und in seiner Reisetasche nach seinem Pass wühlt. Als er ihn findet, reicht er ihn dem Lieutenant, der nur einen kurzen Blick hineinwirft und ihn dann wieder zuklappt.

«Warum sind Sie in Guwahati?»

«Ich mache Forschungen in Kazaringa», antwortet Will.

«Was für Forschungen?»

«Über das einhörnige Nashorn», sagt er.

Als würde das irgendetwas erklären, nickt der Lieutenant. Die drei Soldaten treten vor, zerren Will vom Bett hoch, reißen ihm die

Arme nach hinten. Als er Widerstand leistet, treten sie ihm die Füße weg, und während zwei Männer seinen Kopf nach unten drücken, legen ihm die anderen beiden Handschellen an. Er sieht nur noch ihre schwarzen Springerstiefel. Plötzlich steigt wie eine kleine Rauchfahne zwischen den Panikwellen ein Gedanke in ihm auf. Erst der Brief über Adolf Hitler, und jetzt brechen die Nazis seine Tür auf?

«Soll das ein Witz sein?», schreit er. Doch der Schlag mit dem Gewehrkolben in sein Kreuz ist kein Witz.

Sie schleifen ihn aus dem Zimmer, die spärlich beleuchtete Treppe hinunter. Als sie an dem Perlenvorhang vorbeikommen, der zur Lobby führt, sieht er, wie Mr. Patel hinter einem anderen Perlenvorhang verschwindet, sich ins Dunkel seiner Wohnung zurückzieht.

Er wird die staubige Straße entlanggezerrt; sein Herz trommelt und rast wie noch nie in seinem Leben. Von der Morgendämmerung ist noch nichts zu ahnen.

«Was wirft man mir vor? Ich will es wissen!», schreit er.

Wieder wird er zum Schweigen gebracht, diesmal mit einem Gewehrhieb gegen das rechte Schulterblatt. Der Schmerz schießt bis hinunter in die Fingerspitzen. Die Männer werfen ihn auf den Rücksitz eines Armee-Jeeps, zwei quetschen sich rechts und links neben ihn. Der Lieutenant sitzt vorne, der Fahrer fährt langsam an, hupt viermal, um eine Kuh zu verscheuchen, die in die Straßenmitte gewandert war. Kurz bleibt sie im Lichtkegel stehen und trottet dann mit majestätischer Langsamkeit zur Seite.

Will beugt sich vor, um den Lieutenant anzusprechen. «Ich bin Wissenschaftler. Ich bin hier in Indien, weil ich in verschiedenen Nationalparks Forschungen durchführe. Sie können gern meine Taschen durchsuchen – außer wissenschaftlichen Papieren werden Sie nichts finden.» Der Schweiß steht ihm auf der Stirn, tropft aus seinen Achselhöhlen.

Keine Antwort. Der Jeep biegt in eine ebenfalls ungeteerte Straße ein, die noch holperiger ist als die erste. Er spürt die Nachwirkungen der beiden Kolbenhiebe und nimmt nicht an, dass die Soldaten ihn von jetzt an besser behandeln werden. Mit jeder Minute steigert sich seine Angst.

Der Wagen hält, die Soldaten zerren ihn aus dem Jeep und schleifen ihn durch die Nacht zu einem Gebäude, das von einem Bambuszaun umgeben ist. Ein Gefängnis, wie er zu seiner Überraschung feststellt. Drinnen geht es einen schmalen betonierten Gang entlang. Rechts und links befinden sich Zellen, es stinkt nach Urin und Kot. Die Luft ist erfüllt vom Gesurre unzähliger Fliegen. Die Männer in den Zellen kann er nur schemenhaft erkennen; dürre, knochige Gestalten, bis zu fünfzehn in jeder Zelle, schlafen sie auf dem Zementfußboden, ohne Matten, ohne Decken und Kissen. Nur einer der Gefangenen ist wach. Er kauert auf den Fersen, mit der einen Hand hält er sich ganz unten an einem der Stäbe fest. Fliegen bedecken sein Gesicht, und er bewegt sich nicht.

Die Männer schleppen Will in einen dunklen Raum und schubsen ihn auf einen Stuhl. Niemand sagt etwas zu ihm, sie unterhalten sich nur untereinander, aber auf Hindi. Er hört sie im Dunkeln hin und her gehen, hört, wie Stuhlbeine über den Beton schrappen. Dann zischt ein Streichholz über eine Reibefläche und flammt auf. Will erschrickt. Das Licht beleuchtet nur das Profil des Lieutenant und eine Ecke des Raums, in der ein Bild von Lord Vishnu in einem billigen braunen Plastikrahmen hängt.

Eine Kerosinlampe wird angezündet und auf einen Tisch gestellt; Will blinzelt in der plötzlichen Helligkeit. Die Lampe steht direkt neben ihm, damit man ihn sehen kann, während die anderen im Dunkeln bleiben. Das gelbe, spärliche Licht hat etwas an sich, das der Nacht und denen, die in ihren Tiefen operieren, alles zu gestatten scheint.

Einer der Männer sitzt ihm gegenüber, aber Will kann ihn nicht erkennen. Hinter ihm sitzt ein zweiter, ein undeutlicher Schatten, mehr nicht. Die anderen beiden sind rechts und links von ihm postiert, mit Stöcken in der Hand. Aus dem Augenwinkel kann er einen dunklen Arm sehen, ein Stück Hosenbein, einen Stock, eine Hand. Die Lampe beleuchtet nur Fragmente.

Dann geht es los.

«Für wen arbeiten Sie?», fragt eine Stimme. Es ist der Lieutenant.

«Ich arbeite für niemanden. Ich schreibe ein Buch über das Artensterben.»

«Wo ist Aban Bezbaruah?»

«Aban Bezbaruah?»

«Ja, Aban Bezbaruah. Wo ist er?»

«Ich kenne ihn nicht. Ich bin ihm noch nie begegnet.»

«Sie haben schon von ihm gehört?»

«Ich habe über ihn gelesen», gibt Will zu.

«Und wer ist er?»

«Ich habe nur etwas über ihn gelesen. Ich habe noch nie mit ihm zu tun gehabt.»

«Wer ist er? Antworten Sie!»

«Ich kenne ihn nicht.»

Da trifft ihn der erste Schlag. Er kommt von rechts, ein Schlag gegen die Brust, mit einem Holzstock. Dann noch einer, von links, auf seine linke Schulter. Seine Beine und Arme verwandeln sich in Wasser, sein Blick verschwimmt, und einen Moment lang hat er das Gefühl, er kippt vom Stuhl.

Schweigen legt sich über den Raum. So macht man das also, denkt er. Man nimmt eine schwache Lampe, tritt in den Schatten zurück, stellt rechts und links von dem Verhörten einen Schläger auf, stellt immer wieder dieselbe Frage, unerbittlich, bellend, wie einen Befehl. Wenn die Antwort nicht ausreicht, treten die Schläger in Aktion, prügeln los. Ein methodisch präzises Vorgehen, in der Durchführung vielleicht sogar ein bisschen langweilig.

«Wer ist Aban Bezbaruah? Antworten Sie!», brüllt der Lieutenant.

«Er ist der Anführer der People's Liberation Army, aber ich habe nur über ihn gelesen. Ich kenne ihn nicht.»

«Ich frage Sie noch einmal: Wo ist Aban Bezbaruah?»

«Ich habe keine Ahnung, wo er sich aufhält», sagt Will. «Ich weiß nichts über ihn! Ich bin ihm noch nie begegnet. Ich bin hier in Guwahati wegen des Nationalparks. Fragen Sie Colonel Bandopatai!»

Wieder kommen die Schläge, diesmal brutaler. Es sind drei, einer in die Rippen, einer gegen das Schienbein, der dritte gegen die rechte Schulter. Er kann sich nicht wehren – sie haben ihm die Handschellen nicht abgenommen. Er spürt einen stechenden, flirrenden Schmerz, der vom Schulterblatt den Nacken hinauf- und dann den rechten Arm hinunterschießt. Der Schmerz in den Rippen kommt schneller, ist schärfer, hartnäckiger. Der im Schienbein ist dumpf, aber beharrlich.

«Für wen arbeiten Sie?», schreit der Lieutenant.

«Ich arbeite für niemanden», antwortet Will. «Ich bin Schriftsteller und schreibe über das Artensterben. Ich habe mir in Indien verschiedene Nationalparks angeschaut. Sehen Sie sich meine Unterlagen an. Mit der People's Liberation Army habe ich nichts zu schaffen!» Seine Stimme wird immer lauter. «Wer hat Ihnen gesagt, ich würde diese Leute kennen?» Er sucht nach einer Logik, will den Schlägen eine Begründung geben, kann vor Schmerzen aber kaum denken. Bestimmt hat es etwas mit Stella zu tun, mit Bhupen – aber schon kommt die nächste Frage.

«Wo ist Aban Bezbaruah?», brüllt der Lieutenant. «Antworten Sie!»

«Ich habe ihn noch nie gesehen.»

Die Schläge kommen langsam, einer nach dem andern, zwei von jedem der beiden Männer, die neben ihm stehen – erst ein Schlag in den Bauch, dann gegen den linken unteren Rippenbogen, dann gegen die rechte Schläfe, den linken Unterkiefer. Ein heiserer Schrei entringt sich ihm, der erste von vielen. Es sind Laute, die er noch nie gehört hat, die er nicht von sich geben will, aber er kann nichts dagegen tun. Es ist sein Körper, der weiß, dass er in Gefahr ist und die Angst herausschreit. Zum ersten Mal überfällt ihn der Gedanke, dass sein Herz versagen könnte und nicht die Schläge ihn umbringen werden. Es poltert gegen sein Brustbein wie ein Hammer, der viel zu schnell auf den Amboss schlägt. Was er zuvor empfunden, was er Angst genannt hat, wenn er sagte: «Ich hatte Angst», ist nicht damit zu vergleichen.

«Bitte!», sagt er. «Ich weiß nichts über die People's Liberation Army oder über Aban Bezbaruah. Ich sage die Wahrheit!» Er spricht leise, flehend.

Als hätte er nichts gesagt, wiederholt der Lieutenant nur seine Frage: «Wo ist Aban Bezbaruah? Wo ist er?»

Will hebt den Kopf und will ihm in die Augen schauen, aber er kann sie nicht sehen. Er sieht nur noch schwarzen Nebel, der Mann dahinter ist verschwunden.

«Wer hat Ihnen meinen Namen gegeben?», fragt Will die Dunkelheit. «Wenn Sie mir sagen, wer Sie zu mir geschickt hat, kann ich vielleicht alles aufklären.» Die Geschichte von Bhupen und Stella verwirrt seine Gedanken. Er hört sich selbst denken: «Ich habe eine Frau kennen gelernt, und sie hat diesen Leuten zehn Dollar gegeben, damit sie ihr ihre Machete zeigen …»

«Wo ist er?», schreit der Lieutenant. «Raus mit der Sprache!»

Will überlegt, ob er etwas erfinden soll, ob er irgendeinen Ort nennen soll. Die Kleinstadt Nellie, den Nowgong-Bezirk, denkt er, aber er bringt es nicht über sich. Vielleicht verwickelt es ihn nur noch mehr in die ganze Sache, wenn er etwas sagt.

«Antworten Sie!», befiehlt der Lieutenant.

«Ich weiß nichts über Aban Bezbaruah», schreit Will. «Ich habe nichts mit der People's Liberation Army zu tun. Das wissen Sie genau! Was soll dieses Theater? Was wollen Sie von mir?»

Die beiden Männer rechts und links von ihm ziehen ihn hoch, packen ihn unter den Achseln und schleudern ihn gegen die Betonwand irgendwo in der Dunkelheit hinter seinem Stuhl. Er kann sich nicht abfangen, weil seine Hände immer noch hinter dem Rücken gefesselt sind. Mit der linken Gesichtsseite prallt er gegen die Wand. Dabei verletzt er sein linkes Auge, Blut läuft ihm übers Gesicht. Er geht in die Knie, windet sich, heult.

«Wo ist er?», schreit der Lieutenant wieder.

Will öffnet die Augen und starrt in die Kerosinlampe, die auf dem Tisch steht, starrt durch das weiße Gitterwerk in die helle Flamme. Wieder überlegt er sich, ob er irgendeinen Ort nennen soll. Chamaria, Nellie, Dibrugarh. Ich kann machen, dass es aufhört, denkt er. Ich muss nur irgendeinen Ort nennen. Aber ein Teil von ihm ist bereits jenseits der Schläge, jenseits der Schmerzen, die sie ihm zufügen, und weigert sich, etwas zu erfinden.

«Sie müssen uns den Ort nennen!», sagt der Mann im Schatten. Will blickt in die Schwärze, sucht das Gesicht des Mannes. Er ist überrascht, als er von seinem Stuhl im Schatten aufsteht, an den Tisch tritt und sich so weit vorbeugt, dass sein Gesicht hell beleuchtet ist. Es ist voller Pockennarben, leidgeprüft.

«Ich kann keinen Ort nennen», sagt Will.

«Es spielt keine Rolle», entgegnet der Mann. «Nennen Sie uns einen Ort. Irgendeinen.»

«Es gibt keinen», antwortet Will.

Wieder sausen die Schläge auf ihn nieder, aber die Männer haben ihren Elan verloren. Sie schlagen nicht mehr so fest zu. Offenbar sind ihnen Zweifel gekommen. Er sieht ihren unsicheren Schritten an, dass ihnen klar geworden ist, dass sie den falschen Mann schlagen. Schließlich entfernen sie sich. Will bleibt auf dem Fußboden liegen, auf der Seite. Er kann nicht verstehen, was sie sagen, sie sprechen Hindi, aber er spürt, dass ihre Entschlossenheit dahin ist. Die Befehle haben plötzlich ihre Wirkung verloren, ihr Pflichteifer hat sich in Luft aufgelöst. Die Männer bilden keine einheitliche Front mehr. Sie sind in Fraktionen zerfallen. Einer der Schläger setzt sich angewidert auf einen Stuhl und zündet sich eine Zigarette an. Der andere geht weg. Ihr Enthusiasmus ist verpufft, wie bei einem Mann, der bei einer Hure war und mit ihr fertig ist.

Die Männer stehen um ihn herum. Sie reden über ihn, starren auf ihn herunter. Er sieht ihre schwarzen Stiefel und muss an etwas denken, was seine Mutter zu ihm gesagt hat, als er noch klein war. «Die Juden sind nicht wie kleine Kinder, die sich Monster nur einbilden. Nein, sie wissen, dass die Monster tatsächlich mitten in der

Nacht kommen und dich aus dem Bett zerren und dich deiner Familie wegnehmen.» Jetzt sind sie also gekommen, denkt er.

Aber als sie sich zu ihm herunterbeugen, erscheinen sie ihm nicht mehr wie Nazis, sondern eher wie Kinder, die einen Fehler gemacht haben und nicht weiterwissen. Er ist ein gestürzter Goliath.

Er möchte diesen Moment im Gedächtnis behalten, in dem die Männer aufgegeben haben, in dem Zweifel ihre Brutalität besiegten und ihre Menschlichkeit durchkam wie winzige Lichtstrahlen, die durch einen brüchigen Ziegelstein dringen. Sie stehen vor seinem hingestreckten Körper, unschlüssig, was sie mit ihm tun sollen. An dem, was er jetzt ist, sind sie schuld. Er ist nicht ihr Jude.

Einer von ihnen kauert sich neben ihn und fühlt seinen Puls. Er sagt etwas zu den anderen, und dann versuchen sie, ihn aufzurichten. Als sie seine gebrochenen Knochen bewegen, verliert er vor Schmerzen das Bewusstsein.

Zu Beginn des 16. Jahrhunderts gab es drei verschiedene Arten von Riesenschildkröten – sehr ungewöhnliche Geschöpfe, die 250 Pfund wogen und bis zu hundert Jahre alt wurden. Eine Gruppe lebte auf den Galapagos-Inseln, eine zweite auf den Maskarenen, einer Inselgruppe im Indischen Ozean, zu der Mauritius, Rodriguez und Réunion gehören. Die dritte Gruppe lebte auf Aldabra, einer entlegenen Insel vor der Ostküste Afrikas. Die Tiere lagen dicht beieinander in der Sonne, ihre Schilde glatt poliert, ihr Atem langsam und gemessen.

Dann kamen portugiesische, niederländische und französische Seeleute. Auf Mauritius landeten sie bereits zu Beginn des 16. Jahrhunderts. Die Portugiesen und die Holländer sahen sich zwar manchmal gezwungen, Schildkrötenfleisch zu essen, aber es schmeckte ihnen nicht besonders. Die Franzosen hingegen waren begeistert und schlachteten Hunderte von Riesenschildkröten.

Dann kamen die Schiffe der Marine und der Walfänger und transportierten Tausende von Tieren ab. Sie eigneten sich hervorragend für den Export: Mit ihrem kolossalen Durchhaltevermögen konnten sie in den Schiffsbäuchen viele Monate ohne Nahrung und ohne Wasser überleben. Man musste sie nur an Bord umdrehen, damit sie nicht weglaufen konnten, und dann aufeinander stapeln.

Schon 1780 waren die Riesenschildkröten extrem selten. Eine Generation später waren sie auf Rodriguez, Réunion und Mauritius verschwunden. Nur auf Aldabra und Galapagos überlebten sie.

Im Jahr 1778 entstand auf Aldabra eine Kolonie – ihr wichtigster Exportartikel waren die Riesenschildkröten. Hunderte wurden verschifft, vor allem nach Mauritius, wo der Bestand längst aufgezehrt war. Es darf nicht unerwähnt bleiben, dass auch die Katzen und die Ratten, die auf die Inseln kamen, viel Schaden anrichteten, weil sie die Schildkröteneier fraßen.

1870 wurde Aldabra zum Abholzen freigegeben. Der Verlust an Lebensraum in Verbindung mit der systematischen Jagd brachte die Schildkröten an den Rand des Untergangs. Als 1878 eine Gruppe von Seeleuten drei Tage damit verbrachte, nach Riesenschildkröten zu suchen, schien das Ende gekommen zu sein: Sie fanden nur eine einzige.

Das sorgte für Beunruhigung, und man leitete verschiedene Schutzmaßnahmen ein. Aber niemand machte sich große Hoffnungen, vor allem nachdem ein Naturschützer während des Ersten Weltkriegs die Insel besuchte und erklärte, man könne jahrelang auf der Insel leben, ohne auch nur einer einzigen Schildkröte zu begegnen.

Entgegen allen Erwartungen erlebten diese geduldigen, ausdauernden Geschöpfe ein langsames Comeback. Heute leben auf Aldabra 150 000 Riesenschildkröten. Zum Teil haben die Schutzmaßnahmen sie gerettet, aber ihr Überleben wurde vor allem dadurch ermöglicht, dass die unwirtlich heiße Insel so entlegen und für den Menschen relativ unzugänglich ist.

Anmerkungen zum Artensterben von Will Mendelsohn

19

Ein schrilles Klingeln, das er seit Stunden am Rand seines Bewusstseins wahrgenommen hat, weckt ihn auf, aber es dauert eine Weile, bis er begreift, dass das Geräusch nicht von außen kommt, sondern aus seinem Kopf. Da fällt es ihm schlagartig wieder ein, alles auf einmal. Instinktiv will er mit der rechten Hand an sein Ohr fassen, aber ein scharfer Schmerz, der von seiner Schulter in den Arm schießt, hindert ihn daran. Auch den anderen Arm kann er nicht bewegen, ohne dass das Gleiche passiert. Vermutlich sind beide Schultergelenke ausgekugelt. Der Versuch, die Handgelenke zu bewegen, ist ebenfalls qualvoll. Immerhin kann er die Finger noch gebrauchen, stellt er mit Erleichterung fest.

Sein ganzer Brustkorb steckt in einem Panzer aus Schmerzen. Alles ist geschwollen, gequetscht, geprellt. Bestimmt sind mehrere Rippen gebrochen, aber es ist schwer zu sagen, welche und wie viele. Den Oberkörper auch nur zu bewegen verursacht unerträgliche Schmerzen. Er darf sich nicht bewegen. Doch selbst das Auf-dem-Rücken-Liegen tut ihm weh. Sein rechtes Kiefergelenk pocht und fühlt sich dick an. Das rechte Schienbein scheint gebrochen und ist unter seinem Hosenbein kropfartig angeschwollen.

Er ruft um Hilfe, schreit. Er wartet, lauscht auf Schritte, Stimmen. Aber da ist nichts. In der Stille fangen seine Ohren wieder an zu klingeln. Es sind zwei verschiedene Geräusche, das eine hoch und permanent, das andere wie ein gedämpfter Presslufthammer. In gewisser Weise sind sie schlimmer als die Schmerzen, treiben ihn auf andere Art in den Wahnsinn. Jedenfalls ist Denken ein Ding der Unmöglichkeit. Es besteht aus nichts anderem mehr – aus Schmerzen und aus den grässlichen Geräuschen in seinem Kopf.

Er liegt in einem kleinen Raum mit Betonwänden, der Fußboden ist grau, die Wände sind weiß gestrichen, überall kriecht der Schimmel hoch. Der Raum ist fensterlos, höchstens drei mal vier Meter groß. Das Dach besteht aus Stroh, durch das diffuses Tageslicht dringt, sodass es nicht so stickig, nicht stockfinster ist. Haben sie ihn in eine Einzelzelle gesperrt?

Er ruft wieder, ein Wortschwall, ein paar Schreie, die in Geheul übergehen. Er hat keine Ahnung, wie lang es dauert, bis er endlich jemanden an der Tür hört. Nicht das Geräusch eines Schlüssels, sondern das eines Riegels, der zurückgeschoben wird. Die Tür geht auf, ein kleiner Junge kommt herein. Er ist höchstens neun. Er zieht die Tür hinter sich zu, schließt sie aber nicht vollständig. Er drückt sich in die Ecke, einen Fuß auf den anderen gestellt, und betrachtet Will. Die blau unterlaufenen Schwellungen an Wills entstelltem Körper machen ihm Angst. Überall dicke Klumpen, am Schienbein, auf der Brust, und die rechte Gesichtshälfte ist so vorgewölbt, als würde dort ein Tumor wachsen. Warum schicken sie einen kleinen Jungen, damit er sich um einen Mann kümmert, der schwere Schmerzen hat und furchterregend aussieht?

«Gibt es hier keinen Arzt?», fragt Will. «Ich habe Knochenbrüche.»

Aber es ist sinnlos, der Junge versteht nichts.

Er ist mager, mit dichtem schwarzem Haar, das aussieht, als wäre es rasch mit einer Rasierklinge abgeschnitten worden, damit es ihm nicht in die Stirn fällt. Er ist offenbar zu dem Schluss gekommen, dass Will sich nicht bewegen kann, kommt ein Stückchen näher und bleibt in der Mitte des Raums stehen, um seine Theorie zu überprüfen. Er ist barfuß und trägt einen karierten Lungi, den typischen Wickelrock der Moslems, dazu ein verdrecktes T-Shirt mit unzähligen kleinen Löchern, wie Will trotz des trüben Lichts erkennen kann. Vielleicht gehört er zu jenen obdachlosen Kindern, die sich einem Gefängnis anschließen und kleine Aufgaben übernehmen, um etwas zu essen zu bekommen. Den Kindern Indiens bleibt nichts erspart.

Will versucht sich anders hinzulegen, um den Jungen besser

sehen zu können, und wieder durchschießen ihn Schmerzen, die von mindestens zehn verschiedenen Stellen ausgehen. Er ächzt wie ein waidwundes Tier, ein schrecklicher Laut aus der tiefsten Hölle seiner Seele, den er nicht unterdrücken kann. Der Junge erschrickt, weicht wieder in die Ecke zurück und kauert sich neben die Tür, damit er notfalls schnell davonrennen kann.

Will nimmt noch einmal Anlauf. «Ich brauche einen Arzt. Medizin, Medizin!», sagt er. Er weiß kein Wort für *Arzt* in irgendeiner Sprache, die dieser Junge kennen könnte.

Verständnislos schüttelt der Junge den Kopf.

«Polizei?», sagt Will.

Wieder starrt ihn der Junge nur an. Er hat riesige schwarze Augen mit langen dunklen Wimpern.

Will führt die Hand zum Mund und deutet dann auf seinen Magen, eine Geste, die alle Bettler Indiens machen. Er kann sie nicht richtig vollführen, weil der Bewegungsspielraum seines Arms eingeschränkt ist, aber der Junge versteht ihn offenbar; er huscht zur Tür hinaus und verriegelt sie wieder. Etwas später kommt er mit einem Metallteller zurück: ein bisschen Chapati-Brot und eine bräunliche Dhal-Suppe. Er stellt den Teller neben Will auf den Fußboden und hockt sich dann schnell wieder auf seinen Platz neben der Tür. Will versucht, nach dem Teller zu greifen, aber die Schmerzen sind zu heftig, er schafft es nicht. Er zeigt auf den Jungen, macht Kaubewegungen, und nach kurzem Zögern begreift der Junge, dass Will gefüttert werden muss.

Er kommt langsam heran und kauert neben ihm nieder, mustert ihn mit seinen großen Mandelaugen. Dann füttert er ihn mit kleinen Stückchen Fladenbrot, die er vorher in die Suppe tunkt, ganz vorsichtig, als hätte er Angst, gebissen zu werden, doch nach ein paar Versuchen wird er zutraulicher und wartet geduldig, bis Will sein Brot gekaut hat und er ihm das nächste Stückchen reichen kann.

Danach geht der Junge wieder, verriegelt die Tür hinter sich, und Will schwebt zwischen Wachsein und Bewusstlosigkeit. Manchmal quälen ihn die Schmerzen so sehr, dass er sich windet; er weint, kann aber nicht einmal die Hände vors Gesicht schlagen. Das Klingeln in seinen Ohren lässt nicht nach, nimmt sein ganzes Denken in Anspruch, bis er auf die Idee kommt, mit den Fingernägeln über den Beton zu kratzen, um sich abzulenken.

Es gibt Augenblicke, da er am Rand des Wahnsinns steht.

Als der Junge ihm wieder etwas zu essen bringt, kauert er schon entspannter neben Will, wartet geduldig, während Will sein Essen mümmelt, und fächelt ihm die Fliegen vom Gesicht. Als Will Spucke aus dem Mund läuft und der Junge sie geduldig wegwischt, ist endgültig klar, dass er sich um den Mann kümmern muss.

So vergehen mehrere Tage. Will schwebt zwischen Wachen und Schlafen, von den Schmerzen mal geweckt, mal erschöpft. Er merkt, dass er weniger leidet, wenn er sich möglichst wenig rührt. Die Schmerzen verschwinden nie ganz, sind aber erträglicher, solange er sich nicht bewegt. Doch wenn er sich windet, weil er es nicht mehr aushält, wird alles nur noch schlimmer. Also bemüht er sich, möglichst ruhig zu liegen, er kratzt nur mit den Fingernägeln über den Beton und horcht auf das Geräusch, um sich von dem Klingeln im Ohr abzulenken.

Manchmal kommt der Junge, wenn er ruft. Dann wieder kommt er nicht. Will kann kein Muster feststellen. Vielleicht muss er mehrere Gefangene versorgen.

Der Junge kommt und geht, füttert ihn mit den Fingern, immer kleine Stückchen Chapati, in Dhal-Suppe getunkt. Will fragt sich, wer über sein Kommen und Gehen bestimmt, wer ihm das Brot und die Suppe gibt, wer ihn überhaupt schickt. Sobald er hört, dass der Riegel beiseite geschoben wird, passt Will genau auf, weil er sehen will, was draußen vor der Tür ist, aber der Junge ist flink und schlüpft immer durch einen schmalen Spalt. Immerhin sieht Will, dass die Sonne scheint, und daraus schließt er, dass seine Tür direkt ins Freie führt. Das heißt, seine Zelle gehört nicht zum eigentlichen Gefängnistrakt. Also ist er in Isolationshaft.

Er wundert sich, dass noch nie ein Gefängniswärter nach ihm geschaut hat. Oder wenigstens die Tür aufgemacht, um sich das Ergebnis der Bemühungen seiner Kollegen anzuschauen. Oder um ihm einen Tritt zu versetzen, weil er so viel Krach macht. Aber es kommt niemand. Nur der Junge, der einem Zeitplan folgt, den Will nicht nachvollziehen kann.

Als Tage später, nach mehreren Mahlzeiten, der Drang, sich zu entleeren, immer stärker wird, weiß Will sich nicht zu helfen. Soll er einfach in die Hose machen? Sich einscheißen und dann von dem Jungen sauber machen lassen? Schlimm genug, dass er immer wieder in die Hose gepinkelt hat! Im Schritt ist seine Hose schon ganz steif, drum herum ist ein feuchter Kreis. Offenbar pinkelt er immer im Schlaf. Sein rechtes Bein und seinen rechten Fuß kann er inzwischen ohne allzu große Schmerzen bewegen; er kann sich sogar von der Stelle bewegen, indem er sich, Kopf voran, im Liegen vorwärts schiebt. Mit Hilfe der Strohmatte, auf der er liegt, schafft er es, sich bis in die Ecke zu manövrieren. Mit seinem gesunden Fuß schiebt er die Matte unter sich weg. Seine Hände funktionieren einigermaßen, und es gelingt ihm, die Hose über die Hüften zu schieben und sie anschließend wieder hochzuziehen. Es kostet ihn viel Kraft, wieder auf die Matte zurückzukommen und an seinen ursprünglichen Platz zu rutschen.

Völlig erschöpft schläft er den ganzen Morgen. Als der Junge kommt, deutet Will mit einer Kopfbewegung auf den Haufen in der Ecke. Der Junge geht hin, starrt auf den Boden und hält sich die Nase zu. Will versucht ihm verständlich zu machen, dass der Haufen entfernt werden muss, und der Junge geht, verriegelt die Tür hinter sich und kehrt mit zwei großen grünen Papayablättern zurück. Mit dem einen Blatt hebt er den Haufen vom Boden, mit dem anderen hält er ihn fest. So trägt er ihn hinaus, die Arme starr von sich weggestreckt. Es ist ein komischer Anblick, und trotz der Demütigung muss Will grinsen.

Der Junge kommt immer öfter, manchmal ohne ersichtlichen Grund, einfach nur, um sich neben Will zu setzen und die Fliegen wegzufächeln. Sie führen kleine Gespräche, bei denen jeder seine Sprache spricht, die der andere nicht versteht. Wenn Will besonders schlimme Schmerzen hat, streicht ihm der Junge mit seinen kleinen Fingerspitzen über die Stirn. Es ist eine schlichte Geste, aber sie beruhigt ihn.

Hin und wieder versucht er, dem Jungen Englisch beizubringen. Er macht ein Spiel daraus, deutet auf seine Nase und sagt: *«Nase»*, er hält die Hand hoch und sagt *«Hand»*, aber der Junge geht nicht darauf ein. Er zuckt nur die Achseln, als wollte er ein kratziges Hemd abschütteln.

Sie kommunizieren mit Gebärden: ein Kopfnicken, ein Kopfschütteln, ein Lächeln, ein Stirnrunzeln, Handbewegungen. Seltsame Töne, die keine Sprache brauchen, *Tsss* und *Schsch, Hmmmm* und *Ahhh*.

Der Junge berührt gern Wills Wunden, betastet seinen Körper, wenn Will im Halbschlaf dahindämmert. Vorsichtig streicht er über die Schwellungen, fährt mit den Fingern über den Schorf auf seiner Brust und in seinem Gesicht, drückt manchmal auf die empfindlichen Blutergüsse, um zu sehen, wie Will zusammenzuckt. Manchmal ruft Will: «Schluss, Schluss!», wenn er möchte, dass er aufhört, und den schroffen Laut versteht der Junge sofort.

Trotz seines Alters weiß er, dass es bei dem, was Will passiert ist, nicht mit rechten Dingen zugegangen ist. Manchmal streichelt er eine ganze Stunde lang mit seinen kleinen braunen Fingern über Wills Haut, als wollte er ihr die Geschichte seiner Verletzungen entlocken. Aber die Haut gibt nichts preis. Die Wunden sind Geister, Phantome, im Grunde ein Nichts. Das Böse ist so rätselhaft wie die Liebe, es kommt, schlägt zu und hinterlässt Spuren, die kaum noch zu deuten sind.

Will fragt sich, was er dem Jungen bedeutet, ob der Junge an ihn denkt, wenn er nicht bei ihm ist. Zweimal am Tag bringt er etwas zu essen, entfernt die Exkremente, reibt Will manchmal mit einem feuchten Tuch ab, das im Bund seines Lungi steckt. Als die Schwellungen zurückgehen, weist er Will darauf hin, indem er die Finger aufeinander presst, als wollte er sagen, die Schwellung werde weggequetscht.

Am schwierigsten ist es, wenn der Junge geht. Die Isolation, der Wegfall von Geräuschen und Licht. Es fällt ihm nicht leicht, unter diesen Bedingungen die Fassung zu bewahren. Er versucht sich irgendwie zu beschäftigen. Jeden Tag probiert er aus, ob er sich aufsetzen kann. Er versucht die Arme zu bewegen, aber die Schmerzen sind immer noch zu stark. Er kann nur mit den Zehen seines linken Fußes wackeln und die Beine ganz leicht anheben. Er will tief durchatmen, aber auch das geht nicht. Die meiste Zeit über muss er immer noch still liegen. Er hat Angst, dass die Verletzungen falsch verheilen. Was ist, wenn Nerven beschädigt wurden, als sie ihm die Arme ausgerenkt haben? Das gebrochene Schienbein wächst nicht richtig zusammen – der Knochen steht vor, wahrscheinlich wird er nie wieder problemlos gehen können. Die Vorstellung, dass er mit leblos herunterhängenden Armen bis an sein Lebensende humpeln wird, macht ihn völlig verzweifelt.

Es stimmt nicht, wenn es heißt: Sie können deine Knochen brechen, aber nicht deine Seele. Das ist eine Lüge. Sie haben seine Seele gebrochen. Wo immer sie ihren Sitz hat, sie haben sie gefunden und gebrochen. Körper und Seele sind nicht so klar voneinander getrennt. Und es stimmt auch nicht, dass die Liebe alles besiegt. Die Menschen wünschen sich nur, dass dergleichen wahr wäre, aber es ist nicht wahr. Die Gewalt siegt. Das Böse setzt sich durch. Das wird er nie mehr bestreiten können.

Manchmal muss ihn der Junge aus seiner Lethargie herausholen. Er führt kleine Tänzchen auf, hüpft erst auf dem einen, dann auf dem andern Fuß herum. Es ist die Bewegung, die Wills Aufmerksamkeit weckt. Der Junge klatscht in die Hände, singt irgendwelche Kinderlieder, alles, nur um Will aufzuheitern.

Er verliert jedes Zeitgefühl. Er weiß nicht, wie lang er schläft, wenn er schläft. Einmal bringt ihm der Junge mitten in der Nacht eine Zigarette und hält sie ihm an die Lippen, damit er daran ziehen kann. Der Junge lehnt sich an ihn und lutscht am Daumen. Allmählich fragt sich Will, ob der Junge vielleicht außer ihm niemanden hat auf dieser Welt – so wie er nichts hat, außer dem Jungen.

In klaren Momenten glaubt er, das, was ihm zugestoßen ist, einigermaßen verstehen zu können, wenn auch nur in den schlichten Begriffen von Ursache und Wirkung: Er hatte seine Frau nie richtig geliebt, deshalb hat sie in ihrer Enttäuschung sein Manuskript verbrannt und ihn daraufhin aus lauter Schuldgefühl verlassen, weshalb er sein Buch noch einmal neu konzipieren musste, was ihn in die Welt hinaustrieb und so weiter und so fort. Er sucht nach einem tieferen Sinn, kann aber keinen finden.

Er vermutet, dass seine Mutter sagen würde, es seien seine Vorfahren gewesen, die ihn an seine Herkunft erinnern wollten; er habe sie so kategorisch verleugnet, dass sie zu extremen Mitteln gegriffen hätten, um ihn zurückzuholen. Mit diesem schlichten Gedanken würde sie das Ganze einfach wegerklären.

Wird seine Geschichte ein Triumph oder eine Tragödie sein? Irgendwie kann er sich nicht vorstellen, je wieder hier herauszukommen. Er muss sich entweder in Richtung Tod oder in Richtung Leben bewegen, aber er kann überhaupt keine Bewegung feststellen, als wäre er auf hoher See ausgesetzt worden und nirgends wäre auch nur die geringste Brise zu spüren.

Es gibt Momente, da hört er Grace lachen, sieht ihr Lächeln, ihre vollen Lippen, die sich öffnen und ihre kleinen weißen Zähne entblößen. Aber er hat jedes Gefühl dafür, dass er ein sexuelles Wesen ist, so vollständig eingebüßt, dass seltsamerweise auch die Erinnerungen an die Liebe mit ihr verschwunden sind, obwohl er gerade die mehr als alles genossen hat, ehe er zusammengeschlagen wurde. Der Gedanke an ihre Schenkel hatte sein Herz schneller schlagen lassen, die Vorstellung von ihrem Geschlecht ihn erregt. Jetzt rührt sich nichts mehr. Er ist sich nicht einmal sicher, ob sein Geschlecht noch funktioniert, aber aus irgendeinem Grund kümmert ihn das wenig. So vieles an ihm ist kaputt – wenn es auch kaputt ist, dann wird es warten müssen, bis es an der Reihe ist.

So sieht sein Leben aus: gebrochene Knochen, ein gebrochenes

Herz, alles gebrochen – und dieser Junge. Es erfüllt ihn mit Verzweiflung; es ist so erbärmlich, so mickrig. Dass er überhaupt noch atmet, ist kein Beweis für den Triumph des menschlichen Geistes. Nein, es ist der Triumph des menschlichen Körpers, und dieser Körper ist nichts weiter als ein blödes, mechanisches Ding, das nicht weiß, dass es nur ein Sarg ist, der einen toten Geist beherbergt. Es ist das Herz, das immer weitermacht und nicht aufhören will zu schlagen.

Er kennt auch andere Momente, seltsame Momente der Klarheit, an die er sich klammert. Plötzlich leuchten Wahrheiten auf, momenthaft wie helle Blitze bei rauer See. Er wird in einen geistigen Zustand versetzt, den er nicht beschreiben kann, einen Zustand, in dem er Freude empfindet, das Licht bestaunt, das durch das Strohdach dringt, über den Jungen staunt, der ihm mit seinem schiefen Grinsen das Essen bringt. Aber dieser Zustand ist nie von Dauer, er entgleitet ihm wieder. Er kann ihn nicht festhalten, er gleicht einer Brise, die im Vorbeiwehen die Seiten umblättert.

Der Junge ist manchmal übermütig und versteckt das Essen hinter Wills Rücken. Dann steht er da, eine Hand nach oben gedreht, als hätte er nichts mitgebracht, krümmt sich vor Lachen und holt schließlich das Essen vor. Manchmal hält er Will das Brot an den Mund und zieht es ihm im letzten Augenblick weg. Dabei lacht er, ein zuckersüßes, hohes Kichern, das Will ans Herz wächst. Manchmal presst Will die Lippen aufeinander, wenn der Junge ihn füttern will, und der Junge kauert neben ihm, hält ihm das Essen hin, wartet darauf, dass Will endlich doch den Mund aufmacht, und zieht dann schnell das Brot weg, ehe Will zuschnappen kann.

Als Will eines Tages versucht den linken Arm zu heben, gelingt es ihm ohne Schmerzen. Als Erstes entwickelt er eine Methode, wie er sich aufsetzen kann – wenn er sich auf seinen Arm stützt, kann er sich hochhieven. Der Junge ist verdutzt, als er Will an der Wand sitzen sieht. Er freut sich, als wäre Will dadurch menschlicher geworden, und schüttet ihm die Sachen, die er in seiner Tasche mit sich herumträgt, in den Schoß. Merkwürdige kleine Gegenstände, die ihm wichtig sind: ein Holzkreisel, den er auf dem Boden tanzen lässt, eine schwarze Lakritzschnecke, an der er immer nur leckt, ohne davon zu essen, ein kleiner roter Kipplaster, höchstens einen Finger lang. Will fasst diese Sachen genauso gern an wie der Junge, und während er sie in der Hand hin und her dreht, kauert der Junge Daumen lutschend neben ihm.

Als er wieder geht, findet Will heraus, dass er sich quer durch den Raum bewegen kann, wenn er sich auf seinen guten linken Arm und sein gutes rechtes Bein stützt. Am Abend krabbelt er zur Tür, und als der Junge kommt und sie wie immer einen Spaltbreit öffnet, stößt er sie mit dem Fuß vollends auf. Der Junge erstarrt vor Schreck, und Will sieht, dass er in einem Garten steht. Als er probiert, nach draußen zu gelangen, fuchtelt der Junge hektisch mit den Armen und ruft etwas, das Will nicht versteht; immer wieder schaut er sich verängstigt um, aber Will sieht nichts, wovor er Angst haben könnte. Der Junge wiederholt immer wieder dieselben Wörter, und er wirkt so verschreckt, dass Will wieder in den Raum zurückrutscht. Der Gedanke, dass er in Gefahr ist, dass der Junge ihn versteckt hält, veranlasst ihn zum Rückzug. Als er wieder an seinem Platz ist, verriegelt der Junge die Tür.

In jenem kurzen Moment hat Will ein paar Ziegen gesehen, die an Pflöcke gebunden waren, den Rücken einer Frau, die in der schwarzen Schleierkleidung einer Muslimin eine Straße entlangging. Zwischen ihr und der Hütte war ein längeres Stück Rasen. Plötzlich kommt ihm ein Gedanke: Die Soldaten haben ihn weggeschleppt und irgendwo liegen lassen, weil sie ihn für tot hielten. Der Junge muss ihn gefunden haben.

Darüber denkt er nach, während er darauf wartet, dass der Junge wiederkommt. Aber er kommt nicht, und Will kann sich nicht erklären, warum. Auch am nächsten Tag taucht er nicht auf. Will bekommt Hunger. Er denkt nur noch an Essen, er horcht den ganzen Tag auf die leisen Schritte des Jungen und dass er den Riegel wegschiebt, aber an diesem ersten Abend hört er nur das Scharren der Ziegen und irgendwoher leise Musik.

Zwei Tage bleibt der Junge weg, und als er schließlich doch wiederkommt, benimmt er sich wie ein gekränkter Liebhaber. Mit gesenktem Kopf und niedergeschlagenen Augen bringt er Will das Essen, hockt sich hin und sieht zu, wie Will das Essen hinunterschlingt. Als Will aufblickt, sieht er, dass der Junge weint.

«Was ist los?», fragt er ihn und streichelt seine feuchte Wange.

Der Junge legt ihm die Finger auf die Lippen, um zu sagen, es tue ihm Leid, dass er Will so lange hat hungern lassen.

In der Ecke häuft sich die Scheiße, die ganze Hütte stinkt, was den Jungen noch unglücklicher macht. Er geht nach draußen, kommt mit frischen Blättern zurück und entsorgt alles pflichtbewusst. Anschließend setzt er sich neben Will und lehnt den Kopf an seine Schulter.

In der Stille dieser Momente begreift Will plötzlich: Es gibt keine Wärter, es gibt kein Gefängnis. Er ist das Spielzeug des Jungen.

Als der Junge am nächsten Tag kommt, versucht Will, sich mit Hilfe seines kleinen Körpers hochzuhieven. Er muss den Unterarm auf die Schulter des Jungen stützen, der Junge muss seinen Arm um Wills Hüfte schlingen, und so gehen sie, Will auf seinem gesunden Bein rutschend, im Raum auf und ab. Sie lernen einen Rhythmus, einen Tanz: Der Junge macht einen Schritt, Will gleicht sein Gewicht aus und schiebt sich ein Stück vorwärts. Gehen, Schieben, Gehen, Schieben, immer und immer wieder. Danach schläft Will acht Stunden lang, und als er in der Nacht aufwacht, merkt er, dass der Junge in der Beuge seines guten Arms schläft und dass die Tür ein Stück weit offen steht.

Eine Woche lang hilft ihm der Junge, laufen zu lernen, immer wieder üben sie den Rhythmus aus Schieben und Hupfen, diese choreographierte Bewegung, die Will den aufrechten Gang ermöglicht. Er staunt über die Geduld des Jungen, und wenn er sich nach den Gehübungen auf seine Matte legt, um sich auszuruhen, lässt er zu, dass der Junge ihm mit seinem kleinen roten Kipplaster durch den Bart, über die Lippen, den Nasenrücken und die Stirn fährt. Warum das dem Jungen solchen Spaß macht, kann er sich nicht erklären, aber es entlockt dem Kleinen sein zuckersüßes, hohes Gekicher, und das ist für Will Belohnung genug.

Der Junge schläft jetzt jede Nacht bei Will, unter seinem guten Arm, und die Tür steht immer einen Spaltbreit offen. Ein paarmal setzt sich Will in den Türrahmen, während der Junge schläft, und lässt seinen Blick über den Garten und hinauf in den hohen indischen Himmel schweifen. Die Muslimin sieht er nie wieder.

Er hat keine Ahnung, wo er ist oder was ihn erwartet, wenn er geht. Er hat keine Vorstellung davon, wie lange er bewusstlos war, wohin er verschleppt wurde. Vielleicht ist er ja in Bangladesh.

Wird seine Geschichte eine Mahnung sein? Eine Warnung vor der Leidenschaft? Oder die Geschichte einer Erlösung? Die Geschichte eines herzlosen Mannes, der ein Herz bekommt? Schon möglich, denkt er. Wird sie ihn zu großen Taten anspornen? In seinem Kopf entsteht ein Plan und bricht wieder zusammen. Nein, das wird leider nicht eintreten.

Und was ist mit der Liebe? Was muss man tun, um in der Liebe Halt zu finden? Muss sie durch einen hindurchfließen und die niedrigeren Gefühle überwinden? Er hat diese Möglichkeit gespürt, aber das geschieht nicht von allein, genauso wenig wie der Körper ohne Training athletisch wird. Man muss sich ständig bemühen, ständig wachsam sein. Ein mönchisches Leben? Nein, das wird nicht eintreten.

Einfach nicht aufzugeben, das scheint das Schwierigste zu sein.

Als er am nächsten Morgen dem Jungen durch Gesten anzeigt, dass er gern einen Stock hätte, bringt er ihm einen und stützt ihn dann geduldig, bis Will gelernt hat, den Stock so einsetzen, dass er ohne die Hilfe des Jungen gehen kann. Es ist ein langsamer, qualvoller Prozess, und manchmal lacht der Junge hilflos, wenn er sieht, wie Will sich verrenkt und stolpert.

Er macht ein Spiel daraus, damit der Junge nicht das Interesse verliert. Ohne dass er recht weiß wie, entwickelt sich ein Spiel mit festen Regeln. Er humpelt hinter dem Jungen her, und wenn er ihn erreicht, tippt er ihm mit dem Stock auf die Schulter; dann tauschen sie die Rollen, und der Junge hoppelt mit seinem eigenen Stock auf einem Bein hinter Will her.

Als Will eines Abends aufsteht und die Tür aufstößt, gerät der Junge in Panik. Er rennt vor ihm her und versucht ihn zurückzuhalten, gestikuliert mit den Armen und sagt etwas, das Will nicht versteht. Will schüttelt nur den Kopf und streckt den Arm aus, um zu signalisieren: Es ist vorbei. Da weiß der Junge, dass er nichts tun kann, und bleibt hilflos stehen. Will legt den Arm um ihn, der Junge schluchzt an seiner Hüfte.

Er geht hinter ihm her, durch den Garten, bis zu der schmalen, zerfurchten Straße. Wenn der Junge ihm folgen will, denkt Will, wird er ihn nicht daran hindern. Als sie die Straße erreicht haben, bleibt der Junge stehen. Will streckt die Hand aus und sagt: «Komm mit!» Der Junge schüttelt den Kopf. Will berührt seinen Arm, aber er schüttelt den Kopf nur noch heftiger.

Also wendet Will sich ab und humpelt davon. Offenbar gelingt es ihm nie, irgendjemanden dazu zu bringen, mit ihm irgendwohin zu gehen.

20

Wie ein Sternenzaubermantel breitet sich der Himmel über ihn. Es ist dunkel, bis auf das Licht von oben, das sich in den stillen Wasserflächen der Reisfelder zu beiden Seiten der Straße spiegelt.

Einen Moment lang findet er seine Situation fast abenteuerlich: Er geht eine Straße entlang, ohne zu wissen, wo er sich befindet, in welchem Land er ist, aber da ihm jeder Schritt wehtut, verfliegt die Euphorie sehr schnell. Dann kommt die Angst: Was soll er tun, wenn weit und breit kein Mensch ist? Was, wenn er nichts zu essen findet, kein Wasser?

Aber nachdem er zehn Minuten gegangen ist, rattern ein paar Auto-Rikschas an ihm vorbei, mehrere Fahrräder überholen ihn.

Er denkt daran, sich eine Rikscha zu winken, aber er hat kein Geld. Er fragt sich, wie er in dem gleißend weißen Licht, das rasch über ihn hinwegstreicht, aussehen muss: ein zerlumpter Bettler, mit verfilztem Bart und dreckigen Haaren, ein Mann, der ohne Schuhe und auf einen Stock gestützt die Straße entlanghumpelt.

Dann tauchen am Straßenrand die ersten Hütten auf, erleuchtet von Kerosinlampen. Barfüßige Kinder stehen in den Türen, und er schöpft Hoffnung: Wo es solche Hütten gibt, ist eine Stadt nicht fern. Er humpelt weiter in die Richtung, in die die Auto-Rikschas fahren.

Etwa eine Meile entfernt sieht er eine verkehrsreiche Straße. Die Lichter folgen einander stetig, eine sich bewegende Perlenkette. Dort angekommen, erkennt er als Erstes den Verkehrspolizisten, der, ganz in Weiß gekleidet, auf einem Betonklotz steht. Diesen Polizisten hat er gesehen, kurz bevor ihn der Stein am Ohr getroffen hat. Er erkennt den Stand, an dem er sich immer die Zeitung gekauft hat, den Verkäufer, einen Mann mit einem roten Turban und einem Goldzahn. Ein Stück die Straße hinunter sieht er das Neonschild des Guwahati-Motels. Er war die ganze Zeit höchstens zwei Meilen davon entfernt.

Die Leute auf der Straße glotzen ihn an. Ihre Blicke sind wie immer offen, neugierig, nun aber auch mit Angst untermischt. Sie gehen ihm aus dem Weg, wollen nicht mit ihm in Berührung kommen. Umso besser, denkt er und humpelt bis zum Guwahati-Motel. Als er den Perlenvorhang in der Eingangstür beiseite schiebt, sieht er Mr. Patel hinter dem Tresen sitzen. Mr. Patel blickt hoch und hebt sofort abwehrend die Hände: «Kein Zimmer frei, kein Zimmer frei.»

Will lässt sich auf einen der weißen Plastikstühle fallen. «Ich bin's, Mr. Patel», sagt er. «Will Mendelsohn.»

Mr. Patel kommt hinter seinem Tresen hervor. «Oh, mein Gott – Sie sind's! Wir haben schon gedacht, wir haben Sie für immer verloren.» Auf halbem Weg bleibt er stehen. Will weiß, dass ein penetranter Gestank von ihm ausgeht.

Wir haben Sie für immer verloren. Will muss an Mr. Patels Gesicht denken, als er sich ins Dunkel zurückzog, nicht sehen wollte, dass die Soldaten ihn abholten.

Aber jetzt ruft er Mrs. Patel herbei, und Will wird in einen kleinen, dunkeln Raum geführt, wo er sich auf einer schmalen Pritsche ausstrecken kann. Mrs. Patel stellt ihm Fragen, untersucht mit geschickten Fingern seine Wunden. Es ist ihm peinlich, dass er so stinkt, er brummelt eine Entschuldigung, aber sie geht gar nicht darauf ein. Es sind immer die Frauen, die das Blut aufwischen, die die Verwundeten und die Sterbenden pflegen, denkt er, während die Männer vor dem Zimmer auf und ab gehen, verwirrt und ratlos.

Mrs. Patel öffnet die Tür und sagt zu ihrem Mann: «Er muss sofort ins Krankenhaus.»

Will bittet darum, vorher ein Bad nehmen zu dürfen. Jeder nimmt einen Ellbogen, und so helfen sie ihm gemeinsam ins Badezimmer und zeigen ihm, wie die Dusche funktioniert. Er bekommt alles, was er braucht: Seife, einen Rasierapparat, Rasiercreme, sogar Paco-Rabanne-Aftershave, das bei indischen Männern sehr beliebt ist, das er jedoch nicht verwendet.

Krumm und schief sitzt er auf dem Boden – der lauernde Schmerz in den Rippen zwingt ihn, sich auf seinen guten Arm zu stützen – und wäscht sich mit einer Hand.

Mr. Patel hat seinen Koffer, seine Papiere nicht aufbewahrt, deshalb muss er ein Paar eng anliegende weiße Hosen und eine weiße Korta anziehen. Während er sich in dem kleinen Raum mit der Pritsche mühsam ankleidet, wartet Mr. Patel draußen und erzählt ihm, was in seiner Abwesenheit passiert ist. «Es hat noch mehr Ausschreitungen gegeben. Angeblich sind es inzwischen über dreitausend Tote. Und über hunderttausend Flüchtlinge. Aban Bezbaruah ist verhaftet worden. Erst gestern hat es neue Massaker gegeben. Mein Gott, war das ein Blutbad.»

Auf der Fahrt ins Krankenhaus begegnet ihm Mr. Patels Blick im Rückspiegel. «Die kamen mitten in der Nacht hereingestürmt und haben mir diese Reiseschecks gezeigt, mit Ihrem Namen drauf und dem Namen Aban Bezbaruah. Sie haben gesagt, dass Sie die Revolution finanziell unterstützen. Sie haben behauptet, Sie sind ein Amerikaner, der sich für deren Sache einsetzt.»

Also waren es die Reiseschecks, denkt Will. Er will erklären, wie es passieren konnte, dass der Name Aban Bezbaruah auf seine Schecks gelangt ist, aber es ist, zugegebenermaßen, eine verworrene Geschichte. «Ich hatte eine Freundin, die sich mit einem jungen Mann namens Bhupen eingelassen hat, und eines Abends habe ich ihr fünfhundert Dollar in Reiseschecks gegeben, weil sie in Schwierigkeiten steckte. Ich hatte keine Ahnung, dass Bhupens Name ausgestrichen und durch Aban Bezbaruah ersetzt wurde.»

«Mein Gott, was für ein schreckliches Missverständnis», sagt Mr. Patel. «Mein Gott! Wenn ich das gewusst hätte! Aber wie konnte ich das ahnen? Es ging alles so schnell, und ich hatte keine Ahnung.»

Mrs. Patel beginnt zu weinen und trocknet sich die Augen mit dem Ende ihres Saris.

Die beiden fragen ihn nicht, was passiert ist.

Im Krankenhaus wird er geröntgt: Brustkorb, Beine, Arme. Der Untersuchungstisch ist aus Holz, das Röntgengerät klobig und schon seit zwanzig Jahren veraltet. Es muss direkt über ihn geschoben werden, und manchmal muss man den Untersuchungstisch drehen, weil der Apparat klemmt. In der Ecke sieht Will einen mit Zeitungspapier bedeckten Holzwagen stehen, auf dem silberne medizinische Instrumente ausgelegt sind.

Zwei Krankenschwestern in weißen Saris, auf den schwarzen Haaren weiße Hüte mit kleinen Flügeln, erscheinen wie Geister über ihm. Ihr zierlicher, präziser Akzent klingt wunderhübsch in seinen Ohren. «Mr. Mendelsohn, ich muss diese Platte unter Ihr Bein legen.» Er folgt den Bewegungen ihrer schmalen braunen Hände, während sie ihm die kalten Metallplatten unter Rücken, Beine und Schultern schieben. Als sie begreifen, dass er geschlagen wurde und man ihn ohne jede medizinische Versorgung hat liegen lassen, werden ihre sanften braunen Augen feucht vor Mitleid.

In einem hölzernen Rollstuhl schieben sie ihn den Gang hinunter, auf eine Station mit lauter alten Männern. Sie geben ihm ein Schmerzmittel, eine weiße Tablette, die sie Dilaudin nennen, und zwanzig Minuten später ist er schmerzfrei. Er fühlt sich wie im Paradies. Er ist frisch gewaschen, spürt ein Bett unter sich, Krankenschwestern schweben wie Segelschiffe an ihm vorbei, beugen sich manchmal über ihn.

Der Arzt, steif in seinem weißen Kittel, kommt später. «Wir müssen morgen den Schienbeinknochen brechen und neu einrichten», sagt er. «Zwei Rippen sind teilweise verheilt, aber nicht richtig, beide vorne, im unteren Teil des Brustkorbs, und sie drücken jetzt auf die Lungen. Leider müssen sie ebenfalls wieder gebrochen und neu gerichtet werden. Das Schienbein können wir gipsen, beim Brustkorb ist das bedauerlicherweise nicht möglich.»

«Bekomme ich eine Narkose?», erkundigt sich Will.

Der Arzt lacht das knappe, trockene Lachen eines überforderten, überarbeiteten Menschen. «Aber selbstverständlich. Wir sind gar nicht so primitiv hier in Indien! Auch bei uns gibt es Anästhesie.»

«Gut», sagt Will. «Alles andere ist mir egal.» Er will keine Schmerzen mehr haben.

Die Patels sind bei ihm, als er am nächsten Morgen in den Operationssaal gerollt wird, einen Raum ohne jede Spur von moderner Medizin. Es könnte gut das Hinterzimmer eines Amateurchirurgen sein.

Als er aufwacht, sitzen die Patels pflichtbewusst rechts und links von seinem Bett, Mr. Patel in seinem gestärkten weißen Hemd und mit der schwarzen Brille, die er an den Gelenken geklebt hat, Mrs. Patel in einem grün-orangerot gemusterten Sari, bei dem die Speckrollen der mittleren Jahre über die Taille quellen. Will registriert den weißen Gips an seinem linken Bein, spürt den Verband um den unteren Teil seines Brustkorbs und taumelt zurück in die Bewusstlosigkeit.

Die nächsten Tage sind idyllisch. Auf Tabletts werden ihm alle möglichen Gerichte gebracht, Mangos, Limcas, *Paratha,* gebratene Okra, *Gulab jamun*. Er wird großzügig mit Schmerztabletten versorgt. Verschiedene Krankenschwestern schieben ihn durch die Flure. Im ganzen Krankenhaus gibt es keinen fröhlicheren Patienten als ihn. Früher hätte er das alles bestimmt grässlich gefunden – dieses Hospital mit seiner Ausstattung aus der Zeit des Ersten Weltkriegs, in dem überall etwas fehlt, die Zimmer überfüllt und manchmal sehr dreckig sind –, aber er fühlt sich wie im Himmel. Die anderen können seine Begeisterung nicht verstehen, aber alle sind so dankbar für seine Dankbarkeit, dass sie gar nicht genug von ihm bekommen können. Er ist nie allein. Selbst die armen alten Männer mit ihren amputierten Beinen und ihren Geschwulsten schleppen sich zu ihm ans Bett oder an den Rollstuhl, um sich an seiner Heiterkeit zu wärmen, als würden sie ihre kalten Hände über ein Feuer halten.

Er wünscht sich, er könnte diese Verfassung für immer bewahren, den Zustand der Dankbarkeit einfrieren, der ihn überkommt, wenn er zwischen den sauberen Bettlaken liegt, ohne Schmerzen, eingelullt vom geschäftigen Treiben der Menschen um ihn herum, dem Kommen und Gehen der Schwestern, die ihm kalte Limcas bringen.

Als er sich wieder allein fortbewegen kann, findet er eine Nische im Krankenhaus, die nie jemand aufsucht, und dorthin zieht er sich oft stundenlang zurück. Vom Fenster aus kann er den dichten Verkehr drunten auf der Straße beobachten, die Jungen mit ihren Ochsenkarren, die jungen Männer, die ihre Holzkreuze balancieren, schwer beladen mit billigem Plastikkram, die Frauen in ihren Saris, die langsam von Stand zu Stand schlendern und sich ihre täglichen Lebensmittel aussuchen.

Er ist ein gebrochener Mann – gebrochene Knochen, gebrochenes Herz. Ein Zustand, der voraussichtlich nicht von Dauer sein wird, das weiß er. Aber sein ganzes Leben dreht sich um diese Brüche, in Gedanken geht er sie immer wieder durch, bis ins letzte Detail. Er würde gerne glauben, dass sein Leben sich bessern wird, wenn er aus Indien weggeht, aber er glaubt nicht mehr an Fortschritt. Fortschritt in welche Richtung? Wozu? Er hat sich den Gedanken zu Eigen gemacht, dass es nur darum geht durchzuhalten. Es gibt keine Verheißung, keine Hoffnung für die Zukunft. Es gibt nur hin und wieder kurze Glücksmomente.

Eine Woche später verlässt er Indien und fliegt nach Mauritius. Auf dem Weg zum Flughafen schaut er noch einmal kurz in Mr. Patels Motel vorbei. Mr. Patel ist nach Wills Anweisung netterweise zu der Hütte gegangen und hat den Jungen gefunden. Will trifft sich mit ihm in der Motel-Lobby, mit ihm und mit der alten Muslimin, die sich mehr oder weniger um ihn kümmert.

Als er auf Krücken in die Lobby humpelt, erkennt der Junge ihn nicht wieder. Er ist frisch rasiert, seine Haare sind kurz geschnitten, seine Kleider neu – er sieht aus wie ein anderer Mensch. Also humpelt Will los, wie bei ihrem Spiel, und jetzt versteht der Junge, wer er ist, und grinst, dann lacht er laut, sein zuckersüßes Lachen, und boxt Will vorsichtig in die Rippen.

Mr. Patel hat die weißen Plastikstühle um einen kleinen Tisch gruppiert, seine Frau hat Tee und kleine Kuchen bereitgestellt. Die alte Frau sitzt auf einem der Stühle, sie trägt die schwarze *Burka* der Musliminnen. Will kann nur ihre tief liegenden, freundlichen Augen sehen und ihre knorrigen Hände, knubbelige Knoten am Ende ihrer Ärmel. Zwischen ihren Schultern wölbt sich ein Buckel und drückt sie leicht nach vorn. Während der Unterhaltung steht der Junge zwischen ihrem und Wills Stuhl und verlagert sein Gewicht von einer Armlehne auf die andere.

Der Junge heißt Abdul, sagt die alte Frau. Seine Eltern wurden vor zwei Monaten bei einem Überfall auf ihr Dorf getötet. Die alte Frau hat ihn auf der Straße aufgelesen. Er war schon ein paar Tage herumgestreunt, vielleicht sogar eine ganze Woche. Er war schwach vor Hunger, seine Fußsohlen waren wund gelaufen. Dafür, dass er Botengänge für sie macht und ihre Kühe und Ziegen füttert, gibt sie ihm zu essen und lässt ihn in der Hütte wohnen, in der sie früher, als die Zeiten besser waren, Reis gespeichert hat. Ihr eigenes Haus liegt hinter dem kleinen Waldstück. Solange Will in der Hütte lag, schlief der Junge im Freien.

Will erkundigt sich, wie er gefunden wurde, und plötzlich beginnen die Hände des Jungen zu flattern: Er führt vor, wie an jenem Morgen die Geier über dem Reisfeld kreisten. Er kannte dieses Zeichen schon und machte sich auf, um nach der Leiche zu suchen. Er fand Will mit dem Gesicht nach oben im Wasser. Der Junge stupste ihn mit dem Fuß an. Und weil Will stöhnte, blieb er den ganzen Tag neben ihm stehen, bis ein älterer Junge mit einem Ochsenkarren vorbeikam; den überredete er, Will mit dem Karren zur Hütte zu transportieren. Dort legten sie ihn auf die Matte, und der Junge schaute jeden Tag nach ihm, rüttelte ihn immer wieder, um zu sehen, ob er noch lebte. Er wusste, dass er darauf achten musste, ob sich seine Brust hob und senkte. Das führt er jetzt vor, er atmet tief ein und aus, seine schmale Brust hebt und senkt sich. Als er Will ein paar Tage später schreien hörte, rannte er schnell durch den Kohlgarten der alten Frau zu ihm. Er habe Angst gehabt, gesteht er mit weit aufgerissenen Augen und beugt sich dann kichernd vor.

Er deutet auf Wills Gipsverband: Er will ihn anfassen. Will zieht das Hosenbein hoch, der Junge kauert sich neben ihn und streicht mit den Fingern über den harten, unebenen weißen Verband. Plötzlich zieht er den kleinen roten Kipplaster aus seinem Versteck im Bund seines Lungi und fährt mit ihm über den Knöchel und dann das Schienbein hinauf. Die Erwachsenen schauen schweigend zu.

Während Will mit Mr. Patel und der alten Frau bespricht, wie für den Jungen gesorgt werden soll, klettert ihm dieser auf den Schoß, lehnt den Kopf an seine Schulter und lutscht am Daumen. Es tröstet Will, dass der Junge von jetzt an immer etwas zu essen und ein Dach über dem Kopf haben wird, dass er Kleidung und eine Ausbildung bekommen soll.

Er fliegt nach Mauritius und verbringt ein paar Tage damit, die Riesenschildkröte im Nationalpark bei Pamplemousses zu studieren. Bei seinem letzten Besuch hat er dafür keine Zeit gehabt. Anschließend will er eigentlich nach Afrika, aber er merkt, dass ihm das Reisen schwer fällt, also bleibt er drei Monate auf Mauritius. Er braucht einen Ort, an dem er sich erholen kann; Mauritius ist dafür so gut geeignet wie jeder andere. Er ist erleichtert, dass er nicht mehr in Indien ist, dass er die Atmosphäre dieses Landes abgeschüttelt und sie gegen breite Strände und tropische Brisen an einem relativ menschenleeren Ort eingetauscht hat.

Er humpelt den Strand entlang, geht in den Buschwäldern spazieren, kämpft gegen die Welle der Trägheit an. Die Verzweiflung besteht fort, auch nachdem seine Knochen längst geheilt sind, eine Stimmung, aus der er inzwischen nie mehr herauszukommen meint. Sein Bein tut weh, während die Rippen keine Probleme mehr machen; an der Narbe bilden sich Verwachsungen, und er muss das Schienbein jeden Tag eine Weile massieren. Sein Unterkiefer fühlt sich anders an als früher, aber mit der Zeit gewöhnt er sich an dessen seltsame neue Stellung. Meist kreisen seine Gedanken nur um diese Dinge.

Er korrespondiert mit Mim; die Unruhen in Assam haben sich gelegt. Sie werden wieder zunehmen, irgendwann wieder zu einem

Ausbruch führen, aber im Augenblick herrscht Frieden. Er würde schrecklich gern etwas über Grace erfahren, aber Mim erwähnt sie nie.

Nachmittags arbeitet er meistens in seinem Hotelzimmer und geht abends in dem kleinen Restaurant unten im Hotel essen. Er lernt verschiedene Leute kennen, allerdings nicht näher. Ein paar Gäste wollen sich ihm anschließen, aber er ist noch nicht wieder ganz er selbst und findet nicht die richtigen Worte, um sich mit ihnen zu unterhalten.

Im Hotel wohnt eine junge Amerikanerin, die ihm helfen will. Manche Frauen werden von Wunden nicht abgestoßen, stellt er fest. Die Amerikanerin bietet ihm sogar an, die Verwachsungen an seinem Bein zu massieren, doch ihre Berührung vertieft nur seinen Kummer, und er zieht sich zurück. Er erklärt ihr, dass es nichts mit ihr zu tun habe, dass seit seiner letzten Beziehung einfach noch nicht genug Zeit vergangen sei, aber das versteht sie nicht und geht ihm von da an konsequent aus dem Weg.

Er ist eine Insel geworden und lebt auf einer Insel.

Es sind niemals die Einzelgänger und die seltenen Vertreter einer Spezies, die überleben, das weiß er. Niemals diejenigen, die sich isolieren. Sie müssen als Erste daran glauben. Wer überlebt, das sind die Durchschnittlichen, die Angepassten; die, mit denen sich andere zusammentun, die von anderen besucht werden. Die Einzelgänger, die seltenen Vertreter verschwinden. Arten ziehen sich auf Inseln zurück, um dort zu sterben.

Sechs Kubikmeilen Lava stiegen vom Grund des Ozeans auf und wurden über dem Malaiischen Archipel in den Himmel geschleudert. Es war der Morgen des 27. August 1883. Die Explosion wurde von allen Barographen auf der Welt registriert. Sechsunddreißigtausend Menschen kamen an den Küsten von Sumatra und Java in den Flutwellen um. In Sri Lanka wurden Schiffe an Land gespült.

Von der Insel Krakatau, dreißig Meilen vor der Küste Javas, blieb nur ein kleiner Halbmond aus sterilem Felsgestein. Man ließ den ersten und letzten Buchstaben des ursprünglichen Namens weg und nannte die Insel Rakata. Kein einziges Lebewesen war dort zu finden – keine Bodenorganismen, keine Sporen, nicht einmal ein Samen.

Drei Jahre später wurde dort von Professor Traub die erste botanische Expedition durchgeführt. Das Team entdeckte Moose, blaugrüne Algen, elf Farnarten und blühende Pflanzen. Ein Jahr später gab es Bäume und üppiges Gras. Noch ein Jahr verging, und man fand Spinnen, Schmetterlinge, Käfer, Fliegen und eine Echsenart, den Varanus Salvator, einen engen Verwandten des Komodo-Warans, der dafür bekannt ist, dass er weite Strecken zurücklegen kann. Aber Verbreitung ist nur der erste Schritt.

Jetzt kamen auch Seevögel – Sturmtaucher und Tölpel, Wellenläufer und Pelikane, Fregattvögel und Seeschwalben. Zwischen ihren Federn, eingebettet in ihre Haut, tief in ihrem Verdauungstrakt versteckt, brachten sie andere Lebensformen mit sich – Sporen von Farnen und Pilzen, Samen von blühenden Pflanzen, Milben und Läuse, Insekten.

Dort angekommen, mussten sich diese Lebensformen, ob Sporen, Samen oder Bodenorganismen, erst einmal etablieren. Besonders wichtig ist das natürlich für die Tiere, die auf sexuelle Reproduktion angewiesen sind. Um ein neues Habitat zu kolonisieren, muss ein Lebewesen die Möglichkeit haben, eine Nische, einen Gefährten und Schutz zu finden.

1906 gab es auf Rakata schon fast hundert vaskuläre Pflanzen; ein Baumstreifen säumte das Ufer, grünes Moos bedeckte den Gipfel. 1936 zählte man bereits 271 Pflanzenarten. Etwa dreißig Prozent waren vom Wind dorthin getragen worden, dreißig Prozent hatte das Wasser angespült, die Mehrzahl war mit den Tieren gekommen.

Das Leben ist beharrlich.

Anmerkungen zum Artensterben von Will Mendelsohn

21

Es ist schon Ende Oktober, als er nach New York zurückkommt. Seine Wohnung ist leer, seit gut zwei Jahren hat niemand die Tür geöffnet. Er reißt die Fenster auf, um frische Luft hereinzulassen, und weil ihm nichts Besseres einfällt, hängt er die Weltkarte, die Mim für ihn in Assam aufgehängt hat, auch hier an die Wand.

Später begutachtet er sich in dem großen Spiegel innen an der Schranktür. Er ist älter, deutlich magerer, seine Haare sind kürzer geschnitten. Beim Gehen hinkt er leicht. Er hat viele graue Strähnen, die Falten um seinen Mund haben sich tiefer eingegraben, die Partie unter dem Kinn ist weicher und runder. In seinen Augen liegt ein Ausdruck, den er noch nie gesehen hat, gleichsam ein Anbau, wie eine Dachkammer, in der es spukt.

Tagelang wandert er durch die Straßen des Viertels. Er steht am Geländer des Hudson River und schaut den vorbeifahrenden Schiffen nach. Wieder ist er auf einer Insel gelandet, aber diesmal auf einer, die sich von allen anderen Inseln der Welt unterscheidet: alles andere als isoliert, ist sie vielmehr einem steten Zustrom von Besuchern, Einwanderern, äußeren Einflüssen ausgesetzt. Er geht an den Ständen in der Sixth Avenue vorbei und kauft sich Bücher, Zeitschriften, die er verpasst hat. Er besucht das Buchantiquariat *Strand*, streift stundenlang durch die staubigen Gänge, sucht nach Büchern über Evolution und Artensterben. Am späten Nachmittag verkriecht er sich in dem Kino in der Greenwich Avenue.

Auf dem Heimweg geht er an dem Haus 302 West 12th Street vorbei, der Adresse, an die Vera Tubor ihren Brief geschickt hat. Er zählt achtzehn Stockwerke ab. Dort oben muss sie gewohnt haben.

Als er an diesem Abend auf seiner Matratze liegt, nimmt er das

Telefon und ruft die Auskunft an, fragt nach der Nummer von Grace Tagore. Mit einer gewissen Erleichterung erfährt er, dass es keinen Eintrag unter diesem Namen gibt. Er fragt nach Stella Fars, aber ihr Name ist ebenfalls nicht aufgeführt. Sie hat ihm gesagt, wie sie richtig heißt, aber er kann sich nicht erinnern. War es Rosenblatt? Greenblatt? Oder doch vielleicht Greenberg? Er probiert die verschiedenen Varianten durch, aber auch für sie gibt es keine Nummer.

Einer Eingebung folgend, ruft er die Auskunft von Marcy, New York, an und fragt, was die Initialen MSMH bedeuten. Die Buchstaben stehen in der linken oberen Ecke von Veras Briefumschlag; er hat sie nicht vergessen. Er hat mit keinem Menschen über den Brief geredet; aber er ist die ganze Zeit durch seine Gedanken geschwebt, unbeachtet, wie ein herrenloser Ballon, noch von keiner Einsicht durchstochen, von keiner Erkenntnis gepackt.

Er bekommt folgende Auskunft: «Das muss die Abkürzung für das Marcy State Mental Hospital sein, die hiesige Psychiatrie. Möchten Sie die Nummer?»

Er notiert sie sich, wählt sie. Eine Frauenstimme meldet sich: «Marcy State Mental Hospital», und er sagt: «Ich würde gern für meine Tante eine Nachricht hinterlassen, wenn das möglich ist. Sie heißt Vera Tubor.»

Die Frau am anderen Ende der Leitung schweigt einen Augenblick, als würde sie eine Liste mit Namen durchgehen. Dann fragt sie: «Was soll ich ausrichten?»

Er legt auf. Grace' Mutter lebt also in einer psychiatrischen Klinik. Er erinnert sich genau, dass Grace von einem Sanatorium gesprochen hat – *Sie war eine Weile in einem Sanatorium* –, damals, in ihrem Zimmer im Countryclub. Er hat ein elegantes Lungensanatorium in den Alpen vor sich gesehen und gedacht, Vera wäre dort hingegangen, um sich auszuruhen, in heilende Mineralbäder einzutauchen.

Er macht sich auf den Weg zur Wohnung seiner Mutter in der Amsterdam Avenue. Zum ersten Mal in seinem Leben ist er froh, dass sich dort in den letzten zwanzig Jahren so gut wie nichts verändert hat. Kaum kommt er zur Tür herein, macht seine Mutter auch schon eine Bemerkung über seine körperliche Verfassung. «Du bist sehr mager», sagt sie. «Du hinkst.»

Er sagt nichts, aber er lässt zu, dass sie ihn umarmt, und weicht ihren prüfenden Blicken nicht aus, obwohl er weiß, dass seine Augen plötzlich sehr traurig sind. «Ach, Will», sagt sie und streichelt ihm über die Wange. «Es ist etwas passiert.»

Sie sitzen am Küchentisch, und er überreicht ihr die kleinen Geschenke, die er in Indien für sie gekauft hat. Sie dreht die Sachen hin und her, legt sie dann aber beiseite, und er muss sich wieder ihrem Blick stellen.

«Was war los?», fragt sie.

Er schweigt einen Moment, um zu überlegen, ob er ihr in allen Einzelheiten berichten oder nur einen allgemeinen Überblick geben soll. Wahrscheinlich ist es ihre Aufmerksamkeit, ihr uneingeschränktes Interesse, durch das er sich schließlich verlocken lässt. Noch nie hat er ihr so ausführlich von sich erzählt, ihr so viele Details aus seinem Privatleben anvertraut. Während er redet, muss er gleichzeitig auch an ihre Geschichte denken, die er hier an diesem Tisch so oft gehört hat.

Als er am Ende angekommen ist, schlägt sie die Hände vors Gesicht und weint, ein kurzer Tränenausbruch, der rasch vorübergeht. Sie trocknet sich das Gesicht mit einer Serviette, die sie dann zerknüllt auf den Tisch legt. Sie möchte seine Narben sehen. Aber er will sie ihr nicht zeigen. Irgendwie kommt ihm ihr Wunsch unnatürlich vor.

«Warum willst du sie mir nicht zeigen?», fragt sie. «Darf eine Mutter die Wunden ihres erwachsenen Sohnes nicht sehen? Das denkst du doch, oder? Glaubst du etwa, dass es mir nicht mehr wichtig ist, wie es dir geht, nur weil du ein erwachsener Mann bist?»

Er wehrt sich, gibt dann aber doch nach. Im Grunde ist es ihm egal. Er knöpft sein Hemd auf und zeigt ihr seinen Brustkorb. Viel ist nicht mehr zu sehen, bis auf eine Narbe und ein paar verkapselte

Knochensplitter, die kleine Knubbel unter der Haut hinterlassen haben. Sobald sich Will an den Gedanken gewöhnt hat, dass es Augenblicke gibt, in denen die sonst übliche Distanz aufgehoben wird und eine wenn auch ungewollte Form von Intimität entsteht, möchte er ihr unbedingt auch den Rest zeigen. Ähnlich wie der kleine Junge fährt seine Mutter mit den Fingern über seinen schiefen Brustkorb, über den Knick in seinem Schienbein, wo der Knochen immer noch leicht vorsteht, tastet behutsam die Stelle an seinem Unterkiefer ab, wo jetzt eine kleine Vertiefung ist.

Als sie sich wieder hinsetzt, liegt ein Ausdruck in ihren Augen, den er noch nie gesehen hat: eine komplizierte Mischung aus Befriedigung, Zärtlichkeit und Güte. Aber da ist noch mehr – es ist, als wäre eine Mauer gefallen, eine Tür aufgestoßen worden. Wie ist das möglich? Ist sein Leiden der Schlüssel zu ihrem Inneren?

Am nächsten Tag trifft er sich mit Geena zum Mittagessen im Jane Street Café, nicht weit von der Wohnung, in der sie lebt, seit sie ihn verlassen hat. Er hat erwartet, dass sie sich ganz besonders für seine Reise interessiert, für die Tiere und die Orte, über die sie doch fast zehn Jahre lang geredet haben. Aber er hat sich geirrt. Offenbar ist er schon vor geraumer Zeit durch einen Mann ersetzt worden, der am Hunter College Mittelalterliche Geschichte lehrt. Geduldig hört sich Will an, wie sie voller Enthusiasmus über spanische Klöster aus dem zwölften Jahrhundert doziert, während ihn innerlich die Eifersucht packt. So hat sie früher immer über seine Arbeit geredet. Aber er spricht es nicht an. Zu seiner eigenen Überraschung empfindet er eine gewisse Zuneigung für sie und wundert sich darüber, dass sie ihm so wichtig ist – er würde ihr gern die Suppe aus den Mundwinkeln wischen, ihr die Haare aus den Augen streichen. Aber er begnügt sich damit, ihren Handrücken zu berühren.

«Und wie war deine Reise?», fragt sie. Ihre feinen Finger wandern elegant über den Rand ihrer Kaffeetasse, den Griff hinunter. Ihre Hände sind immer noch etwas ganz Besonderes. Er beginnt mit dem Satz: «Zuerst war ich in Brasilien», aber schon als er bei Guam angelangt ist, merkt er, dass sich ihr Blick verschleiert, also gibt er auf und fasst den Rest der Unternehmung mit den Worten zusammen: «Es war eine ergiebige Reise. Ich habe ein Buch darüber geschrieben.»

«Das freut mich», sagt sie. «Ich kann es kaum erwarten, es zu lesen.» Aber er weiß, das ist nichts als heiße Luft – sie wird es sich vermutlich gar nicht anschauen.

Sie hat die Scheidungsunterlagen mitgebracht, die sie jetzt aus der Tasche holt und ihm hinschiebt. Sie und ihr Mittelalter-Dozent wollen heiraten und Kinder haben. Er überfliegt die Papiere und verspricht, sie später genauer zu studieren.

«Ich verlange nichts von dir», sagt sie. «Du musst nur unterschreiben. Ich stelle keine Forderungen.»

Innerlich verkrampft sich alles in ihm. Er sagt sich, dass er auch nicht mit ihr verheiratet sein möchte und dass er sie in diese Lage gebracht hat, aber das ist kein Trost. Er weiß selbst nicht genau, was er von ihr hören will, aber *das* ist es jedenfalls nicht. Sein Leben besteht eigentlich nur noch aus Ironie, denkt er. An jeder Kreuzung lauert die Ironie.

Als sie das Restaurant verlassen, merkt Geena, dass er hinkt. «Was ist passiert? Bist du im Wald gestürzt? Du warst ja schon immer schrecklich schusselig!»

Er sieht sie an. Eine müde Verzweiflung steigt in ihm hoch. Sie hat ihn nie geliebt.

Er schaut ihr nach, wie sie die Straße hinuntereilt, vermutlich zu ihrem Mittelalter-Experten. Sie hat ihn wesentlich nachhaltiger verlassen als er sie. Sein Magen krampft sich zusammen, als er begreift, dass dies die endgültige Trennung ist.

Spät am Nachmittag holt er sein Buch aus dem Schließfach, an das er in den letzten beiden Jahren seine Aufzeichnungen geschickt hat. Er hat nur zwanzig Seiten verloren – die Seiten, die er an seinem letzten Tag bei Mim geschrieben hat und die aus dem Guwahati-Motel.

In seinen Mantel gehüllt sitzt er in einem Café in der Hudson Street an der Straße, liest seine Notizen und trinkt eine Tasse

Espresso nach der anderen. Was er geschrieben hat, ist nicht übel, findet er, aber es ist nicht akademisch. Es ist keine theoretische Abhandlung, sondern vermittelt eher ein Gefühl für die lebendige Natur und ihre Geschöpfe. Landschaften, zerklüftete, bewaldete, mit Grün bedeckte Landschaften erscheinen auf diesen Seiten; sie sind lichterfüllt, dämmrig, dunkel, kupferfarben, atmosphärisch dicht, man spürt die Zerbrechlichkeit der Geschöpfe, die auf diese Erde angewiesen sind. Er hat Anmerkungen zum Artensterben geschrieben, kein wissenschaftliches Meisterwerk über die Evolution. Es wäre zwar eine wunderbare Schlusspointe der Geschichte eines verbrannten Manuskripts, wenn es in der neuen Version überzeugender wäre als in seiner ersten Gestalt, aber er muss zugeben, dass es einfach nur anders ist.

Lange sitzt er da, die Hände auf den beschriebenen Seiten. Langsam macht sich Enttäuschung in ihm breit. Die Sonne wärmt noch, aber es weht ein leichter Wind, der kühl, manchmal sogar kalt ist. Da fällt ihm ein alter Mann auf, der von einer etwas jüngeren schwarzen Frau, entweder seine Krankenschwester oder bezahlte Begleiterin, an seinem Tisch vorbeigeführt wird. Was ihn berührt, ist die Art, wie der Mann ihre Hand festhält und ihr blindlings folgt, wie ein kleiner Junge, der nicht weiterweiß.

Aus dem Nichts taucht ein Schwarzer auf und fängt an, in der Metalltonne zu wühlen, die am Gehwegrand steht. Er ist ärmlich gekleidet, dunkle Hosen, ein schmutziges rotes T-Shirt, Schuhe, die an den Zehenspitzen aufgeplatzt sind, ohne Schnürsenkel. Systematisch durchsucht er den Müll, inspiziert jede Tüte, schaut in jeden Beutel. Dabei wirkt er nicht verzweifelt, sondern nur hoch konzentriert. Er findet eine halb leere Colaflasche, schält ein paar Bissen eines Sandwichs aus einem Styroporbehälter, verstaut beides in der Plastiktüte, die er am Handgelenk trägt.

Die Alltagsszenen, die vor seinen Augen vorüberziehen, beobachtet Will nicht mehr aus der Ferne, nicht mit diesem distanzierten kleinen, nie ganz an die Oberfläche dringenden Schmerz, der Vorstellung, wie das wohl sein mag. Er hat die Schattenseiten des

Lebens kennen gelernt, er hat die Finsternis gesehen. Sein Blick gilt jetzt denjenigen, die früher für ihn unsichtbar waren; er spürt plötzlich eine Verwandtschaft mit ihnen, mit der er nicht gerechnet hat. Ist es das, worin jetzt sein Auftrag besteht: Muss er seinen Platz unter den Durchschnittlichen, den Gewöhnlichen einnehmen?

Später geht er an dem Gebäude in der 12th Street vorbei, in dem Grace gewohnt hat, bleibt vor dem Eingang stehen und schaut in die Lobby. Es ist eine elegante kleine Halle mit lauter Glasregalen, auf denen hübsche Porzellanvasen stehen. Spontan geht er durch die Drehtür und spricht den Portier an, der hinter dem Empfang sitzt.

«Grace Tagore, 18 D», sagt er.

Der Portier, ein kleiner, rundlicher Mann mit Schnurrbart, greift zum Hörer und drückt den Summer für Apartment 18 D, ohne auch nur einen Augenblick zu zögern, als hätte er Grace Tagore heute Morgen das letzte Mal gesehen.

«Erwarten Sie jemanden?», fragt er die Person, die am anderen Ende abgenommen hat. Dann wendet er sich Will zu und fragt: «Wen darf ich melden?»

Nicht im Traum hat Will damit gerechnet, dass sie in New York sein könnte, geschweige denn in ihrer Wohnung. Es ist fast ein Jahr her, und sein Herz klopft plötzlich heftig. Am liebsten würde er sagen: «Ach, lassen Sie's.» Er überlegt kurz, ob er einen falschen Namen angeben soll. Oder einfach wieder gehen. Aber er sagt: «Will Mendelsohn.»

«Will Mendelsohn», wiederholt der Portier in den Hörer.

Als er aufgelegt hat, sagt er zu Will: «Sie können hinaufgehen.»

«War das Grace Tagore?», fragt Will.

Der Mann mustert ihn argwöhnisch. «Ja, das war Grace Tagore.»

Dann steht er im Aufzug, sein Manuskript in der Hand, neben sich eine Frau, die gerade aus der Waschküche kommt und einen Korb mit säuberlich gefalteter Wäsche an die Hüfte drückt. Für sie ist diese Fahrt mit dem Aufzug etwas Alltägliches. In ein paar Minuten wird sie nicht mehr daran denken. Er hingegen …

Als er vor der Tür steht, hämmert sein Herz so heftig, dass er überlegt, wieder nach unten zu fahren, durch die Eingangshalle hinaus auf die Straße zu rennen. Wenn nun Vikram bei ihr ist? Wenn die beiden ein Kind haben, ein Kind mit Vikrams brauner Haut und Grace' blauen Augen? Könnte er die Enttäuschung verkraften? Nein, das könnte er nicht, aber er weiß jetzt, dass Grace da ist. Grace. Grace bedeutet so viel wie Gnade. Gnade wird einem geschenkt. Der Zustand der Gnade ist ein Geschenk. Und er hat diesen Zustand kennen gelernt.

Er muss nicht klingeln – sie öffnet ihm die Tür. Schweigend steht er vor ihr.

«Will», sagt sie. Sie streicht sich die Haare hinters Ohr, fasst sich an den Hals.

Vielleicht ist die Affäre doch nicht vorüber, denkt er.

«Möchtest du reinkommen und einen Tee trinken?», fragt sie.

«Ist Mr. Tagore zu Hause?», fragt Will.

«Nein», antwortet sie. «Vikram ist vor zwei Monaten gestorben.» Sie saugt die Lippen nach innen, wie immer, wenn sie traurig ist, und senkt den Blick.

Er wundert sich, dass diese Nachricht ihn so trifft. Eigentlich hätte er gedacht, er würde sich freuen, aber jetzt, da es so weit ist, kann er es nicht.

«Das tut mir Leid», sagt er.

«Danke», sagt sie. Er folgt ihr in die Wohnung. Sie ist ganz ähnlich möbliert wie der Bungalow in Indien – weiße Sofas mit geradem Rücken, ein paar gerahmte Zeichnungen, Perserteppiche. An der Wand stehen mindestens vierzig gestapelte Kartons.

«Ziehst du um?», fragt er sie.

«Das sind Vikrams Sachen», antwortet sie.

Sie fordert ihn auf, Platz zu nehmen, sammelt schnell Vikrams Manschettenknöpfe, seine Krawattennadeln und ein paar silberne Geldclips ein, die sie offensichtlich gerade sortiert hat, und legt sie auf den Couchtisch. Sie ist ihm so nahe, dass er den Geruch ihrer Seife einatmet, dieses leichte Rosenaroma, das er so gut kennt. Eine Welle von Erinnerungen überschwemmt ihn. Sein Blick wandert zur Rundung ihrer Hüften, zu ihren Brüsten, die sich weich unter dem Pullover wölben.

«Was ist passiert?», fragt Will. «Ich dachte, er sei wieder gesund geworden.»

«Ja, eine Weile ging es ihm viel besser, aber dann wurde es wieder ganz schlimm. Er ist regelrecht dahingeschwunden.» Sie steht auf. «Er ist in seinem Bett im Kleinen Haus gestorben. Stella und ich haben seine Asche nach Benares gebracht und sie in den Ganges gestreut. Das hatte er sich gewünscht.»

Will senkt den Kopf, starrt auf seine Hände.

«Möchtest du eine Tasse Assam-Tee?», fragt Grace.

«Ja, gern.»

Sie verschwindet in der kleinen Küche, die vom Wohnzimmer abgeht, und er hört, wie sie die Tassen aus dem Schrank holt.

«Wohin bist du gegangen?», fragt sie ihn, ganz beiläufig, als wäre alles wie immer.

«Nach Guwahati», antwortet er. «Und von da nach Mauritius.» Es gefällt ihm nicht, dass sie beide so tun, als wären sie nichts weiter als zwei Freunde, die sich lange nicht gesehen haben. Kann es sein, dass sie ihn schon vergessen hat?

«Seit wann bist du hier?», möchte sie wissen.

«Erst seit einer Woche.»

«Ich bin seit einem Monat hier.»

Wieder Schweigen, durchbrochen vom Klappern des Geschirrs, von dem metallischen Schrappen, als sie den Wasserkessel auf den Herd stellt.

Gleich darauf erscheint sie mit einem Tablett, das sie auf den Glastisch stellt, neben die Manschettenknöpfe und die Krawattennadeln. Dann kniet sie nieder, rührt Milch und Zucker in den Tee, genauso wie er es mag, und reicht ihm seine Tasse.

Sie trinkt einen Schluck und mustert ihn über den Rand der Teetasse hinweg. Die Bilder, die Stella ihm als Letztes von ihr vorgeführt hat – Grace, die an Schmerztabletten knabbert, Grace, die betäubt durch die Nacht taumelt –, haben ihre bittere Wirkung verloren. Der

Inhalt des Briefes erscheint ihm jetzt völlig absurd, der Gedanke, sie könnte Hitlers Tochter sein, tritt in den Hintergrund, verliert jede Glaubwürdigkeit, nun da er sie hier in ihrer New Yorker Wohnung sieht, wie sie die Sachen ihres verstorbenen Mannes sortiert.

«Was hast du vor?», erkundigt sie sich.

«Ich schreibe mein Buch zu Ende», antwortet er. «Und du?»

«Ich drehe wieder einen Film, sobald ich genug Geld zusammenhabe.» Sie lächelt, streicht sich die blonden Haare hinters Ohr. «Möchtest du ein paar Kekse? Ich habe sie neulich in einem Geschäft entdeckt. Es sind genau die, die du so mochtest.»

«Ja, gern», sagt er, und sie steht auf und geht in die Küche.

Er hört, wie die Schranktür quietscht.

«Ich war platt, als ich die Kekse in einem von diesen koreanischen Geschäften gesehen habe!», ruft sie. «Ich hatte sie schon fast vergessen, und da sehe ich sie plötzlich im Regal stehen! In Indien waren sie ja quasi unser täglich Brot.»

Sie bringt einen Teller mit runden, etwas bräunlichen, flachen Keksen herein. Es stimmt: Diese kleinen Plätzchen waren allgegenwärtig, bei jedem Tee, zu jedem Obstteller, mit jedem Dessert wurden sie gereicht.

Sie nimmt sich einen Keks, er nimmt gleich zwei.

«Diese Dinger haben mich so an Indien erinnert, dass ich mich aufs Bett gesetzt und eine ganze Packung auf einmal verdrückt habe», erzählt sie.

Während er einen der Kekse kaut, denkt er an Indien. Sie schmecken nicht exotisch – sie sind trocken, hart, kaum gesüßt, leicht zu verdauen, alltäglich. Nichts Besonderes.

«Ich vermisse die indischen Krähen, ihr Krächzen», sagt sie.

«Ich auch. Die Krähen hier krächzen anders.»

«Ja, irgendwie höher.»

«Fast wie Spitzmäuse», sagt er.

«Ja, und sie haben auch kein blauschwarz schimmerndes Gefieder.»

«Die armen Verwandten Indiens.»

Janice Deaner

Als der Blues begann

Roman

Deutsch von Adelheid Zöfel

rororo 13707

Die Lamars könnten so glücklich sein. Vater Leo bekommt den langersehnten Job als Kompositionslehrer an einer kleinen Universität, Mutter Lana hat ein Haus mit Garten, und die drei Kinder Harry, Elena und Maddi erobern sich nach dem Umzug aus der Großstadt Detroit ihr sommerlich romantisches Dorf. Doch eine dunkle Vergangenheit wirft ihre Schatten auf die Idylle. Eines Tages finden die Geschwister in einer Kiste auf dem Speicher Lanas alte Tagebücher und entdecken das große Geheimnis ihrer Mutter …

Ein ungewöhnlicher Familienroman, ein Buch über Eltern und Kinder, Liebe und Hass, Verrat und Verzeihung und das Mysterium des Glücks, Janice Deaner erzählt aus der Sicht des naseweisen Mädchens Maddi: mit jenem staunenden, eindringlichen Blick kindlicher Unschuld, die nicht aufhören will, sich über die Erwachsenenwelt zu wundern. Ein Buch mit einer leuchtenden Seele, tragisch, komisch, spannend und voller Poesie.

«Hier ist eine Vollblutschriftstellerin am Werk, die ihre Leser bis zur letzten Seite zu fesseln weiß.»

Münchner Merkur